生活不在别处

年轻中国人的焦虑与狂欢

李梓新 主编

中信出版集团 · 北京

图书在版编目（CIP）数据

生活不在别处：年轻中国人的焦虑与狂欢 / 李梓新主编. -- 北京：中信出版社，2017.11
ISBN 978-7-5086-7757-6

I. ①生… II. ①李… III. ①随笔－作品集－中国－当代 IV. ①I267.1

中国版本图书馆CIP数据核字（2017）第143398号

生活不在别处：年轻中国人的焦虑与狂欢

主　　编：李梓新
出版发行：中信出版集团股份有限公司
（北京市朝阳区惠新东街甲4号富盛大厦2座　邮编　100029）
承 印 者：中国电影出版社印刷厂

开　　本：880mm×1230mm　1/32　　印　　张：11.75　　字　　数：216千字
版　　次：2017年11月第1版　　印　　次：2017年11月第1次印刷
广告经营许可证：京朝工商广字第8087号
书　　号：ISBN 978-7-5086-7757-6
定　　价：45.00元

目 录

序

当河流长出浪花

第一次和三明治写作工坊打交道是在2015年初。李梓新带着那时10岁的儿子其乐和十多位写作工坊的学员来厦门“采风”，我是他们这趟旅行的采访对象之一。

李梓新为学员们整理和联系好了一些采访对象，然后大家一起自费旅行到厦门，开始上课，做踩点、约见、写作、修改成稿等一系列功课。除了梓新本人曾是资深的媒体从业者，其他人都不是文字行当的。采访我的两个女孩，一个是在读学生，一个是家庭主妇。她们分别从北京和广州赶来，在厦门与大部队会合。这趟采风一共要采访六位对象，再经过好几遍的讨论和修改，然后发布在三明治的公众号上。那个公号的阅读量当时还只有两千上下。

当时对李梓新的作为很费解——一位正值青壮年的男子，有着漂亮的履历，是社会的中流砥柱和家庭栋梁，全职做一个这样不赚钱也没什么名声的组织，是为了什么呀？

都是没有名利，当养熊猫的志愿者我可以理解，收集全世界的蝴蝶也好懂，专门打捞海洋里的垃圾也很容易解释。但是这个，采访和写下别人的故事，那不是记者的事情吗？怎么会有人从媒体出来以后，致力于帮助普通人动手写作？这个活儿职业记者编辑不够吗？而且，竟然真的有这么多人追随而来，学这不实用的手艺。我觉得好惊讶：怎么会有人花这么多精力和钱，做这样的事呢？

后来的事又让我惊讶了：那一次她们做的采访和稿件很精彩。我其实已经有过许多次被采访的经历，会被问什么，要答什么，最后会写成什么，心里是大致有数的。但这次采访，原有的“套路”却不怎么用得上。我当时主要的身份是“文艺小店的店主”，基本上媒体会侧重这个社会身份，把重点放在店的特色上。而三明治的采访更侧重于这个人——开文艺店经营状况如何？和自己的爱好是否冲突？当小老板还有没有工作和业余之分？她们甚至问到《哈利·波特》里喜欢谁，问出了我的“遗愿清单”。我的理解是，作为新闻人物我是缺乏新闻性的，但作为个体户同时是一名业余作家，没有把生计和理想对立的故事，也有自己的价值。

后来我发现，这就是三明治成员的特点，更是作品选题的倾向——新闻性没有那么强，但拥有自己的独特性，尤其和当下的潮流变化息息相关。时代浪潮滚滚向前，这些人不是最受瞩目的，不是河床或弄潮者，而是开在波纹中，曾一度成为浪花，也会再度回到河流；既有朝气活力，也有迷茫焦急；既有华彩篇章，也会平静向前；热情守护着自己的领地，在平凡的生活中全力以赴。

再后来我们打的交道就非常多了。梓新领着三明治团队做了不少写作项目，我因为“破茧”项目的写作课，开始跟三明治团队的许多成员有沟通。所以三明治成立的这六年，不仅发掘出许多故事，还攒下了一批为这些写作项目工作的年轻人，他们同时也是这本书的部分作者。

这本身就是一个故事了：不是媒体，不是文献机构，却在组织和记录着真实的故事，在瞬息万变的时代中认出伙伴，画下彼此的印记。

于是我就自然地理解了这个工作：这个工作的对象包括作者、读者和被记录下来的人；故事，就是他们的蝴蝶、熊猫和海洋。

张春

2017年7月于厦门

第一章 现实焦虑

不想上班的“丧”文化①

“每天走进办公室都觉得喘不过气，胸口一阵污气排不出去。”

Kiki如此形容自己不想上班时的状态。她之前在一家小型广告公司做AE（客户经理）。公司地点位于一家联合办公场所，从电梯走出去就是一个个玻璃格子间。办公室一年中有70%的时间都开着空调，门窗关闭，感觉很闷。而工作上准备了好几个月的案子，也因为各种各样的原因一直没办法顺利推进。

在她的感受中，上班的日子就好像一团黑雾，污浊，沉闷。

Kiki公司里其他几位同龄的同事也都是一样的感觉。他们经常下午约好一起去公司楼下的便利店，哪怕并没有什么特意想买的，也要出去“透透气”。几个人一边喝着便利店里的

① 本文作者万千，写于2017年2月。

机器做的咖啡，一边互相抱怨着作妖的甲方和三天两头改主意的上司。

在年轻人群体当中，类似这样的表述还有“我差不多是个废人了”“生无可恋”“感觉身体被掏空”等，在社交环境中被频繁使用。舆论将这类现象统称为“丧”文化——颓废，什么也不想做，不想上班，只想瘫在某个地方放空。

HR（人力资源）们习惯性地给 90 后贴上“任性，不负责任”的标签，其实在各个公司里面加班最多的也是 90 后们。

这群天天抱怨着不想上班的年轻人其实并不是完全不想付出劳动，但是他们比以往任何一代都更看重个人价值的实现，不愿意在重复、无趣的工作中消磨自己的时间。而且的确也有更多机会摆在他们面前，不再只有在传统的就业岗位上爬升这一种可能。

当这群年轻人对目前的工作感到厌倦的时候，他们会问：“有没有什么工作可以边做事，边拿钱，边旅游的？”

不想上班的十万个理由

艾音决定辞职是在她用上班的时间刷掉一部 16 集韩剧之后。“可想而知，我的工作内容有多闲。”

这份工作是她毕业后的第一份工作，在北京的一家互联网公司处理商务方面的事情。

因为从小到大都生活在青岛，所以大学毕业后，她特别想去北京工作，体验独立生活的滋味。

公司上下有百来号人。到后来，她发现自己这个位置可能恰好是公司的一个“管理漏洞”。在她上头并没有直系管理的小领导，基本上每天都是等待大老板发话。有事做的时候，会跟着同事一起出去跑跑市场，没事的时候，一整天都坐在自己的座位上打发时间。

公司上班是打卡制，章程规定上午10点30分上班。但是有时候她下午两点才到公司，也没人责备。

以前挺“宅”的她，在那段时间的周末反而安排得比工作日还要紧凑，见朋友，聊八卦，看电影，看剧……不过这些活动并没有缓解她心里逐渐累积起来的焦虑和毫无产出的工作所带来的无意义感。

她不知道自己要做什么，也不知道目前这样的生活状态是否应该继续下去。

而在外贸公司做业务员的Lydia，想要离职的理由则是因为每天的工作都忙到基本“没有什么个人时间”。最夸张的一次是连续一个月从周一到周五晚上12点之后下班，而且星期日下午还去公司加班到晚上11点左右才走。到后来，她爸妈都劝她赶紧辞职，因为二十四五岁的人，“工作这么忙，都没有时间找对象了”。

太闲和太忙，都不符合年轻人对于工作的期待。

根据国内某大型求职网站发布的《2017 离职与调薪调研报告》显示，近三年应届大学毕业生的离职率持续走高，2016 年应届生的离职率更是高达 26.5%。另外，一线城市员工的离职率增长较 2015 年高出 4.1 个百分点，为 22.4%。

豆沙在毕业后的两年时间里，就换了三份工作。

第一份工作是坐在那种隔断式的办公室，当时的工作需要负责的事情不多，偶尔会被总经理秘书差去帮忙听译会议内容，她感觉在那里没有太多发展前景就辞职了。第二份工作在一家电商公司，做了挺久时间的，但是后来部门解散了，如果要继续做下去的话就要接受转岗到客服，这显然不是一个让人乐意接受的决定。而最后一份工作，从入职前的雄心壮志到气愤地提出辞职，前后不过两个月左右。

辞职前夜，她还在赶老板布置的工作，通宵写了一晚上的稿子。但是因为任务量实在太大，只好先交出了一个半成品。结果老板看到后，立马就拉了一个微信群，和部门经理一起责问她，最近工作态度是怎么回事。

“他摆明就是要赶我走啊。”豆沙生气地说。

豆沙刚开始接触美食自媒体这份工作的时候，觉得一切都挺新鲜的。因为有机会接触到很多美食界的大亨，认为这里将会是自己可以大展宏图的地方。但其实接触久了，豆沙发现老板三天两头改主意，今天刚谈好策略，明天又突然说公众号总体要改一个全新的走向。

2015年，国家出台政策支持年轻人创业，小型创业公司遍地开花，给年轻人就业提供了更多选择。这也给他们带来全新的挑战，比如说豆沙遇到的创业公司里存在着老板独断专行、公司整体发展方向不明晰的情况。

不想上班的年轻人能找出十万条“不开心”的理由：公司管理不当、和老板三观不符、同事太闷、对个人生活感到迷茫……

其中有些问题，其实是几乎每一代年轻人都会遇到的职场难题。比如职场人际关系如何处理、新人如何快速融入行业等等。只是出生在互联网时代的年轻人，更不愿意将就自己，委曲求全。相比于职业上升渠道单一的传统行业，更多年轻人趋向于到新兴行业里的小型创业公司谋职。

“我有朋友找工作一年半了，越找越不好。我有种她今年上半年还是找不到工作的感觉。很夸张吧。”豆沙说起自己一位朋友的经历。她并不是完全没有工作机会，但是觉得已经拿到offer（录取通知）的工作工资太低，或者感觉自己应付不来工作场合的应酬，便一再放弃，继续面试下一家。总之，“毕业以后没工作，一直到现在”。

在家里做“全职女儿”

大大毕业之后就进了银行工作，因为性格沉稳，得到了小组长的器重。这种“器重”一到了聚餐场合，就成了“大大啊，这酒你一定要喝”。

银行同事之间的聚会并不是法定节假日才发生。几乎每一两周，就会有人攒局，这次去新开的海鲜店，下次就换成市里最火爆的火锅店。餐桌上的中年领导喝到兴头上，都是白酒和啤酒交替着喝。即使是小姑娘，只要不对酒精过敏，都很难推脱。有次大大故意干杯后只抿一小口，小组长后来特意单独和她说，“这样不礼貌”。

喝混酒容易醉。大大自认为酒量不错，但是每次聚完会，快到午夜才回到家的时候，脑袋昏昏沉沉的，想睡觉但是觉得自己身上脏兮兮的，想洗澡又没力气，在卫生间里一待就很久。

这样的社交让她觉得很痛苦。有段时间，一直在脑海里幻想着自己在某次重大的款项结算时犯点儿差错，可以顺道引咎辞职，“这样就可以不用去见那些同事了”。

大大和家人提过要从银行辞职的事情。但是家人觉得她目前的工作很稳定，并不太支持她贸然离职，劝她说，“你可以利用下班的时间做你喜欢做的事情，如果做得好，可以养活自己，我们肯定同意你辞职”。

家人这种“欲擒故纵”的策略让大大本来很激烈的想辞职的心情开始摇摆。虽然她对画画感兴趣，但是还达不到能开张接单的水平。如果找其他工作，好像在薪酬和工作量上，也不能保证比银行的工作更好。

大大知道家里人并不是担心自己辞职之后养不活自己，因为家里本身条件也比较殷实，父母唯一的期许就是女儿的工作稳定就好。

相比于一工作就要立即接棒成为家庭经济顶梁柱的时代而言，90后们的家庭条件都有了普遍提升。而60后父母也对子女的期许降低了许多，甚至有些会明确地告诉孩子，“你只要能养活你自己就好了，不用管我们”。

另外，越来越多观念开明的父母会主动鼓励子女去做自己想要做的事情。对于子女提出要辞职休息一段时间或辞职创业的想法也能欣然接受，而不觉得自己的孩子是不务正业。

艾音从北京公司辞职回青岛的决定并没有和父母商量，只是简单“通知”了一声。但是爸妈的反应还挺开心的，因为女儿可以从北京回到青岛，陪在自己的身边。

不工作、吃住都在父母家的生活，在外人看来就是“啃老”，但她给自己起了另外一个称呼——“全职女儿”。

艾音小时候给自己设立的目标是希望自己能在大学的时

候就实现经济独立，但是后来发现自己之前的想法太过天真，可能“也还是没有被逼到绝境上”。

她刚去北京工作的时候，前三个月的房租是家人帮忙付的。“我知道我身边有些朋友即使在工作之后也还在从家里面拿钱。也的确是钱不够嘛，还要租房子什么的。”

艾音在家的这段时间，父母仍然会给她零花钱用，但是她自己秉承着“能刷信用卡就刷信用卡”的原则，然后用积蓄来还信用卡账单。

“我爸妈这方面完全没有介意，是我自己有点介意。”她认为还信用卡利息的那笔钱是她在为自己的自尊心买单。

之前去北京工作的那段经历，是她第一次离开家独自生活。她上大学也是在青岛，每周末都会回一次家，和父母的相处模式好像从小到大都没有改变过，所以大学毕业后，特别渴望出去。挑选工作的目的也只有一个，那就是“去北京”。

现在回过头来看自己当时的决定，艾音觉得自己只是想成为一个“一心想离开家的女儿”。上班之后，有时候一周也很难和爸妈打上几通电话。

在艾音和朋友聊天的过程中，她发现很多朋友都是一样的，离开家工作之后，和家人的感情越来越疏离，之后很自然就产生了社会话题经常热议的逢年过节回家被家长“催婚”、和父母关系变冷淡、两代人难沟通的问题。

在北京所遇到的工作挫败很快让她意识到，单纯为了逃离家庭而换一个城市工作的行为是幼稚的，她认为自己需要重新回到家庭关系当中去修复自己。

在做“全职女儿”期间，她开始写“与父母相处日记”，把生活当中与父母相处时碰到的矛盾、家庭日常温馨时刻或者自己情绪很激烈的时候，都记了下来。每天都能发现很多素材，她自己也在写作的过程当中重新思考自己和父母、和亲人的关系，有时，还会看一些心理学方面的书籍。

虽然不上班，但是艾音觉得自己比以前工作时更有成就感，“也有可能是我合理化了我的行为”。

在她以前写下的与父母相处的日记中有一段描述说，从北京刚回到青岛的时候，艾音记得奶奶还在睡觉，但是爸爸一定要她打断奶奶睡觉也要去问好。奶奶看见她的时候很开心，抓住她的手，她也很配合地对奶奶说：“这次回来就再也不出去啦。”

不上班的成本有多高？

从“不想上班”的心情到真正不上班的状态，提出辞职的过程对于年轻人而言仍然是一道门槛。

Kiki在裸辞之后的第一个月，为了散心，一个人去台湾环岛旅游。在看山、看海的时候，觉得心胸很辽阔，但是回到上海后，便又重新感到很大的生活压力。

北上广的房价对于很多年轻人而言可望而不可即，他们每天生活在其中，却从没有盘算过要存钱买房。没有存钱的长期目标，也导致了很多年轻人的消费观都是及时行乐，今天吃好穿好玩好就行了。Kiki之前的工资也基本上“月光”。

唯一在某种程度上勒紧他们腰带的绳子是在一线城市高居不下的房租。

辞职之后每月还要支付两千元房租，即使待在家里不吃不喝，也坚持不了多长时间。Kiki后来因为想到以前公司交的社保里还有一笔公积金可以提现交房租，才多支撑了一段无业的自由日子。

前程无忧做过一项“裸辞准备金”的调查，只有14%的人表示“做得不开心，先辞职再说”，大部分人都是存了几个月的工资后才敢裸辞。

Lydia之前做外贸业务员的时候，虽然加班情况很疯狂，但公司的年终奖也很高，两年下来存了十多万元积蓄。在辞职后的一年里，她没有急着去找下一份工作，而是和不同的朋友约了好几趟旅行，包括欧洲七国、美国东部、马来西亚等。

虽然她的习惯一直比较节俭，但是机票钱、酒店钱就花出去了一大笔。再加上，身边朋友都知道她辞职了，平时约饭局都会叫上她，而她也没别的理由可推脱。每周的“聚会费用”加起来也是一笔不小的开支。

去年年底，她从日本旅游回来之后，有朋友问她春节去不去旅游，她委婉地拒绝了。因为盘算下来，一年的折腾，已经把前两年所有的积蓄都基本用光了。

不上班之后的生活开销，因人而异。有像Lydia这样，因为旅游而花光积蓄的，也有人节衣缩食，用下降的生活水平去交换与延长不用上班的日子。

但是如果物质准备和心理建设都没有做好，只是凭冲动裸辞，往往会让那些以为不上班就能实现自由的年轻人在触碰到生活坚硬的现实之后，感到巨大的失落和茫然。

另一方面，辞职成本除了金钱之外，还有时间和经验。

对于一些已经做到中高层的不想上班的人群，有一部分原因是他们已经触碰到了行业的天花板，不得不求变。

很多年轻人在一家公司工作了两三个月，就以为自己看透工作的本质了，觉得当前工作带给他们的太少。但实际上他们并没有了解行业的核心，没有从职场学到他们应该学会的本领。

其中，有部分原因是年轻人在从学校学生转化为社会人的过程中，依然有“玻璃心”、“巨婴”、浮躁等心理因素作祟，导致适应过程缓慢而艰难。

当他们消耗完了能够支撑自己不上班、自由生活的资本之后，想要重新回到职场，花费在自我心理建设上的时间，以及和同龄同事之间的工作经验差，都是辞职后的沉没成本。虽然无法量化，但是在职场这个竞赛场中足以拉开一大段差距。

目标感对年轻人而言是奢侈

在一份腾讯出炉的报道当中，出生于互联网时代里的95后最向往的新兴职业，得票率最高的是主播/网红，其次是声优、化妆师、角色扮演、游戏测评师。

这些不同于常规的职业类型是60后们年轻时难以想象的。现如今，社会职业多元化给新一代的年轻人提供了更多“不想上班”的出路。而他们也的确更追求拥有自己的一技之长，并且凭借这个技艺去过自由的生活，即使所从事的事情在外人看来是小众的、冷门的。

婕婕是2016年8月辞职的，后来依靠副业逐渐成为一名自由职业者。她目前的主要工作是做塔罗疗愈师。她从高中开始接触塔罗牌，之后又跟着占卜师正式学习塔罗，后来在豆瓣上免费给人做过几次，积累经验，然后才开始向客人收费。

在她看来，塔罗并不是算命招鬼的把戏，更像是做心理咨询，为自己的客户提供一些心理调整的建议。但比起心理咨询来说，塔罗牌可能更轻松，更容易被接受。有时候，她也会为公众号撰稿，总之，不上班依然能够赚得维持自己生活的收入。

现在，她在自己的家乡湛江开起了自己的工作室，一步步走在实现自己更大梦想的路上。

但另一方面，太过纷繁的选择，有时反而让年轻人丧失了目标感，无从选择。

Kiki在裸辞之后，有过很多谋生的想法。她想过要找家咖啡馆学做咖啡，想过回自己家乡，在新开发的旅游景点附近开一间Airbnb（爱彼迎），想过要找一个小众的欧洲国家申请奖学金，出国念研究生。仿佛每种想象都可以展开瑰丽的人生冒险，但是就是下不定决心到底要选哪一条路。

在上班的时候，会觉得“我随便做个什么都能养活自己，为什么要在办公室遭罪受呢”，但是当年轻人真正丢掉工作的饭碗后，如何为自己找到最适合的出路，成为摆在这群渴望实现自我的年轻人面前最大的难题。

这也是年轻人经常说的所谓的“上班痛苦，但是不上班更痛苦”的心态。

在中国三明治发起的一期“不想上班”投票调查当中，

“自己内心的焦虑”打败了“金钱”，成为影响年轻人做出辞职决定的最大因素。

在这个过程中，有人逐渐找到自己擅长的领域，开始渐渐明晰自己未来的方向。

在美食自媒体做小编时，老板希望团队每个人都能成为多面手，既要负责内容，还要“顺带”跑腿去做市场推广。

“后来还有人问我，现在的小编还做市场部的活啊？”豆沙说，“真是有点哭笑不得的感觉。”

辞职之后，豆沙开始专注在写稿和画插画作品上。有一次，朋友介绍她为某公众号写稿，因为表现不错，便一个人接下了整个公众号运营的外包工作。

她现在已经成为一名自由职业者了，每天下午都在家写东西，上午和晚上的时间可以自己安排。收入大抵能够养活自己，只不过目前比较大的烦恼是这样的工作状态并不算稳定。

另一批还没有完全找到自己未来方向的年轻人，将自己不上班的成本消耗得差不多的时候，又开始重新计划着回到职场，接受社会的锻炼，挣钱，以及继续找寻自己的理想生活。

Kiki是在换到第三份工作的时候，才感觉工作状态稍稍对了起来。

尽管现在每天在通勤路上，单程都要花上一个小时，可是因为这份工作的内容、环境、工资都和自己期许的相符，发展前景也不错，所以加班也不觉得太糟心。偶尔还是会抱怨工作上的种种不顺，但已经不是以前那种“分分钟都想要冲去找老板提辞职”的状态了。

而让艾音重新找工作的最直接动力是还信用卡，没有个人收入的“全职女儿”在家把之前的积蓄花得差不多了，还透支了信用卡的一部分额度。

不过，不像上次单纯为了逃离家庭而选择外地的工作，这次她不排除去外地找工作的可能，但是会综合考虑各方面的条件再做决定。

她相信自己这次重新出发可以真正“去过一个独立的生活”。这比什么都重要。

一入“体制”深似海，他们在努力游[1]

在北京城区某街道办事处工作的袁琪，最近陷入爸爸对她的“盯梢”中。

自从和家人透露了要离职的想法，担心她真辞职的爸爸每天都盯着她的作息。早上出门晚，就问：“辞了？不上班啦？”晚上回来早，又问：“今天怎么那么早，真辞了啊？”

这让袁琪哭笑不得，明确和爸爸谈了一次，表示自己肯定会辞职，换工作不会死人，让爸爸别老跟盯贼似的防着自己。爸爸老大不高兴，发了一通脾气，甩下一句“上哪找那么好的工作啊？”。

在爸爸眼中的这个好单位，袁琪已经累计工作了 8 年。

2007 年，袁琪从劳动与社会保障专业毕业，慢性子的她毕业后一直没找到合适的工作，几十场公司面试、考公务员

---

① 本文作者李依蔓，写于 2017 年 3 月。

和事业单位都没成功，“家里蹲”了将近一年，所幸北京孩子不需要为房租和生计发愁。

妈妈替她到失业窗口询问，争取来了一个街道临时工的机会。最开始袁琪在计生窗口负责接收潮水一般的准生证办理材料，琐碎又易出错，薪水只有800元。

工作压力大，能“转正”的考试又没过，2年后袁琪一气之下裸辞了，虽然家人告诫她“你就一直考一直考，总有一天会感动领导的”。

和朋友在大学门口摆地摊，去面包店打工，到珠宝店贴标签，袁琪折腾了一年没结果，一走亲戚就被七大姑八大姨围攻批判。“还不如回到原来那样呢。”袁琪又低着头考回了原来的街道当临时工，明显感到同事们对自己的态度都带着轻蔑。

2013年，袁琪终于通过“专职工作者”资格考试，获得了体制内的正式身份，工资也涨到了税后三千多。家人希望她在体制内把个人问题也解决了，给她介绍了在另一个街道工作的男生。“真心不行，我自己在这儿就觉得不好，我再找一个这儿的，多糟心啊，还要承担起家庭责任，不敢想象。”

即使“二进体制内”，32岁的袁琪依然试图跳出去。和袁琪一批成为专职工作者的同事有3个，其他两个都辞职了，有一个走前和她说，“哪儿都比这儿强”。

但她就像被困在隐形笼子里的鸟。过去耗费的时间是巨大的沉没成本，加上自己年纪也不小了，变动更得谨慎。

越焦虑，袁琪就越疲惫，每天下班提不起精神，吃完就睡，一个月胖了10斤。

不知道要做什么，就先到体制内吧

改革开放前，工作并没有体制内外的分别，每个人都是“祖国的螺丝钉”，哪里需要去哪里。如果要那时的人想象，未来自己需要靠面试竞争工作，简直像天方夜谭般荒谬。

到了20世纪90年代，仍然有70%的工作属于“体制内”，人们更习惯“单位”而不是“公司”，习惯于住房、医疗、养老、生活福利、子女上学甚至就业被单位妥帖地照顾。

而根据最新的国家统计数据，2015年在城镇国有、集体体制内工作的人数，仅占全部城镇就业人数的16.6%，这个比例从5年前的20.3%一路下滑，虽然在不同城市这个比例并不平均。

社会变化剧烈，但体制内光环依然是许多80后、90后的父辈对于“好工作”的认知，不少城市里的80后、90后，都是在父母的单位分房或远低于市场价的集资建的房子里长大的。

“我工作之前，包括工作前几年都是没有独立思考能力的，大家说什么好我就去做什么，大学志愿都是父母帮我填的，没想过自己想要什么。”曾在苏州某经济开发区工作的秋凉，这样解释她进入体制内的缘起。

秋凉的父亲是一名公务员，享受过体制内工作“金钟罩”般的庇荫，自然也希望孩子生活在这样安稳的保护下。

2008年，秋凉从南京一所大学的文秘专业毕业，班里大部分同学不是成为公务员，就是进事业单位。那年搬了新大楼的苏州某经济开发区管理委员会到学校招人，刚结束韩国交换生活的秋凉回到国内，看来看去只有这个工作最“体面”。经过四轮选拔，秋凉和一名同班男生成为最后应聘成功的两人。

刚入职，秋凉被分派到接待科，如果开发区里有客商、领导来洽谈考察，就负责安排路线、食宿，工作轻松得让她觉得有点对不起自己拿的工资。后来因为在写作、演讲比赛中的成绩，秋凉被换岗到办公室。

工作第三年，秋凉通过晋级考试，幸运地成为单位里最年轻的中层干部。对于许多公务员、事业编制员工而言，能够参与竞岗考试升职的机会并不多，多是“媳妇熬成婆”。

工作头几年，秋凉的工作和生活完全是“好姑娘”的人生模板，属于相亲市场上颇受欢迎的那一类。但同时间就业的同学、朋友，这时开始呈现出不同的职业特点，差距逐渐拉开。稳定在温室里的秋凉，忍不住会想，这份工作真的那么好，真的适合自己吗？

那时微博刚刚兴起，许多社会议题在舆论里不断发酵，在不同观点的纷争中，秋凉觉得很困惑，“不知道该听谁的，想获得一些帮助”，于是她选择到上海念在职研究生，每个周末往返于苏州和上海之间上课，尝试走出固化三年的生活圈。

她还参加了许多上海的展览、线下活动，试着学习采访各式各样有趣的人物，和朋友们成立了工作室，策划展览、排演女性主义主题话剧。“我发现人居然可以这样那样地活，发现自己也有这样那样的想法，不安分的种子越来越大。”

从那时起，秋凉就偷偷瞒着领导、同事、家人，一直在寻找离开的合适机会，每年都会修改简历、面试求职，拿到一些不一定会接受的offer。“想跳槽就要知道自己在这个行业能拿到什么薪资，掂量一下自己几斤几两。”最接近离开的一次在2015年，职位是上海一家国企的总经理助理，却因为同时通过了单位职级聘任的考试，薪水又涨了一些，秋凉决定再干一年看看。

压倒秋凉的最后一根稻草，是在职研究生论文写作，她的选题是“中国女性公务员的上升通道”。这篇论文从2013年起写了快三年，她大量查阅资料，也打着学术研究的旗号对单位领导进行访谈，结果并不乐观。

秋凉发现女性在体制内，不仅上升通道狭窄，还要承受来自领导、同僚对于女性员工以家庭为重的“传统观念”的影响，就算自己未来表现出色成为领导，可能也不会有什么作为。“做完研究我就绝望了，还是离开吧。”

2016 年，秋凉结束了 8 年的“类”公务员生活，前往米兰大学攻读文化交流方向的硕士。一方面因为依靠 8 年的体制内背景，在工作市场上再度选择的机会并不多，另一方面，因为同在米兰读研的学姐告诉她，意大利公立学校的学费并不高，留学更像是低成本地换一种生活方式。

飞往米兰的一周前，她才向单位提出离职，那是她拿到签证的第二天。领导和同事们都很惊讶，这个对同事们自称不用微信、安静低调的女孩，没透露过半点可能会离开的想法。

而爸妈并没有对秋凉的离职做阻拦，还主动帮她结清了国内的房贷尾款，免得她在国外还贷手续麻烦。身为老公务员的爸爸也清楚，随着政策的变化，本来自带优越光环的“体制内”，福利和前景远不如当初了。

离开体制到外企，有多难？

从美国留学归来的小雪原本也没想过自己会进入体制内。

2013 年，小雪从美国金融硕士毕业，回国结婚、找工作。但由于在英国念完化学硕士，才临时转方向去美国念了金融，小雪在回国求职时遭受不少打击，想进银行和证券公司，屡屡因为“没有实习经验”“学历背景跨度太大”而碰壁。

“刚毕业时特别傻，根本不知道能选什么工作，对行业的分支基本都不了解。”于是小雪听从了家人的建议，选择到一家和金融毫无关系的国企做后勤，先安定下来，慢慢再看。

接下来，她就开启了重新找工作的模式。

2015 年是小雪找工作最疯狂的时期。每天上班时打开求职 App（应用软件），登录一家家招聘网站，搜索新上线的招聘需求，投出简历。

在某招聘网站发布的《2015 年春季人才流动分析报告》中，公务员群体成为 2015 年春季跳槽大军中的亮点，跳槽率同比增加 34%。全国范围内有 1 万多名公务员、事业单位工作人员通过这个招聘网站投递求职简历。其中，就有小雪的一份。

最多的时候，小雪一周有三四个现场面试，这还没算上电话面试。为了能溜号，小雪想了无数种理由请假，请全天的假比较麻烦，就借口家里有事晚点来，或下午早点走。车里常备一件西装外套，平时穿的裙子也以黑色为主，这样面试时只要穿上西装外套就足够正式了。好在小雪是办公室里为数不多的女生，领导对小雪的管理没有太过严格，开溜面试的事从没被发现过。

没想到一年的面试都没结果，小雪才意识到，问题也许出在求职方向上。曾有面试官告诉她，“你的简历是我见过最适合做‘行研’（行业分析师）的”，小雪就一头往里扎。但他没告诉小雪的是，能拿到这个职位的往往都是博士。

一整年尝试离开的努力，像重拳打在了棉花上。全家和小雪坐下来谈话，既然短期内走不了，那就先把孩子生了，国企还能申请到最长7个月的带薪产假，到时再找工作就没后顾之忧了。“但那时我还能走吗？”小雪自己也怀疑。

结果怀孕2个月后，小雪查出胚胎发育不良，不得不做了流产。想走走不了，孩子也没要成，费劲努力想要的都落空，小雪反而彻底放松了。

2016年年中，小雪看到一家500强外企运营职位的招聘信息，没抱太大希望地投出简历，却收到了HR邀请她进行在线压力笔试的通知。为了准备考试，小雪把能找到的所有题库资料都打印出来，贴在家里的墙上，疯狂面试时的笔试经验也派上了用场。

在面试环节，小雪发现和自己一起面试的竞争者，几乎都是排名前10的英美大学的留学生。“我告诉自己就是来打酱油，见见世面的。”

在国企的经历也并不是无用功，写报告做项目时形成的逻辑思维习惯，让小雪能在一两分钟里迅速理清思路，用英文漂亮地完成逻辑清晰的即兴演讲。本来面试的是运营岗位，负责财务的经理甚至中途“拦截”，问她是否有兴趣加入财务分析师团队，这是小雪更心仪的职位。

“虽然你没经验，但我认为你能胜任，不懂的我们都会教你。”这位经理成为小雪现在的顶头上司。

家人几乎没人支持小雪突然的离职决定，在计划要孩子的关头走，放弃国企轻松的工作和比一般公司更长的带薪产假，新公司还需要付出将近 4 个小时的上班通勤时间。小雪和家人达成协议，入职一年后将怀孕的事提上日程，说服家人同意。

从国企写报告的后勤人员，到外企建模分析的财务分析师，新工作比想象中要累得多，经常加班到停车场的收费大叔都不愿意等了。入职半年，所有的工作要从头学，包括怎么在Excel表格里加编程、跨国电话会议怎么开。

“我以前觉得自己挺学霸的，到这里自己就是个学渣。”小雪发现周围同事几乎人人都考下了通过率仅有 15%的注册会计师资格证，她正在考虑自己要不要也考一个。但当务之急还是尽快上手工作，在第一季度的财务工作高峰到来前，能帮得上忙。在体制外的江湖里，沉浮更靠自己的努力。

与其说进入体制内是年轻人对父母期待的迎合和满足，不如说是不清楚自己想要什么的年轻人的一张护身符。

小雪花了3年的时间，在体制里完成“想要什么”的功课。“不过更重要的，是慢慢发现自己不想要什么。”

做副业，体制内的“曲线救国”

Stark是上海人，读书和工作都在上海，没离开过家人身边。2014年大学毕业时，他面前有两个机会，一个是创业，一个是某国企。

Stark大学时期非常喜欢健身，在健身房认识了两位健身达人，正好都有开一家以团课为主的健身工作室的想法，三人一拍即合。

大四那一年，Stark和两位合伙人开始筹备健身工作室。从选择场地、做空间设计，到上阵刷墙、铺地垫、组装健身器械，事无巨细，Stark都亲自上阵。2014年毕业前，Stark参与创办的第一家200平方米的健身工作室，在上海一个创意园区里落地。

虽然家里给了Stark几万元的创业启动资金，但依然不认同他将开健身工作室作为主业。Stark没有悖逆家人的意愿，选择了一家国企，从事后勤工作，把开健身工作室作为副业。

本职工作的清闲，给了Stark很大的自由空间。平时上班手头的正经事并不多，他就处理健身工作室的工作。单位下午下班早，四五点过后就是他的健身工作室全职时间，平时如果需要洽谈业务也尽量安排在自己下班后。

刚开张半年多，Stark的健身工作室就开始盈利了，并在一年之后开了第二家。去年，Stark和合伙人又把事业拓展到了另一座城市，开出了一家2000平方米的健身房，涉足健身教练培训领域，收入远远超过本职。

Stark把副业的成绩一部分归功于幸运。2014年，上海的健身工作室不过才10家左右，发展到现在已经有1000多家。“如果当时没开，现在开可能就比较难了。”

在单位里，Stark表现得十分低调，话不多，朋友圈对同事全部屏蔽。“国企不需要你畅谈，安安分分低调一点，其他的什么都不要说。”领导们整天“小S、小S”地叫，却不知道Stark在外面开了三家健身房。

许多人都对Stark就职的国企表示羡慕，但超常的福利待遇只是外人的臆想。五险一金，加上补充医疗和年金，曾被津津乐道的福利待遇因为反腐倡廉、“八项规定”被大幅削减。这样一来，体制内的员工待遇和许多体制外企业并无多大差别。至于几十年后可能高于其他企业的退休金？没人能够预测那时的企业经营状况和退休政策。

更让Stark感到担忧的，是未来的发展可能。体制内等级制度森严，上级都是80后，年纪差距不大，自己要晋升，就得要熬到他们升职，周期可能长达10年。但实际能不能升，不一定和能力有关。一份不需要操太多心的工作，能力自然也得不到锻炼。Stark觉得，如果不是因为自己在创业中学习到更多技能，也不会在想辞职时能有满满底气。

Stark虽然考虑过近期辞职，但要想争取到父母的首肯还需要时间。如果未来有风投资本进入连锁健身房这一“副业”，Stark觉得自己铁定会辞职，那时也更有理由说服家人了。

过去的30年里，中国曾出现过几次离开体制内的风潮，最大的一次莫过于1992年，当年有12万公务员响应政府“下海创业”的号召而离职，1000多万公务员停薪留职。而如今许多体制内的年轻人并不需要“停薪留职”才能创业，副业成为主业相对清闲的体制内员工“曲线创业”的选择。

在中国三明治为“体制内故事姜饼人”发起的微信群组中，15%的体制内员工表示自己在从事副业。

有人在国企住集体宿舍时贩卖内裤、袜子，生意不错。有人在周末做学生家教，或在教育机构兼职培训讲师，甚至有公务员办起了公务员考试培训班。有人开起了服装淘宝店，周末跑市场选款进货，一下班就赶回家发货，有时饭都顾不上吃。

8小时的本职工作不足以满足自身的成就感，与其上班时刷淘宝刷朋友圈，更多人悄悄选择给自己找点事做。

每一条鱼都有自己的河流

业余时间，袁琪也经营着自己的副业，开了家代理香氛精油和首饰的微店，虽然销量一般，但好歹算是个尝试。

她仍然在不停投简历、面试的路上，经历着各种理由的拒绝，比如“那么多年，你在街道居然都没考上公务员”“街道多稳定啊，干吗要走”“街道那么清闲，我们压力很大的”。

让她无奈的是，走不了，在体制内部调换岗位也会遭受不解，比如从街道到社区工作的第一天，主任就忍不住问她，“你干吗来这儿啊？有能力的都走了”。袁琪只能尴尬地回答，这儿离家近，走着就能上班。

从去年开始，袁琪尝试做了一段时间的心理咨询，约谈HR进行职业咨询，上各种关于写作、职业规划、新媒体运营的在线课程，参加线下活动。尝试的领域越多，她越发现，“世界比我想象中大得多，每一行都有不太容易的地方”。以前她对生活的认识，大多局限在家人偏颇的讲述里，比如“写字楼里都是皮包公司”。

过年之前，袁琪参加了中国三明治写作者的线下活动，站在台上勇敢地分享了自己的故事。她第一次对外人提起自己小时候得过先天性疾病的经历，亲戚们因为担心她“智力有问题”而避讳对她的支持，背负了很多心理负担，总是因为害怕而裹足不前。

“我们都在不断突破和完善自己的过程中吧。”尽管想尽快离开的心情依然迫切，但她的状态放松多了，“不合适就是还没碰到，再面呗”。

最近袁琪还给自己报名了《中国新歌声》的海选试音，开玩笑说要让自己释放天性。她通过了第一轮，止步于第二轮，却兴高采烈地撰文分享过程中学到的歌唱心得。

今年是秋凉第一次在外过年，大年三十那天，她和室友一起包了两种馅儿的饺子，一位热心的东北大姐送来酱肉，就算年夜饭了。秋凉从国内背了好几口锅来，回归“穷学生”的身份，下馆子是奢侈的，连说带比画地去市集买菜回家做饭，竟然也把自己喂胖了。

在接下来大半年的时间里，秋凉将从零开始学意大利语，通过语言考试后才能正式入学。和她一届的语言学校同学只有 6 名中国学生，最小的才 19 岁，已经能和意大利语老师侃侃而谈，看得秋凉“抓心挠肺”的，而她连菜单还看不太明白。

但生活在米兰的艺术氛围里，还是让秋凉感到自在的。每月第一个周日是米兰各大博物馆和美术馆的免费开放日，那天秋凉会坐红线地铁，从Palestro站出来走进自然博物馆，不远处就是现代艺术画廊。从语言学校出来会经过米兰大广场，那里有建于1386年的米兰大教堂，耸立的哥特式的塔尖刺向天空，游客的打卡景点成为秋凉上学的日常。

即将开始的研究生生活，至少要持续两三年，纯意大利语的上课、讨论、论文都是不小的挑战。未来会回国，还是留在意大利？对秋凉而言还是未知。

每当想起在体制内外的选择时，秋凉的脑海里总会盘旋这样一句话：

“每条鱼都有自己的河流，你知道自己是什么鱼，就会游向你想去的那条河。选择前想清你要什么，能承受什么代价，想清楚就去做吧。”

（文中所有人物均为化名）

毕业三年后，年轻人的钱花哪儿了①

“心有余而钱不足”，草团团在自己的微信昵称后面，加了这么一个长长的后缀。一年多前她还在读大四，从微博上看到了这句话，觉得非常符合自己的当下状态，就用在了微信上，结果现在也没改过来。

大部分毕业不久的年轻人，对自己目前消费状态的认识都是“心有余而钱不足”。

离开家乡在大城市打拼的，房租、交通先占去大半，吃饭聚餐开支也比小城市多了不少。而无论生活在何处，买买买的欲望并不会因为地域的变化而有所削弱，电脑、手机、衣服、化妆品等物质消费是一方面，看演出、展览、电影的精神消费也是大头，线上线下的付费课程等待着每一个“终身学习者”的钱包，还有“说走就走的旅行”时刻在召唤……

---

① 本文作者张奕超，写于2017年6月。

2017年初，易观记账理财应用随手记，基于2016年80后、90后记账用户的数据，发布了一份年轻人消费趋势数据分析。数据显示，2016年，全国年轻人人均收入为6726元/月，月均支出为4386元/月，月收入在8500元以上的占比达到53%，这类人群或许就是“消费升级”的中坚力量。

这份数据的收集对象为80后和90后，但对于大部分毕业不久的年轻人，收入并未能达到上述的8500元，面对同样的“消费升级”诱惑，如何支出自己手上的钱，成为年轻人欲望和现实斗争的最大课题。

失业也要追星

草团团家在广州，目前失业。但在她的各种开销中，仍旧不会省掉追星花的钱。

每月有2600元可支配金额的她，这几个月在自己的偶像身上林林总总花了1500元。

2017年3月25日五月天的广州演唱会，她买了价值455元的票，邮费30元，现场还买了官方的荧光棒，要45元，但草团团说：“虽然现场官方和非官方荧光棒是四六开，但其实灯光效果是包括荧光棒的，用官方荧光棒，他们才可以根据现场演出情况控制你的荧光棒，所以一定要买官方的，整体舞台效果才会最好。”

草团团还买了五月天出的两本台版书，合计274元，以及一张190元的新专辑。

五月天主唱阿信的潮牌STAYREAL旗下有一个叫CORXXBONES的品牌，有一次，五月天的团长怪兽，也就是草团团的偶像，参加节目穿了这个品牌的卫衣。草团团看见了以后很喜欢，为了得到偶像同款，咬牙买下了这件价值670元的卫衣，虽然容易起毛球，但朋友们都说，这是她最好看、最显瘦的一件衣服。

广州离香港很近，但5月份的五月天香港演唱会实在太贵，草团团只好放弃。除了五月天，她还有很多偶像，足够让她平均每个月掏一笔钱：同样来自台湾的先知玛莉和宇宙人乐团，这几个月会来广州演出，票价分别是100元和150元，如果加上专辑和周边也会花上几百元钱。

2016年，草团团从汉语言文学专业毕业后，留在广州，住在妈妈家里。虽然比起外地朋友，少了一笔房租钱，但交通、吃饭要花的也不在少数。

草团团大学专业是师范方向的，实习也在一家学校教书，但临近毕业，她还是希望从事文字相关的工作，却在经历上吃了亏，用人单位看到她的实习不对口，往往就没给offer。经历了两个月的失业，她到一家书店工作，两个半月后，却因为粉尘过敏和抑郁症加重，被迫辞职。

虽然也投了不少简历，进过几家公司，但其中一家在草团团入职一周后就倒闭了；有一家是因为草团团自己身体状态不好，只能辞职；还有一家公司觉得她不合适……

草团团暂时还没有找到合适的工作，收入一方面靠爸爸每月 2000 元钱的接济，另外也因为专业是汉语言文学，会接一些帮毕业生做论文校对的工作，检查有没有错字病句，帮忙理逻辑，但因为都是朋友或者朋友的朋友，只收每万字 60 元钱，一个月加起来才 600 元。

每个月拿着 2600 元，到月底总会月光，草团团现在还欠着一个好朋友 2000 元，日子过得紧巴巴。想到看病要花高额医疗费，而且去医院面诊的经历让她觉得很不愉快，所以她并不想把钱花在看病上，而是选择自己调节，最多就喝喝咖啡，让自己处在一个“比较平和的兴奋状态”。

每天喝咖啡草团团倒是舍不得，但平均一个月在咖啡上也要花 300 元。平时她会喝茶提神。做上一份工作时，她买了 Dilmah（迪尔玛）茶包到公司，几位年长同事不知道这个牌子，冷嘲热讽地说：“年轻人，不要这么大花销，喝这么好的茶。”连妈妈也觉得喝白开水才是最健康的，指责她明明不挣钱，为什么还要花钱在茶或咖啡上，让草团团觉得很无奈。

草团团每个月电话费 80 元，交通费 150 元，都比喝咖啡花得少。尽管平时为了省钱都自己买菜回家做饭，但偶尔跟小伙伴们聚餐，吃饭加上喝饮料等，一天下来也得花 180 元左右，每个月在吃饭上要花 1000~1300 元。

恩格尔系数[①]居高不下，草团团决定接下来必须控制在吃饭和咖啡上的钱，但追星上，她还是觉得该花就得花。

目前她最想要的是一台电脑，原先的电脑毕业后就坏了，到现在都没买新的，平时要做改论文的活儿时，只能用手机看，或者把文稿打出来在纸上修改。有时实在需要用到电脑，只好去网吧，可是一个小时也要花 10 元钱。

经济较为拮据的她没有种草[②]Macbook（苹果笔记本电脑），买电脑的预算是 4000 元钱。草团团本来打算跟爸爸妈妈分别借 2000 元，但爸妈不同意，自己只好努力攒钱。

除了电脑，草团团种草的都跟音乐和偶像相关，她想买一款价值 3000 元钱的耳机BOSE Qc35，降噪效果好，低音表现也不错，这样听五月天作品里的贝斯部分效果会很好；还想要一个带CD（激光唱盘）播放器的音箱，价值 4000 多元，可以听自己买来的专辑。

6 月份毕业季一过，草团团的改论文收入会大幅降低，目

---

① 恩格尔系数指食品支出总额占个人消费支出总额的比重。——编者注

② 种草是一种网络用语，指分享某商品的优异品质以诱人购买的行为，或自己根据外界信息对某事物产生体验或拥有的欲望的过程。——编者注

前家人对她的“啃老”也有不满，所以她一方面在准备公务员考试，另一方面也在不停地投简历。

“如果这个月还没找到工作，我就去奶茶店或者便利店打工，交完五险一金，拿到手也有2000多元。”

月光不误文艺

一线城市的基础消费水平，导致年轻人手上的可支配收入并不多。但一线城市同样也带来了许多文艺相关的消费。有了它们，文艺青年愿意承受高房租和高物价，有时甚至愿意牺牲“开源”的时间。

金鱼老家在湖南，2015年在长沙大学毕业后，因为喜欢上海的戏剧氛围，孤身一人来到上海。

金鱼的本职工作是广告文案，与戏剧并非直接相关，但在她的朋友圈，总是能看到某场戏剧的预告或是观后感。大学接触话剧团以后，她被这种艺术形式打动。“三言两语，就可以把你带到一个不一样的世界，让你思考另一些东西。”

刚入行做广告文案时，金鱼每个月只能到手3000多元，为了不向家里开口，她给自己规定好了开销，住宿、吃饭分别不能超过工资的1/3和1/2。金鱼很快在中山北路附近的一个小区找到了房子，一间房子要住五六户人，她自己的小房间只能放下一张床、一张桌子和一个塑料板拼起来的柜子。

对于她来说，房子条件如何并不重要，只是一个用来睡觉的地方。周一到周五她经常需要加班，但到了周末，即便有兼职工作找上门，她也不愿意用周末的时间交换，因为周末是她看戏剧、展览和live show（真人秀）的时间。

“前一阵子我们公司提过要实行周末值班制度，我顿时就想换工作。工作对我来说，是养活自己的手段。如果没有双休，我活不下去。周末如果不出去玩，我为什么要来上海吃这份苦？”

工资涨到6000多元以后，金鱼也开始“消费升级”起来，换了一处2000元月租的房子，其余的钱还是都花在了艺术类的体验上。

“刚到上海的时候，周末看展和参加活动都尽量挑便宜或者免费的，那时候看的基本都是免费的展，话剧只敢一两个月看一部，而且只买最便宜的票，100元或者180元一部。”

现在金鱼平均一个月要看三四部戏，也愿意买接近中档的280元或者380元的票了。以往只去live house（小型室内演出场所）的她，今年也开始关注票价更高的演唱会，比如朴树在上海的演唱会。

5月份的上海戏剧谷演出实在太多，金鱼看了《狂飙》和《二马》，《红楼梦》买的还是380元的票，加上“五一”草莓音乐节买了价值 600 元的三天通票，金鱼发现花呗账单实在有点吓人，为了控制自己，她把花呗额度调低到 2000 多元。

金鱼知道自己办了信用卡可能难以控制，所以至今还没有办信用卡，但平时消费都会先刷花呗，再花自己的钱，为了不多花利息钱，她都会把花呗账单尽量控制在次月能还上，但每到月底总会发现自己账户里剩不下来钱。

“我花钱，不是说这笔钱会给我带来什么收益。我花钱，是因为我开心。”在很多朋友眼里，金鱼是个散漫的文艺青年，把钱都花在看展览、话剧这些看起来和工作或者提升自己并没有直接关系的事情上。

“我是相信潜移默化的力量的，没有必要一定要把兴趣爱好当成工作，而且我对于现在的付费课程也不感兴趣，我太懒了，一定坚持不下来的。不是说你看一部剧，就是要通过它去了解戏剧史或是怎么样，我看了它能让自己开心一点，也算是一种解压吧。”

毕业接近两年，除了在戏剧上的持续投入，金鱼的整体消费结构也有了不少改变。过去平均每个月会花 500~1000 元在衣服、包包、化妆品等女孩子喜欢的东西上，现在她规定自己把喜欢的东西放进购物车后，不能马上下单，必须重复看两三遍再买，有时还期待着购物车里的商品失效，这样就不会花这笔钱了。

有时即便是看免费的展览，也免不了要花钱。“本来看展是免费的，但有时你看到展览的周边，有丝巾啊包包啊，一些小东西，就会想买，一不小心就花了几百元。”

金鱼不爱做饭，但点外卖时擅长货比三家，研究哪家店或者哪个应用的折扣大，总能点到低于20元一顿的饭，不过，平时研究外卖折扣省下来的几元钱，周末跟朋友吃一顿可能又都花出去了。

随着年龄的增加，人情往来方面的开支也不少。这几个月，每月都有一拨外地朋友路过上海，平均下来金鱼每个月请吃饭的钱就用去两三百元。加上几个要好的姐妹生日，约好了互送礼物，人家送四五百元钱的，自己也不好意思送太掉价的。

“我们大学寝室四个人，除了我是单身，剩下的一个刚结婚，一个结婚了怀着宝宝，一个结婚后已经生了宝宝。”基本上平均一年一个，每份礼金也要花去七八百元。

即将来临的7月份，金鱼要回湖南老家参加哥哥的婚礼，除了准备礼金和路费，也得给姑姑、阿姨等亲戚准备礼物，她预计要攒几千元钱，但7月快到了，能不能真的攒下钱来，她没有太大把握。

“现在可能是有点老了，觉得自己是注孤生①的体质，要

---

① 注孤生，网络用语，注定孤独一生的简称，形容独自一人生活。——编者注

开始给自己攒钱，挺想给自己买套房子的。虽然我对住的环境不挑，但是我对家居这块也挺喜欢的，在消费上可能会变得越来越实际吧。以前可能觉得把自己打扮好，过好自己的生活，开开心心的就好了。”

一些已经结婚的朋友也劝金鱼说：“如果你真的对结婚不抱期望，应该留一笔钱给自己，万一出了什么事，至少可以保证自己的生活。”

金鱼接下来的计划是尝试每个月存一千元钱。“不过还是要保证目前的状态不要太受影响。”

对于未来，她没有太多担心：“有什么收入就过什么生活。你再把我拉回到四千多元的收入，我还是可以过。你现在给我 1 万元钱一个月，我也可以花光。只有想不到的开销，没有花不完的钞票。”

有了女友，就变成“月负”

年轻人并不都是像金鱼一样，“一人吃饱，全家不饿”。自从谈了女朋友，苏州的陈十年就从每个月有储蓄的状态，变成了“月负”一族。

陈十年是温州人，2014 年临近大学毕业，到杭州实习做淘宝文案。虽然实习工资一个月只有 2300 元，但公司包饭，房租 1000 元，每个月跟朋友聚餐也就是吃烤串和路边摊，花费不多，月底能省下 500 元。

毕业后陈十年回了温州，先在一家报社实习，家里希望他考公务员，他又辞职备考，就在这时认识了还在苏州读大学、回温州过暑假的女朋友，把六七千元积蓄花在和女朋友出去旅行后，只好开始接受妈妈的经济援助。

2015 年 11 月，因为没考上公务员，加上想和女友待在一起，陈十年来到苏州做文案策划。

刚开始没有和女友同居，每月收入 4000 元，去掉房租 1000 元，还能攒下一些，但自从跟女友搬到一起，虽然工资涨到了 5000 元，每月也平均要花去 7000 元，成了不折不扣的“月负”族。

因为女朋友养了两只猫，需要更大的空间，陈十年换了一套 1700 元月租的房子。家里觉得陈十年和女朋友在一起时间不短，也是时候谈婚论嫁了，于是帮他付首付在温州买了一套房子，每月要还 7100 元的房贷。

妈妈知道以陈十年的经济能力根本无力承担，只要求他还 1000 元：“每个月你还 1000 元，剩下的我们帮你还，作为你长大成人的标志，也提醒你有这份责任在。”

除了房租和房贷，陈十年经常会和女朋友一起出去吃饭，一般一顿饭 100~200 元，偶尔奢侈一把吃一次日料自助，两个人要花500元，合计每个月在吃饭上也会花去2000元，加上每月300元左右的猫砂和猫粮，只要稍微有一点“心血来潮”的开支，就会变成“月负”。

4月份，陈十年和女朋友一起去北京旅行，虽然住在亲戚家里，但是路费等其他开销也花去3500元，陈十年都刷了信用卡。

刚好在那个月，女友的iPhone坏了，作为锤子粉，陈十年决定给女友买一台锤子手机。他预计老罗（罗永浩）会在5月份发布一款配置没那么好的手机，为了让女朋友能快点用上手机，就买了型号为M1L的一款。

没想到锤子5月份发布的坚果Pro两个人都很喜欢，系统、功能和外观都很不错，女朋友尤其喜欢它的红色款。陈十年于是又为女友买了坚果Pro，4月份买的M1L则变成自己用了。这两笔开支都在京东白条刷了无息分期。

端午节前，临近毕业的女友和陈十年提出了分手。待在苏州原本就是为了女友的陈十年，决定在6月底房子到期的同时辞职，回家乡温州发展。

处于即将毕业三年的关口，陈十年对未来还是没有非常明确的职业规划。目前自己每月花费7000元左右，可能工资要涨到7000~8000元才能匹配，但现在这份文案策划工作，温州的工作岗位并没有苏州多，预计工资暂时不会有所增长，反而会下调。

在提前透支未来收入的陈十年的世界里，钱可以给心爱的人购买礼物，也是他为未来人生做规划的重要一环。

未来 5 年涉及结婚、生子等计划，陈十年决定目前还是脚踏实地慢慢积累。凭自己的经验，跳槽回温州直接升至经理可能性不大，只能尽量成为公司品牌部或企划部的中流砥柱，努力看看月薪是否能升至 6000~7000 元的水平，如果有好的项目和想法，也会考虑在家里的支持下创业。

为了让自己高兴的买买买

对于同样是毕业三年的南派来说，钱是带给自己安全感的东西。她对钱的渴望，来源于童年因为钱被家人拒绝的经验。“13 岁的时候，姐姐有一台电脑，我也想要。但我爸会觉得玩电脑跟学习没关系，骗我说三次拿到 100 分就给你买，结果等我拿到了，他也不给我买。”

南派在南宁读书，毕业后来到男友所在的城市广州，进入一家知名电商做运营。刚毕业时工资四五千，但不管是房租、吃饭还是旅行，她仍坚持和男友 AA。

南派非常享受看着存款数字一点点增长的过程，即便刚入行工资不高的时候，她也会努力存钱。“支付宝有个功能，你可以给自己设小目标，往里面存钱。当时我房租不到两千，公司包三餐，就规定自己一个月不能花超过一千。”

很快，因为自己做PPT（演示文稿）的技能满点，她就有了来自公司内部和外部的额外收入，在公司内部讲课会有课酬，还给其他客户做PPT模板和方案，每个月收入不固定，到2015年夏天，她已经攒下2万多元。

那年“五一”她去土耳其，家里资助一半，自己拿一半，一共2万多元，但南派对于自己的存款数字减少这件事情非常焦虑，年底又攒到3万元。

旅行是南派花费的大头。2016年，为了能去纽约旅行，她的存款达到七八万元，去纽约待了半个月花费3万元钱，除了暑假本来就贵的机票钱外，很大一部分花在了酒店上。

虽然南派会提前在不同网站比价，争取订一个性价比最高的，但她喜欢的酒店都不便宜。

“我喜欢有设计感的酒店，在纽约，每隔两天就要换酒店。纽约大部分的酒店都是old fashion（老式）的，所以我看到Dream Downtown（梦幻市区酒店）的时候觉得特别惊喜。进去之后一楼大堂天花板是圆形镂空的，正上方就是泳池，整个大堂波光粼粼，特别漂亮。同类型都要三四千，但我当时订这家一个晚上只要两千多，性价比特别高。”

南派身边的朋友都是三四十岁的哥哥姐姐，有的在公司当高层，有的做投资，有的自己开公司，跟他们比起来，尽管自己每月收入一万五到两万，她依旧觉得自己赚得不够多，感到很焦虑。

钱对于她来说，就像满足小时候那个“突然很想要买电脑”的小女孩一样，就是为了满足自己心血来潮时的花钱欲望的。

比如之前李安的电影《比利 · 林恩的中场战事》上映，广州没有 4K（即 4096 × 2160 像素分辨率）版本。一天早上，南派突然很想看，于是自己买了机票当天飞到上海，看完电影又立刻飞回广州。

前一阵她突然心情不好，想去桂林玩几天，提前三天订好高铁票和酒店就去了，在桂林住度假村，住宿花了 4000 元。

今年 3 月，南派从公司辞职，成为一个纯粹靠兼职养活自己的自由职业者。辞职的原因是半年前自己的上司换了，新上司老给自己穿小鞋，南派忍无可忍，默默在余额宝开了一个梦想基金，拼命往里存钱，准备存到一定金额就跟公司分手。

南派的梦想基金计算公式如下：把房租乘以 3 个季度，再把做饭的钱乘 3 个季度，这样保证自己能在三个季度内基本不会饿死，不会无家可归。最后她在梦想基金存了接近 2 万元，加上其他存款和持续的兼职收入，终于痛快地辞了职。

在女孩子特别喜欢的服饰和化妆品类，南派的消费也很理性。自己是过敏性皮肤，护肤品只能用理肤泉，省下不少钱。

南派很关注时尚资讯，所以在服饰上不会盲目追求大牌。她不会选择H&M等快时尚品牌，觉得穿一年就会坏掉。月入4000元的时候，她会买单价200~300元一条的小众设计品牌裙子，现在则会买一些轻奢的，一条裙子的预算提升到两三千元，也开始舍得买蔻驰的包包了，配包包的吊坠要300多元一个，她也买了两个。

南派的大宗消费都会提前规划，在自己能力范围内尽量买一个最好的。最近她种草一个宜家的墨绿色鞋柜，要花费3000多元，尽管存款数额远远超过鞋柜的价格，但她仍然定下目标，等到下一期甲方找她干的活超过这个数，自己才可以买下它。

对于南派来说，信用卡不是用来透支未来的收入，而是用来省钱的。“比方说我分期付款买了一辆单车，因为这次分期不用手续费，我才会用信用卡。另外刷大宗钱的时候，我也会利用信用卡，比如结算日在20日，我就会挑22日刷，这样会有40几天的免息期，这笔钱躺在银行账户里，也能涨出个十几元钱利息。”

但有时候，一些突如其来的消费，也无法列入南派严密的花钱规划里。南派家里有两只猫，平时都吃EVO（一种猫粮品牌）天然粮，四五百元一袋，只能撑一个月，加上买猫罐头，带猫去宠物店洗澡，原本要花的就不少，两个月前，两只猫又突然一起生病，一共花了两千多元才治好。

另一方面，南派从来不限制自己花在知识和书上面的钱。前不久她刚报了一个学习C4D的课，花了3500元。平时买书，她都是看见喜欢的就买，也不会考虑价格，但和买书不读，或者读完需要断舍离的人不同，她买了都会读，并且从不愿意送人。

“我都会关注各种出版社的公众号，看见出了喜欢的新书就会买。有一个号叫‘善本图书’，它的书虽然贵但是真的很好，我也经常会买。”

“我买东西都是为了让自己高兴。”为了让自己继续高兴下去，南派正在积极“开源”，以便继续消费升级，她计划接下来努力扩大业务，多接单子，也想跟几个朋友合开一家品牌策划工作室，还打算拿出2万元钱试水投资。“这样就可以搬更大的房子，买更多的书，养更多的猫。”

You are what you buy

《第一财经周刊》年初做了一次调查，收到的1648名年轻人调查问卷中显示，79%的90后和84%的80后在过去一年中，都购买过单价超过自己月收入1/5的生活日用品。它们可能是一款电动牙刷，也可能是一款厨房小家电，甚至可能是一个智能马桶盖。

在中国三明治发起的“毕业三年以内的年轻人，钱都花哪儿了”故事征集中，每一个毕业三年以内的年轻人的故事里，执迷的消费都不一样。

上海的芙蓉愿意一次性在健身房刷15000元，需要分期5次偿还；

北京的阿冉买了一台Macbook；

重庆的紫竹虽然每月固定工资只有5000元，还是买了一款2万元的LV包包；

香港的Iris为自己买了一份重疾险，也花了2万元；

北京的Awen花1万多元买了单反，原本打算分期，父母帮忙还了一部分；

杭州的Hillary买了1699元的扫地机器人；

长沙的麦麦把钱花在咖啡原产地旅行考察上，为自己接下来开咖啡馆做准备；

佛山的菁菁每个月都有1/3的工资用在付费阅读和专栏如知乎、Newsletter（时事通讯）等；

广州的美琼决定把小时候因为家庭条件不够没能学习的爱好都捡起来，报了吉他课、声乐课、工笔画课；

广州的Nicole毕业后的第一年一直买买买，2016年春节开始意识到，必须留一些钱孝敬爸妈，2017年春节，她把年终奖2万元给了爸爸；

深圳的佳佳买房掏了22万元，接下来还有每个月3000元的房贷要还；

上海的March为了追一个男孩，2016年一整年零零碎碎花了5000元，虽然没追到，但在这个过程中自己觉得很快乐，此外，年前到韩国自由行4天花了3000元……

大部分毕业三年以内的年轻人，暂时还未承担更多的家庭责任。

不是每个人都处于拿着5000元，花出去2万元的极端状态，但无论是在“断舍离”风潮下，对于物质消费“宁缺毋滥”的品质感追求，还是由消费时代形成的“you are what you buy”（购物体现品位）的认知影响，年轻人花出去的每一分钱，不管是物质性消费还是体验性消费，无不形成并构建了对自己的认同。

年轻人还有时间去面对即将到来的婚姻、孩子、房子等现实性问题，但在那之前，毕业三年以内的时间里，学会如何买买买，学会平衡欲望和现实，或许是自己成熟的第一步。

北京年轻人的“雾霾式生存”[①]

离开北京大半年，我已经不太能想象雾霾最严重时，整座城市成为“寂静岭”的景象，随着行李打包而来的口罩，还原封不动地躺在抽屉里。

但2015年底在北京街头拍摄的一张照片，还是迅速把我拉回灰蒙的记忆。

那一天，北京发布最高等级的雾霾红色警报，PM2.5污染指数超过500。早上8点左右的光景，看不清百米之外的车辆。我站在马路中间，惊讶得说不出话来。

2016年的雾霾季再度来临。11月4日，北京拉响了第一声霾和大雾橙色预警，这是仅次于最高级红色预警的级别。

那天是周五，闻希原本计划乘坐下午4点的飞机从重庆回北京，延误2小时后，航班改飞至呼和浩特，并在那里停

---

① 本文作者李依蔓，写于2016年11月16日。

留了一晚。航空公司安排的酒店，需要同时接待来自三架航班数百位情绪激动的滞留旅客，入住手续一直办到了凌晨。那天闻希出差返京的同事，没有一个人返回成功，要么被送到了石家庄或呼和浩特，要么干脆没起飞。

赶上秋冬季出差，也许高铁是比飞机更适合北京商旅人士的选择。

一年前，闻希离开生活了25年的上海，一个人拖着箱子跑到北京工作，同事朋友总会问她，“一个上海姑娘，为什么要来北京？”。她可以列出一大堆理由。但一年之后，她做出了准备离开北京回到上海的决定，除了想家，雾霾也是一个重要因素。

2016年初，北京市环保局发布了《2015年北京空气质量报告》，报告显示，全年空气质量不达标的天数为179天，占全年天数的49%，PM2.5年均浓度239微克/立方米，超过国家标准1.3倍，其中11、12月份有三分之一的时间处于PM2.5重污染之中，PM2.5浓度指数在300以上。

这几年来，雾霾问题成为生活在许多城市人们的“灰色阴影”，处在经济政治中心的北京尤为受到关注，“帝都”一夜之间更名“霾都”。在污染指数爆表的那些日子，无数建筑物消失在不远的空气中，被调侃为“恭喜××建筑发射成功”，只能“等风来”。

我关心的是，雾霾是否已经改变了我们的生活习惯？那些一开始可能并不适应的微小改变，正在沉淀、固化，并慢慢习以为常。Live with haze（生活在雾霾中），成为生活日常，并引起了一系列蝴蝶效应。

连安装新风系统都要排号

2016 年雾霾最严重的那几天，在北京一家空气净化器公司工作的王乃乾的手机，因电池耗尽自动关机了三次。前来咨询购买空气净化器的客户拉着他咨询到夜里 1 点，第二天早上 7 点又有新客户来问，微信、电话不断，做成了几十单生意。空气净化器的销量总是在污染严重时爆发性增长，这让王乃乾的心情有些复杂，有时他会和朋友开玩笑说，觉得自己像卖炭翁，“心忧炭贱愿天寒”。

2015 年入职这家空气净化器公司时，他对这种电器几乎一无所知。一年来，他对空气净化器了解得越来越多，发现消费者也变得越来越“专业”。

在选择空气净化器时，许多消费者早已摆脱了迷茫和盲从，会对比国内外不同品牌的区别，自行研究机械参数、过滤材质。比如带正电的多层渐进式磁性过滤网，更容易捕获并吸附各种被离子化的有害物质，但也更容易产生对人体有害的臭氧。在关注从户外侵入室内的PM2.5颗粒物的同时，他们还留意到了许多原本受到忽视的室内空气污染，比如因装修产生的甲醛、因通风不良引起的二氧化碳过量，对空气净化器寄予了更多功能的期望。

连着几年的“双11”，刘筱都买了空气净化器。她家现在共有三台，第一台没做研究，随便买了个牌子，3000元左右。第二台的品牌故事是三位爸爸为了保护孩子而研发，有“情怀”也有远程遥控等更多新功能。第三台是她的朋友创业设计的，这两年，空气净化器也成了创业热点。

前段时间，刘筱又留意到了“新风系统”，这是一个需要整体装修的工程，实现全屋空气的大容量净化，价格并不便宜，起步价在1万元左右。她打了某品牌客服电话咨询，却被告知安装预约已经排到了明年2月。“没想到连这个也要排号”，刘筱无奈地放弃了这个花钱计划。

2015年10月，北京一所高校的物理教师琅瑜DIY（自己动手做）了一台空气净化器。

他设计了一个很简单的结构，只需要用到纸箱、滤网、涡轮风机和木板四种材料。所有东西都寄到家，只花了半个小时组装，涡轮风机固定在木板上，放在纸箱的底部，纸箱上部放上滤网，完工。相比起市面上所有的产品，这台自制的空气净化器成本低得惊人：二手德国涡轮风机100元，滤网 29.9 元，纸箱 4.88 元，用于固定风机的木板 5.44 元，总计 140.22 元。

为了检测这台 DIY 空气净化器的效果，琅瑜又做了一台空气质量探测仪，结果显示，这台不到 200 元的设备，能够让室内空气在半小时内将污染指数降至 100 以内。琅瑜身体力行地践行了一条原则：办法总比问题多。

在家里，为宝宝多准备点玩具吧

丁莹是一位怀孕四个月的准妈妈，对雾霾的防护措施特别注意。前两年，不同品牌、材质的口罩都被她研究、试戴了个遍，最终选了能够防甲醛的一款，一买就是一箱。有了宝宝后，原本常戴的口罩太厚憋得慌，她又换了一款带空气阀的，“口罩年年买，今年格外多”。

雾霾严重的时候，早上丁莹戴新口罩出门，下班再戴回来，和新的一对比就黑了一层。“就两次寿命，原来还能戴两天呢。”“双 11”，她又囤了一大盒，保证一个月够用的量。准妈妈的谨慎，让她觉得今年的雾霾比往年更严重，“每次雾霾黄色预警的应对措施，都是跑到建筑工地检查扬尘，蒙谁呢？”为了宝宝的健康，雾霾天她只能尽量不出门。

婉月的宝宝快两岁了，雾霾天不光他们一家不出门，别人家宝宝也不出门，即使下了楼也没玩伴儿。虽然天气不好时，来自甘肃的婆婆身体也会有不舒服的反应，但没办法，短时间内还需要老人的帮忙。

怀孕时，全家人有严格的“安全标准”，连Wi-Fi都不敢开，担心潜在辐射的影响。而现在，他们的安全标准“放宽”多了，基本靠目测决定是否带宝宝出门：向窗外望去，只能模糊看到楼顶的是中度污染，看不到楼的就是重度污染，中度污染以上就不出门。雾霾把他们的小心谨慎都磨钝了，“哎，能怎么办，大家都这样过”。

王芳刚决定，这个月底就带3岁的女儿去澳大利亚。一家人办了移民，本打算让老公先过去打拼，她和女儿留在国内。没想到一入秋，女儿感冒咳嗽总好不了，最后靠抗过敏药才治愈。考虑到女儿的健康，她一咬牙，决定干脆也走吧。

3岁正是爱提问的年纪，王芳也觉得奇怪，女儿会问为什么有雷雨、闪电、彩虹，太阳为什么下班，月亮为什么上班，就是没问过为什么会有雾霾。大概在她的认知里，雾霾是一件平常得不需要发问的事。如果天气好，女儿早上起床就会大叫，“哇！蓝天白云大太阳！”，特开心。

“我们要去有蓝天白云大太阳的地方啦！”王芳这样和女儿解释这个家庭决定。

在家里，王芳给女儿准备了充足的玩乐项目，让她在雾霾天不能出门时也不会觉得无聊，绘本、橡皮泥、积木、魔力磁片、乐高、拼图、画笔，这些玩腻了，还会陪她唱歌、跳舞、躲猫猫。如果雾霾天不得不出门，王芳尽量选择开车，从一个地下停车场到另一个地下停车场，再转入室内。她很少提前约户外活动，尽可能减少因天气变化不得不取消，从而打击女儿积极性、浇灭她期待的事。

从北京回到山西，鼻炎居然好了

住在朝阳区的韩国人昊子，每天没事都会随手打开aqicn.org网站查看实时污染数据，这个网站显示世界各地实时空气质量和指数，以发达国家标准进行测算。9年在北京的生活，让他已经习惯和雾霾共处，而他来自文莱的女朋友刚来北京两年，雾霾指数一旦超过100就如临大敌。

入冬以来，昊子已经把常规健身习惯从户外跑步彻底转成了室内健身，他要为此付出数千元的新增投入。但习惯于晚上在奥林匹克森林公园跑步的Bessie，会因为雾霾天变得十分沮丧，比起健身房，她更喜欢在户外锻炼。

在咨询行业工作的她工作繁忙，而且工作地点不固定，如果要锻炼，就必须提前规划第二天的行程。但她常遇到这样的尴尬，好不容易安排出时间，带了全套的跑步装备去上班，却因为雾霾无法跑步，不得不把运动上衣、运动裤、跑步鞋等一大套装备，原封不动地带回家。

2004 年郝威到北京上大学时，北京的空气质量还比家乡山西的好一些，在家常犯的鼻炎到了北京反而不怎么犯了。上个月他从北京回老家，让他寝食难安的鼻炎竟然好了。12 年后，说不清楚是不是家乡的空气变得比北京更好了。

从事食品行业的郝威，开始研究什么样的食物能够减轻雾霾对身体的伤害。他把网上能搜索到的关于“对抗雾霾的健康饮食忠告”的文章、视频甚至论文都找来看了一遍。“深色蔬果富含抗氧化物质，能够降低身体氧化应激程度；含 omega-3 脂肪酸多的深海海鲜能降低炎症反应……”郝威根据建议调整自己和家人的每日饮食。能不能真的减轻雾霾伤害，无法实时验证，但至少让家人有了该多吃蔬菜水果的意识。

刘筱在办公室桌子上放了一只 400 毫升的电子养生杯，每天咕嘟咕嘟地煮“抗雾霾养生饮品”当水喝，食材有梨、银耳和莲子。领导从来不说她什么，因为领导自己桌上也有一只养生壶，同样每天烹制“抗雾霾饮品”。单位中午有食堂，在职工的要求下增加了许多据说有“清肺”功能的菜品，比如鸭血粉丝汤、凉拌银耳，总是第一时间被抢光。

雾霾也改变着刘筱作为女生的穿着打扮和皮肤护理。

有一回雾霾天，她穿了件白毛衣出门，晚上回家时发现明显黄了一层。黑色的皮鞋，外出一趟回来就是一层灰，不擦干净第二天没法见人。现在刘筱更倾向于购买深色的外套和浅色的鞋子，至少落灰时不像白衣黑鞋那么扎眼。

刘筱一直觉得自己是过得比较“糙”的姑娘，如果时间太赶，不洗脸、不抹护肤品皮肤也没事。但最近几年一入秋冬，皮肤明显变得坑坑洼洼，比以往更容易爆痘、发黄、出现红血丝。

于是刘筱开始增加护肤程序，每天爽肤水、乳液、眼霜、面霜、隔离霜、防晒霜一个步骤都不能少，晚上回家用卸妆油、洗面奶洗脸，再贴面膜保养。购买护肤品或化妆品时，刘筱也养成了认真查看原料表的习惯，含酒精的一概不买，尽量选择“进口无添加”的产品。

这也是一笔不小的开销。

雾霾之下的北京土著，去向何方？

刘筱仍然记得小时候，北京的天大多数时候是浅浅的蓝，特别好看。印象中唯一一次恶劣天气是沙尘暴，发生在小学二年级的时候。后来不记得从什么时候开始，北京新闻里开始增加“空气质量报告”的内容。

前两年，刘筱的父母还会常常抱怨天气的变化让人受不了，嗓子疼、鼻子难受，现在都不说了。刘筱的父母不需要女儿提醒，已经形成出门戴口罩的习惯，家里常备50多只口罩，有时囤货的速度赶不上消耗的速度。虽然在路上看到送外卖、送快递的小哥在浓雾中穿行，自己也觉得于心不忍，但污染严重时，刘筱还是会选择在网上买日用品和蔬果，不用出门。

周末无论是否有雾霾，刘筱都会想着往外跑。雾霾时往北边的郊区跑，盘算着跑到延庆、昌平，空气应该会好一些。没有雾霾时就往市区跑，看看城里难得的蓝天白云，和朋友们聚会。在雾霾天是否和朋友聚会，取决于是否是“真爱”，坚持见面的都是“生死之交”。

前段时间，刘筱听说有人提出要把雾霾当成正常的天气现象来看，“想想小时候的天，觉得特凄凉，可作为北京人又能怎么办呢？我们北京孩子都恋家，能不走就不走”。但这两年，刘筱小时候要好的玩伴中，也有人已经选择离开北京。

“一出现蓝天白云，朋友圈里就开始刷屏，跟过节似的。”刘筱觉得无奈，心里酸酸的。

胡宇也是一位北京姑娘，但她看待雾霾的观点和许多人不太一样，“北京掌握了目前中国最好的社会资源，所以在享受这些资源的同时，也要付出代价，这对其他没享受到资源的人来说，是另一种公平”。胡宇觉得，雾霾和高房价、交通拥堵一样，都不过是在大城市居住的代价之一。

“雾霾对心理的影响可能大于对身体的影响。”胡宇觉得有点无法分清，在严重污染时自己嗓子发紧的症状，究竟是因为心理作用，还是污染物真的对身体有伤害。她更清楚的是，天气不好时人的心情也不会太好，无论是视觉上还是情绪上。

不定时笼罩在城市上空的灰色尘罩，是生活在这个城市中每个人都要面对的事，没人能够回避。无论是选择无视，或是焦虑，或是离开，“成年人应该知道，每个选择都要付出代价”。

即使蜗居，也要住在“帝都”中心[①]

几乎每个周五，老翟都要约着朋友喝酒。他住在安德路上一栋1951年建的老房子里，苏联人盖的。从安德路往南走，跨过护城河，不出10分钟便能一脚踏进鼓楼大街，那里有50多家酒吧任他挑选。

午夜的鼓楼大街看不出打烊的时辰，一公里外的后海酒吧街挤满了来寻找京味，却发现走错地方的游客。坐进溢价好几倍的优步快车，在红色尾灯的长龙里艰难挪动，并不能实现快速离开市井繁华的愿望。

雍和宫白日里旺盛的香火在夜色里将熄。趴在路边栏杆上抽烟的姑娘看着玻璃车窗里的人，吐出个烟圈。相隔不远的簋街，仅胡大饭馆一家店，每晚不间断的食客连续重复着捏起、拆壳、嘬味儿、入口的动作，要消耗掉近10万只小龙虾。

---

① 本文作者李依蔓，写于2016年7月11日。

藏在胡同里的烤串摊，酒精把入夜后的神经又更深麻痹了一层，让刚结束演出的乐手回想起台下观众里某张熟悉的面庞。老翟在业余时间是一个叫“人间指南乐队”的主唱。选择住在核心地带很重要的原因之一，是这里的排练和演出场地更集中。要是住得远，“那点演出费，打车回家就花没了”。于是老翟决定把自己和6把吉他，安身在最符合自己生活习惯的区域。

小暑那天晚上，老翟是被热醒的

这栋老楼只有三层，老翟住在顶层，夏天白日的热气在平面的楼顶攒了个够，源源不断地渗进屋里。

可他不敢开空调，上一次因为太热开了空调，巨大的噪声让住在二楼的房东跑来警告。这栋房子的隔音尤其不好，墙面像是纸糊的，各家隐私在耳朵底下无处遁形，跺一跺地板，都能看到桌子上的杯子在打晃。老翟原本想买一张双层床放在房间，却因为担心楼板无法承重塌掉而作罢。

电器的噪声也许比热浪还要让人难以入睡。但实在受不了的老翟还是和房东做了沟通，第二天开着轰鸣的空调入了眠。外挂机上压着一块砖头，试图压制震动。

为了这个房间，老翟每月需要缴纳2200元的房租，这个价格几乎是这个小区房子价格的底线。因为有拆迁可能，加上是租了好几年知根知底的熟脸，住在楼下的房东没怎么涨价。

如果回来得晚，老翟要穿过一条七拐八弯的小路，几乎没有路灯照明，连他这个一米八的男生有时都觉得瘆得慌，邀请朋友来家里做客时总觉得不太好意思。他窄轮的“死飞”自行车（fixed gear bicycle），两个轮胎在最近的一年里换了三遍，因为这条进出家的路路况太差。但骑自行车到位于西直门的公司上班，还是比挤地铁更舒服和快捷。

这套房子是老翟在豆瓣上找来的，当时的二房东是个大姐。搬进来之后，他又被房东安排到另一栋楼潮湿的一层住，因为房东接到有可能拆迁的“喜讯”。住在那个房间时，老翟的窗外正对着一排脏乱的平房。

再后来，拆迁遥遥无期，老翟又搬回了这套虽然有两个房间，总面积却才30多平方米的房子。厕所里只有一个蹲坑，外加一圈可以落脚的瓷砖。淋浴的喷头正对着坑口，在这么逼仄的空间里完成洗澡这件事，站姿要很有技巧。

上半年涨工资后，老翟也动过搬家的想法。但搬家本身的麻烦，加上随之而来的生活方式的改变，新的交通方式，甚至新室友的适应，都是对现有生活太大的消耗，想来想去还是算了。

住进旧时的王府大院，却和想象中不太一样

白日和夜晚，折叠出反差巨大的帝都核心区域。

燥热的夜晚过去，衣着精致的白领们从阜成门或复兴门的地铁站钻出来，走进金融街里的一幢幢玻璃大楼。位于西城区南北走向1.7公里的街道上，坐落着中国人民银行以及中国银监会、证监会、保监会等国内最高金融监管部门、重要金融机构和资金结算中心，全国90%的信贷基金和65%的保费基金被这里的脑袋控制着。

王府井步行街上拥满了风格统一的导游旗和旅行团帽，这些也许是人生中第一次甚至唯一一次踏上北京的游人，兴奋地拿着手机甚至平板电脑留影。他们不知道从旁边金鱼胡同穿过去，到雅宝路730米长的金宝街，是能在最短时间里看到最多豪车的地方，那里有全亚洲最大的兰博基尼展厅，布加迪、阿斯顿·马丁、劳斯莱斯、法拉利……

明清时的老北京又叫四九城，皇城四座城门，内城九座城门，住的全是王公权贵，平头百姓被拦在内城之外。到如今，这里政治、经济资源高度集中的状况并没有发生太大改变。王爷贝勒的府邸人去楼空，为当年被拦在外城的平头百姓提供了居住容器。

莱拉克纯粹是为了体验想象中的老北京文化，脑子一热

搬进了胡同里的小平房。

这间平房坐落在曾经的一座王府院里，原来是康熙的十三阿哥胤祥的府邸，光正殿就有7间，朱漆门扇纵九横七63颗门钉，门前石狮有两人多高。现在的王府门口依稀存有当年的气派，是好几家国营单位的办公场所，东西两院变成了平房民居。

但到了胡同深处，就和古檐旧迹没什么关系了。房东把平房改造成了一个小二层，莱拉克住在二层的尖顶阁楼上。

房间里有张双人床，没留下什么空间走路，但莱拉克还是勉强挤下一张写字台和一把椅子。而楼下室友房间，只能卡进一张单人床，床的宽度几乎就是房间宽度。晾衣服也是个问题。在外门和内门的空隙，有一个一平方米左右的狭窄空间，莱拉克和室友把衣服挂在这个美其名曰“院子”的地方。再不然，只能挂在屋子里，满满当当都是衣服飘在头顶。

大部分胡同平房都没有独立的卫浴，邻里之间的友谊在排队上公共厕所的等待里、在公共浴室的坦诚相对里建立。所幸莱拉克和室友租的这套房子被房东改造出了一个独立卫生间，尽管只能放下一个马桶，边上再站上一个人。

前段时间，爱猫的莱拉克和室友领养了一只小猫，给这个局促的空间添点趣味儿。但小猫越大越好动，在不大的空间里上蹿下跳，抓挠主人，分外闹腾，只能关在厨房里。这下可好，养了猫的厨房不能做饭，空间又少了一块。

住在平房里的生活，和莱拉克之前想象的老北京气息并不一样，古都韵味似乎只存留在老舍的《想北平》里。

同一排平房里的住户，有隔壁板栗店的打工妹，有原本的老住户，像她这样被好奇心驱使而来的，还没有第二户。莱拉克会猎奇地向朋友半诉苦半好笑地分享自己的居住环境，这一段经历，大概也只会成为她帝都居住史中的一页。

"有时想想挺委屈，同样生活在一片天空之下，阳光都是不公平的。"莱拉克的房间只有一扇很小的窗户，A4纸那么大，基本晒不到太阳。如果需要工作，她还是会选择到附近的咖啡厅，附近的店都被她造访了个遍。

要热闹还是要便利？漂在帝都的不同居住选择

嘻瓜今年刚毕业，在北京的一家非政府组织工作。之前在成都上大学的她，一边念书一边包了个独栋楼房，开了一家青年旅社，她喜欢青年旅社里能够遇到来来往往各种有意思的人的感觉。

大四时，嘻瓜把成都的青旅盘了出去，到北京实习，之后留下来工作。尽管大部分人把青旅当成暂时歇脚的地方，嘻瓜仍然觉得这是作为长期住所的不错选择，她不愿意住在有电梯的高层公寓，封闭的空间，半天也没个人说话。

四九城里有 35 家青年旅社，还没算上徘徊在二环边上的那些，平均 1.7 平方公里就有一家。她选择了赵登禹路胡同里的一间，装修精致，古香古色，有大面积的玻璃阳光顶棚，白塔寺的白塔赫然可见。平时公共区域没什么人，她会坐在沙发上看看书，逗逗狗，和身为老北京的老板贫上几句。出门几分钟就能走到菜市场，回来在公共厨房做饭，这样的生活有点儿像美剧《老友记》。

住在青旅上下床的四人间，除了一个和她一样选择青旅替代家的室友之外，另外两名室友并不固定。房间里有必要的家具设施，比如独立的卫浴、储物柜、衣柜，要放下能够满足生活需要的必需品，省一省，空间也还是有的。

有时嘻瓜会和住在青旅的客人一起喝酒、做饭、出去玩，这些客人在离别时都特别不舍。作为长期租客的嘻瓜，已经习惯了和朋友们的道别或重逢，每每这样的时刻，都会让嘻瓜觉得“生活是有血有肉的”。

虽然 2000 元出头的房租，足以让嘻瓜在最核心的地段拥有自己的私密空间，哪怕只有 10 平方米，但她选择了牺牲独立居所，置换更多自己想要的生活部分。

和嘻瓜不同，十九把交通便利作为首要选择。

十九的家在东二环边上，步行到东四十条地铁站就几分钟。这套房子离自己和室友上班的地点不远，5000元的价格在能够承受的范围内，装修不算太差，十九便和室友爽快地定了下来。

35平方米左右的老房子，和老翟的家一样是个迷你两居室，十九自己的房间大概只有10平方米。厨房只能并排站下两个人，转不开身。客厅也没有好到哪，同时站下三个人，就无法动弹了。暑假要来朋友借住，这让本来就局促的小家显得更加拥挤。

"谁不想住在宽敞明亮有飘窗的房子？睡觉不能摆大字，不能愉快地翻滚，还是略有遗憾的……"十九坦白地说。

十九之前在上海工作，三年前，公司外派她到北京出差，租了一套漂亮的大房子，月租一万多元。舒适的环境让十九觉得，彻底搬到北京也是不错的选择，于是便递交了调城申请。申请通过后，公司租的大房子不能继续住，得自己找房子，十九才发现对于住在北京这件事，自己想得太乐观。

在上海习惯了无论去哪就半个小时行程的她，完全无法想象住在远郊挤闷罐地铁上班的生活，但想要住在离公司不太远的核心区，必须要牺牲对房屋条件的考虑。"如果当时不是已经申请调到北京，要是提前看到这么烂的房子，估计就不来了。"

如果未来有男朋友或者结婚，十九还是打算在离上班近的地方租房，而不是在郊区买房。她尽自己所能地把房间布置得温馨，“房子可以租，生活不能租嘛”。

1992年，北京二环建成，周长32.7公里，代替早已被拆除的城墙，将四九城62.5平方公里的核心区再次围成圈。有人曾尝试过“暴走二环”，步行绕城一周大概需要8个小时。如果为这个圈里的诸多关键地标建一个时间轴，每一个地标点，大概都有说不完的故事。

住在圈里的人，各有各的打算。他们愿意忍受不那么舒适的居住环境，即使付出足够让他们在十几公里外的城区拥有一间“宽敞明亮有飘窗”的公寓单间的价格。这里仍集中着太多足够吸引着他们的魔力和诱惑。聚会时，不会被“我得赶最后一班地铁先走了”打断兴致；早高峰时，不必在回龙观地铁站外的汗味和煎饼味里蜿蜒排上半小时的队。

这四九城，曾是王公贵族的京城，是北岛笔下“瓦顶排浪般涌向低低的天际线，鸽哨响彻深深的蓝天”的北平，如今也是十九、老翟、嘻瓜、莱拉克心中唯一的北京。享受当下的舒适，是还没有走进另一个人生阶段的他们，放在首位的事。

花了300万元，买了一套不能住的学区房[1]

今天是9月6日，农历八月初六，如果是妈妈或婆婆知道今天要去签买房合同，一定会说今天是个好日子。对于通过这种方式获得的心理安慰我一向嗤之以鼻。但是上午早早醒来，我下意识地打开手机看日子，内心默念着“今天是个好日子”，念完内心安定了很多。才发觉原来尽管我自诩受到过高等教育，在紧张不安的时刻，第一时间寻求的却是我曾深不以为然斥之为迷信的方式。

今天下午要去见业主，没有特殊情况的话晚上就要签购房合同，这个决定或许要搭上后面几十年的生活，我也不知道这个决定是否是对的。早上起来，我按部就班地洗漱、做早饭，每一个步骤都比之前要稳重和缓慢，试图通过这种仪式化的行为确保今天一切顺利，没有坐

[1] 本文作者牧沐，写于2016年10月24日。

地涨价，没有意外纠纷。

这是我当天上午写的两段日记。当天下午 4 点半，经过六个多小时的谈判、确认细节、修改条款，终于在 22 点 35 分签完了三方合同。结束之后，我和老公在路边小店分吃了一碗麻辣烫以示庆祝。现在，经过购房资格申请、网签、面签重重关卡，购房贷款已经批复下来，等新的身份证办下来，就等着缴税过户了。从此之后，我和老公将正式成为房奴。

这所房子是个开间，不到 30 平方米，在北京西南二环边上，交通便利，且在一个还可以的学校学区，总价 260 万元，加上税、中介服务费和杂七杂八办手续的费用，累计 270 万元。

如果单靠我的工资，需要不吃不喝工作 135 个月，也就是 11.3 年才够。房子两个人的话紧紧巴巴勉强可以住，但是婆婆每年都要来住三四个月，加上已经在要孩子的准备阶段，这房子肯定是住不了的。对于双方父母来说，无法理解，更无法接受，花了将近 300 万元却买了一栋不能住的房子，意义何在？

当爸爸在视频的那头不断提出这样的质疑之后，我因被戳中了痛处而失控："你就只会说，为什么，为什么，你说为什么，我难道不想买大的吗，我买得起吗？我们自己攒钱自己借钱，你们谁都帮不上忙，你说什么说。"父亲脸色暗淡下去。我心里像扎进去一根刺，后悔、心痛。

为什么要买这样的房子？答案很简单，因为我们只能买得起这样的房子。

即便是这样，也是经过东拼西凑、背负了高额债务才买下的。270 万元中，购房贷款批下来 155 万元，其余 115 万元都需要现金支付。两个人手头上只有 26 万元，信用贷款申请了 29.9 万元，其余 59 万元都需要借。我们共有 30 万元的公积金，只是要在拿到房本之后才能办手续申领，这个短暂中转即可。也就是说，最终首付里要欠银行 29.9 万元，欠亲戚朋友 29 万元。

一旦办完手续，我们每个月信用贷款要还 6000 元，房贷 7000 元，租房子支出 5500 元（如果房租增加，支出也会随之增加），买的房子租出去，租金和每个月的公积金可以覆盖购房贷款，那么每个月信用贷款和租房累计 11500 元将会是固定支出。而我们两个人的工资，平均每个月拿到手 27000 元，这样可支配收入为 15500 元，在扣除保险费用、通信费、交通费、生活费、日常交际、学习费用等之后，所剩无几。

也就是说，在还信用贷款的前五年，在工资收入不增加的情况下，我们俩几乎攒不下钱。年终奖两个人保底可以拿到 10 万元左右，多则 15 万元，可以逐年去还欠亲友的 29 万元。而一旦有了孩子，每个月的支出急剧增加，日子可能更紧巴巴。

当然，还有别的选择。同样的总额，可以在偏远的地方，比如大兴、亦庄或者回龙观买单价没那么高、六七十平方米的房子，虽不是学区房，但两代人住足够了。但这个选择，也在最开始就被我们否定了。后面会说到这个问题。

为什么原本不想买房的我决定买了

关于“要不要买房，为什么要买房”这个问题，我和老公两个人想了不止一年。尽管现在已经买了房子，依然无法确信自己的决定是对的。

从开始恋爱到现在三年多的时间里，我们原本是不打算买房的。这并不是说没有买房的需求。我处在金融行业，身边人的经济状况都很不错。同事朋友只要结婚，几乎没有不买房的。或者说，只要结婚，几乎没有不在婚前就买好房的。男方全出也好，双方一起出钱也罢，总归没有房子就结婚这样的事在我的人际圈子里很少见。虚荣心也好，实际生活需求也罢，父母的期望也好，抵抗通胀压力也罢，买房子的想法我一直是有的。

之所以一直没买房，原因就是一个：买不起。既然买不起，想再多都没用，索性不再想了。

当然，我安慰自己的理由不会只有这一个。比如一旦买房做了房奴，每个月都要为银行打工，在事业上就不敢轻易变动，会追求稳定。比如买房买得比较远，通勤时间和精力成本会很高，工作之外的学习和提升就会受到影响。比如生活质量会受影响，不敢花钱，不敢随意旅行。比如现在还没有孩子，以后有了孩子再买也没关系。即便有了孩子之后不买房，也不会对孩子的生活和未来发展有太多影响。只要营造出良好的家庭氛围，培养孩子好的习惯，即便不上排名靠前的学校也是没问题的。

这样的理由，我可以写上几大张。

这在心理学上被称为自证偏见。一旦认定某个观点，个体会寻找支持这个观点的事例。人是多么擅长自我安慰啊。因为我老公从内心反对买房，他认为买房占用太多资金，用于投资理财才是明智的选择。但对我来说，如有可以买房的钱，这些理由都将不会是理由。我虽不认为有房才有家，但是房子对于女人和男人的意义截然不同。

在两年多之后的现在，我们没有一夜暴富，也没有得到一笔横财或额外资助，甚至因为办婚礼花掉不少积蓄，为什么现在突然决定要买房了呢？现在想来，是三件事情的发生，让我从未停止过的买房念头再次冒了出来，并且很疯狂。

第一个就是 5 月中旬，一则关于集体户清理工作的通知。

我老公没有北京户口，我是单位集体户口，属于金融街片区，无论我是否买房，孩子都可以跟着我申请单位集体户，参加户籍所在地学校的派位，被派到西城最好的学校之一。之前不买房也没那么焦虑，就是因为单位集体户可以解决上学问题。而且我所在单位的片区，算是北京市最好的学区之一，我没有能力买到比单位所在片区还要好的学区房。从未来孩子上学的角度来说，不如不买。

而新的通知要求，如果买了房，我必须将户口迁出，孩子也不能申请落入单位集体户口，必须迁到房子所在的派出所。

这则通知没有提及但是透露出来的信息是，集体户的政策不稳定，确切来说在收紧。

现在买房就不能落集体户，会不会过几年集体户满了，不再接收新的户口而要求必须自己解决呢？或者，集体户只接受员工本人的户口，而不接收孩子的户口呢？又或者，虽然上了集体户口，但不能再跟着派位上学呢？这些政策性的风险，是我无法评估和预防的。如果我生了孩子，孩子需要落户或该上学的时候无法上学，而我到时候临时仓促买房，那时的北京房价会涨到什么程度？现在尚且没有能力买，到时候会买得起吗？

另外，我还了解到一个消息，单位集体户口可以参加六所小学的派位，其中前四所是北京非常好的学校，后面两所则是非常差的学校。而我所在的企业，被派到前四所好学校的可能性很小，派到后两所较差学校的可能性很大。

再退一步说，即使我明年能顺利要上孩子，公司里孩子落户和上学的政策在10年内没有变化，孩子能被派位到好学校，这也意味着，我在至少七八年里不能辞职。一想到仅仅因为一个房子就被限制了未来发展的可能性，我始终没办法做到坦然接受。

这样看来，如果买所一般以上的学区房，未来即便有政策性的风险，即便我有变动工作的需求，也不会受到太多限制。

第二个主要原因，是2016年上半年房价疯狂上涨。

2016年上半年，世界像是疯了一样，一线城市的房价直线飙升。上海一则为了买房全家其乐融融去离婚的新闻，让人看了深感荒谬又心酸。2015年，每个人都在谈论股市。2016年，每个人都在谈论房市。因为买房改变命运，因为买房抵抗通胀，因为买房抵御生病、灾祸等风险的事例、文章层出不穷。我虽不全信，却也找不到反驳的理由。

根据国家统计局发布的数据，2016年9月中国CPI（居民消费价格指数）同比上涨了1.9%，其中城市上涨了2.0%。我在国企，工作稳定，收入也“稳定”，工作6年多，基础工资涨了600多元，加之福利收紧，实际收入跟6年前相比相差不大，6 年后、12 年后甚至 20 年后也不会有大的涨幅。我老公收入增长虽快，但是否可以跑赢通胀水平尚不可知，反正跑赢房价增长的速度是不可能的。现阶段，投资理财的马太效应愈加明显，一般门槛的理财产品和理财方式收益率不高，远远赶不上房价。

而身边早几年咬牙买了小房子的朋友们，现在都在忙着换一所大一点的房子。两年前，有朋友在手里只有 10 万元钱的情况下，买了将近 200 万元的房子，亲戚朋友都借遍了，现在房子均价涨了两万多，总价涨了 100 多万元。现在孩子快要出生，夫妻俩打算到远一点的地方换所大点的，没有太大的负担。

这样来看，房子成了最好的保值增值的方式。而如果我一直不买，或许一直都会买不起。

在看病难、看病贵的北京，只靠工资收入的工薪阶层，禁不起任何大病和意外风险。我和老公早早就买了意外和大病险，但我父母都是农民，农村新农合政策能够覆盖的保险范围很小，很多重大疾病不在保险范围内。如果他们之中有谁生一场重病，我们花掉所有存款也不过二三十万元，不足以覆盖任何一场大病支出。而如果有了房子，我随时可以把房子卖掉，照顾家人。

在这样的情况下，房产是我保护家人的方式。没有房子，不代表没有家。但是在北京，没有房子，又没有存款，就意味着我的家在风雨飘摇之中，随时可能因为一股强风、一阵暴雨而坍塌。

第三个，也是最直接的原因，是 8 月上旬申请英国签证被拒签。

英国对我来说是一个情结。就像当年我对北京一样，无正常逻辑，只是神往。度蜜月时因故没有成行，本打算今年国庆去的。所以我从 7 月就开始准备各种材料申请签证，畅想着去每一个我喜欢的地方会发生什么故事，会有什么样的心情。

但是，我们被拒签了。

被拒签的原因很多，我无法详细得知，但“没有足够的财产证明我可以保证自己在英国期间的居住、消费”确实明明白白写在拒签信上。虽然是护照白本，但我已婚，以家庭名义出行，夫妻两人的所在单位和年收入正常来说不属于会被限制的范围，被拒签，最直接的联想就是没有房产。

这个念头既不理性也不科学，但在拿到拒签信的那一刻，我内心升腾起一股怒火，只有一个念头，如果我要买了房子，或许就不会被拒签。那我就买房看看。

这就是买房最直接的导火线，在这一周以后，我就开始看房了。不到 20 天的时间里就买了这套房子，快得像是买白菜。对此，我也只能说，对于一个长期持有某个想法的女人来说，再多不买房的理由，也抵不过希望落空时的怒火引发的偏执。

当然，我说服老公的理由主要是第一个。第二个理由我们谁也说服不了谁。他认为他通过投资可以达到同样的效果，而我对他股灾之后的炒股成果嗤之以鼻。第三个理由，是我个人的情结，没什么理性可言，他也表示理解。

其实不一定要买学区房

关于买什么样的房子，我们也有很多考虑，初步评估之下，我们能够接受的首付不能超过100万元，这个预算就决定了选择不多。

最开始，我们希望这个房子既能自住又能照顾到孩子上学。但初步了解情况之后，我们果断放弃了这个想法。一般的学区房一平方米的均价在六七万元左右，还是在大户型的情况下，如果是小户型，每平方米的均价7万~10万元都有可能，甚至更高。如果考虑自住，至少要买60平方米，总价300万~600万元的房子，首付根本承担不起。

如果自住，暂时不考虑学区房也勉强可以接受。

我安慰自己的理由是，只要周围学校别太烂，应该也不是太大的问题。孩子 0~6 岁的家庭教育最重要，多努力付出，养成孩子好的学习和生活习惯，应该也不会差。但在这样的预算范围内，又能够满足自住需求的房子，均价在 4 万元左右。放眼北京，亦庄、回龙观这样的地方，条件稍微好点的小区已经买不到了，除非往更偏远的地方去。

但我们又不愿在通勤上花太多时间和精力。读书、学习既是我们事业发展的需要，也是个人成长的需要。如果住太远，每天到家疲惫不堪，吃完饭就到休息时间了，没时间、精力锻炼、学习、和家人相处，这样的日子是我们无法接受的。于是，这个想法也被否定了。

想住得离单位近，节省交通成本，只有租房一条路了。

既然买房不能自住，最好能够顾及学区。

在北京，公立学校教育质量高的还属西城区。户型小又能够顾及学区的，可选余地非常小。对于学区房，老公持不支持不反对的态度。他认为学区的政策变化太大，风险不可控，指望学区增值不可能。但是这个地段处在核心城区，交通便利，即便学区政策调整，这里的房价也不会有太大的变动，基本可以实现保值抗通胀的目的。

在预算有限、定位明确的情况下，加上中介不断制造“房子再不抢就来不及了”的氛围，很快，房子就定了下来。

虽然在实际买房考虑中，学区房不是非买不可，但买了却是不争的事实。

我在问自己一个问题：如果最终买了一个自住而学区一般的地方，我是否会真的可以接受。如果在一个月前，答案或许是否定的。但现在，我已经完全可以接受不买学区房。

之所以之前会执着地想买学区房，主要原因还是自己没有真的去了解国内尤其是北京的教育情况。身边的人以同事为主，多是北京人，买学区房、读北京的公立学校是普遍选择，但这样的情况是否适合我，我的教育理念是怎样的，并没有仔细想过。

在近一个月时间里，通过参加中国三明治中产育儿的项目，我听到许多关于公立学校、私立学校、国际学校及国外教育情况的讨论，了解到更多的生活形态，看到了更多的可能性和选择，孩子的教育问题并不是只有买学区房、读公立学校这一条单行道。

牛师姐是北京人，在西城有两套房，原本孩子可以进入不错的公立学校读书，在接触了私立学校的氛围，认识了志同道合的家长朋友之后，发现私立学校更契合夫妻俩的教育理念，决定让孩子上私立学校。

闺蜜原本也是要买学区房，在系统了解了北京公立学校的教育、学区房政策、送孩子上各种培训班的费用后，发现和送孩子去国际学校的费用差不多。她选定的国际学校可以提供全面的素质教育，尤其重视孩子的体育、音乐等方面，并且双语教育对孩子以后出国读书更有利，她果断决定不再买学区房。

或许，在我有了孩子后，我会送他（她）进公立学校，也可能会像牛师姐一样把学区房卖掉，送孩子去私立学校，也可能会像我闺蜜，送孩子去国际学校接受国际化教育。又或许，会寻求国外的教育资源。

谁知道呢？

或许，不跟风，独立思考和探索，找到适合自己的路，才是解决根本问题的方法。

调控，只是为了下一波上涨

9月30日，也就是在我们网签之后不到10天的时间里，北京市政府下发了楼市调控新政《关于促进本市房地产市场平稳健康发展的若干措施》。

根据最新条款，购买首套普通自住房的首付款比例不低于35%。且对拥有一套住房的居民家庭，为改善居住条件再次申请商业性个人住房贷款购买普通自住房的，无论有无贷款记录，首付款比例不低于50%。

新政的出台意味着政府已经开始着手楼市限购布局，经过疯狂的增长之后，房价开始有所回落。但新政的出台，似乎并没有阻挡人们买房的热情。作为中国的首都、政治中心，无论政府如何调控，大家都坚定地认为北京的房价即便短期内回落，长期来看也是会涨的，早买总比晚买强。

就在昨天，有个好朋友在6号线褡裢坡附近的小区刚签了购房合同，47平方米，270万元。100多万元的首付，需要等家里的拆迁款到位后支付。朋友单身、未婚，工作四年多，一直租房，除了跟人合租的不便外，其他倒也没什么影响。

身边的朋友们纷纷结婚、买房，北京的房价一年年涨个不停，她也逐渐动了买房的念头。新政出台前，她就已经在看房，新政的出台更是强化了她买房的意愿，“再不买，更不好买了”。至于不是学区，“对象还没有呢，想不了那么远，先买了再说”。

另一个朋友，夫妻俩在婚前已经在三环内各买了一套房。现在孩子出生了，考虑买个兼顾学区、居住的大房子。至于新政的影响，除了“占用资金有点多”，并没有什么其他影响。

看起来，无论有没有钱，有多少钱，房子都是刚需。不是“刚”在一定要自己住，而是想在北京活得安心一点，面对风险时更从容一点，面对远高过工资增长水平的通胀速度能够生活得更体面一点。

昨天我在日记里写了这么一段话：

作为一对农民，父母供我和弟弟读书，拼尽一切心力。他们的初衷就是我和弟弟不再继续做农民，不用干体力活，有个稳定的收入，不用看天吃饭。他们的心愿达成了，我们都跨越了父母的阶层，不再面朝黄土背朝天。但生活似乎并没有更容易。

我对未来孩子的期许是什么呢？借用龙应台曾写给儿子安德烈的一段话："我要求你用功读书，不是因为我要你跟别人比成绩，而是因为，我希望你将来会拥有选择的权利，选择有意义、有时间的工作，而不是被迫谋生。当你的工作在你心中有意义，你就有成就感，当你的工作给你时间，不剥夺你的生活，你就有尊严，成就感和尊严，给你快乐。"我希望他（她）能够尽可能地自由、快乐和幸福，不用生活在资源紧缺、过度竞争的状态里，为不可知的未来而焦虑。希望这不是美丽的空想。

春晓决定离开上海，发誓再也不回来[①]

向春晓离开上海那天，正好是6月28日。

三年前的这一天，我们搭乘同一辆大巴，从济南来上海工作。这是我们告别校园后的第一份工作，去教育培训机构当老师，算是专业对口，她教高中物理，我教初中英语。

清晨5点，经过太仓时，我一睁眼就望见车窗外的朝阳，还有橙红的流线型云彩铺满东边的整块天空，如同迷人的油画。“春晓，醒醒，快看！”我弹坐起身，敲响铺架的铁管，朝下铺往里侧卧的向春晓喊道。她转头对我笑了笑，露出一口齐整的白牙：“我在常熟就醒了，直听见你打呼噜。南方果然好地方啊，难怪他那么不愿意回山西呢。”

只是没想到她会这么快离开。

傍晚6点，我们站在上海火车南站的二楼进站口，趴在

---

① 本文作者胡卉，写于2016年8月31日。

栏杆上，俯瞰着灯光闪烁的环形候车室。眼皮底下，南来北往的火车从飞碟形建筑的架空部分呼啸而过。我们在等候一个小时后开往呼和浩特的火车。

向春晓不断地重复这句话：“你一定要来看我啊。”我心里清楚，天各一方，我们很难再见了。等她说到第四遍，我不忍心再应酬似的点头，拐进便利店给她挑了些火腿、瓜子和压缩饼干，供她在车上消磨时间。我不时催促她早点进站，直到提起那个皮质已磨损的深棕色背包过安检时，心里才真正舒缓一下。她终于要走了，终于远远地离开上海，发誓再也不回来。

1

一场友谊的开始往往都源于抉择和命运的重叠。

六七年前，我和向春晓在北方同一所大学读书时，从未打过照面，毕业之际，却因一场校园招聘而相识。面试弄得有些声势，但最终好像所有人都拿到了月薪八千的承诺。结束后，我和向春晓在食堂吃饭，摸清对方的过程中都有些惊诧。

“首先，我要去上海。”向春晓说话自信又直接，“其次，我再考虑做什么，入哪一行。”

“我也是。因为我男朋友在上海念书。”我说。

“和你一样，高中同学，谈了四年了。总之一到毕业，异地恋总得有个了断，了断‘异地’，或者了断‘恋’。”向春晓搁下筷子，眉心都没颤一下，“我差不多和父母决裂了。他们托关系，给我在大同找了个银行柜员的活儿，每天数钱，我可不想回去”。

我理解地笑笑：“他们帮我找的，是去电视台当编导，剪辑那种从台湾买来的政治新闻。在里面待上两个月，保证你翻墙都想逃出去。”

“所以还是去上海教小朋友吧。”

“对，有钱，还有爱——人。”

但向春晓的男友在她抵沪没多久就一声不吭地折回老家，留下的分手理由非常奇特：“你知道我最讨厌粉刺了。那天去接你，看你那一脸青的红的粉刺印，我真的连亲你一口都不想了。”向春晓翻出那条微信给我看，感慨男性思维的荒唐与不成熟，却从未怀疑过“粉刺”可能只是他假借的一个幌子。把他遗忘之前，她经常抱在怀里的，除了那个想不明白的分手缘由，还有治粉刺的陶瓷中药罐子。

我没有想到向春晓会继续留下来。

入职培训的那个月，来自天南海北的应届大学生住在长宁区一条很深的弄堂里，宾馆在杂货店楼上，每个七八平方米的隔断间，上下铺住着8个人。没有窗户，一个白炽灯泡不分昼夜地亮着，房间里充斥着潮湿的霉味和混合的汗臭。工作压力胜过高三冲刺，我们从未在半夜两点前合眼。一个星期六，向春晓创造的最高纪录是一天完成了教学主管布置的20套高考模拟试卷。

“等入职培训结束，公司会在那些优异者的名字前加上‘沪上名师’，把你们特别交代给教学顾问。”主管在讲解那些花花绿绿的宣传册时，口头补充道，“凭着我们沪上中小学辅导龙头老大的牌子，一堂课收学生1000元，只要你课时足，不愁没肉吃。”

那些成摞的试卷和教案令我口腔溃疡，却成了抚慰向春晓失恋的良方。每当傍晚，她路过楼道口的窗户，倚在那里看天，开始眼圈红红，就会扭身跑进嘈杂的宿舍，在床上摊开电脑桌，戴上耳塞，以一种自戕式的勤勉刷题刷到精疲力竭，周围鼾声四起。

最终考核时，向春晓理所当然地赢得“最佳学员”的称号，实质性奖赏是可以自由选择校区，而不必等候抽签决定。

这家中外合资的教辅机构在上海有37个校区，因为地理位置、管理方式和生源数量的差异，每个校区教师收入也不同，高的几万，少则三千。处在繁华地段、业绩第一的杨浦区五角场校区，即便教最冷门的语文也能拿月薪两万，更别提最令学生头疼的数理化了。所有人对此心知肚明，暗暗在心里烧着高香。有一次，我们被带去五角场听课学习，教数学的同事阿江抬头仰望着万达大楼，表情夸张又不失率真地感慨："我多想被分配到这里啊！我已经闻到了人民币的芬芳。"

毫无疑问，五角场校区指派的唯一名额是向春晓的，但最后莫名其妙地落在我头上。我惶恐不安地去敲主管的门，主管隔着长条办公桌瞥了我一眼，又长长地吐出一个烟圈：

"小胡，培训结束了，我就坦诚点说话。你的表现我们看在眼里的，我们强迫你了？让你像头驴一样拉磨了？做几道题，考几场试，你每天累得喘不上气，哭丧个脸，你怎么考上的'985''211'院校？"

我强打精神，不一会儿又头昏脑涨，腰酸背痛。在这边一个月，我的身体好像老了十岁。我站在主管面前，觉得他说的都对，但我拿自己没办法。缺乏睡眠和过度用脑带来的疲累，快把我压垮了。

"要是不改变自己，你的职业生涯也谈不上什么发展，知道吗？小胡，你本来是分到浦东金桥，那边暂时不缺老师，倒是缺个行政，你可以先去听课学习，等寒假高峰期来。"

"那我怎么又去五角场了？"我问他。

这个中年男子掐灭手头的香烟，不耐烦地提到向春晓，用上海话重复了两遍“小姑娘脑子坏掉了”。

原来人事表格递交给总部之前，向春晓私自去找了主管。她像诉说自己的艰难不易那样，感叹我是奔着爱情来到这个陌生、庞大的城市，在此一没家人二没同学，只有一个尚未毕业的男友，而男人又是多么不靠谱的东西，你要是不待在他身边，指不定哪天他就像烟雾消散在空气之中，走得干干净净。接着，她提出把五角场校区的名额让给我，希望公司能够允许，因为这是一个最合乎人情的安排，我男友读书的学校离五角场只有几步之遥，繁忙的工作之余我也得以有丁点时间培育脆弱的爱情幼苗。

我深受感动，来不及听主管把细枝末节说完就匆匆告别，直奔宿舍。

昏暗而逼仄的房间，七零八落地散落着即将打包的衣物鞋袜，向春晓就站在那盏冷灰色的白炽灯下，心灰意懒地拾掇她的行李。几近朽掉的床板椅凳、石灰爆皮的墙壁和穿着姜黄色宽松套头毛衣的向春晓，糅杂出一种湿漉而温热的酸味。我走过去帮她把捆扎棉被的尼龙绳绷紧扣牢，一不小心笨拙地打了个死结。我心里感激又歉疚，却找不出合适的话，只好在一旁默默地叠被套和打包鞋子。

她的东西不多，活儿很快就做完了。我们紧挨着坐在床沿，伸长双腿，百无聊赖地垂头注视着自己的脚尖。午后不安的寂静中有车辆的鸣笛声、门店开张的鞭炮声、收废品的喇叭声和小孩时断时续的哭叫声，不知从多远的地方传来。过了许久，我才想起向春晓应该提前从主管那儿知道了自己的去向，便问她分配到了哪个区，如果是虹口或黄埔，那离我也挺近，相互有个照应。

“崇明岛。”她以一贯镇静自若的口吻说，“以后你可以坐船来看我。”

我惊叫了一声。我嚷嚷着说崇明县都不在市区了，连郊区都算不上，你这哪是分配，简直就是发配。

我感到非常沮丧，因为如果是这样的话，我是怎样都不会接受五角场的。可是向春晓说，这是她自己要求的，崇明岛几乎没人想去（我甚至想过万一抽到崇明岛，我会毫不犹豫地放弃这份工作），她这个要求轻而易举地得到了批准。

面对我困惑又失落的眼神，向春晓语气坚定地说，她渴望一种孤岛式的生存，她只想一个人去生活。她不会再对他人产生妄想和依赖，她不需要被爱，也不需要爱别人。她和我絮叨的口气像那种隔着距离的布道者，又像兀自活得完全形而上的人，比如宗教徒或哲学家。她说，人人生来孤独，每个个体都是一颗孤独的星球，她必须让自己学会享用、热爱孤独，生命只有如此才能适合于存活。

“崇明岛那种地方，最适合单身狗。”向春晓最后哈哈一笑，宽慰我说，但我隐隐悲哀地看穿了她强力伪装的自信，并无法自控地从心底拉扯出一种不好的预感。我对眼前这个姑娘产生了某种深深的担忧和怜惜。

她不像我这类女孩，表面上个性凌厉、执拗不羁，是个现代女性，但骨子里保守中庸、得过且过，做事从不过火，从不瞅见黑坑还往里跳，这种庸俗的随大流的行事方式虽然让人活得挺不尽兴，却提供了一种保护：我始终不偏不倚，把自己的人生轨迹圈定在安全的范围之内。

而向春晓不顾及什么范围。说实话，我打心底里佩服她，她身上有我倾心向往的率性和自由。不过，我也替她悬着心：她活得太用力了，也许哪一天就把自身撕裂。

2

崇明岛是个贫穷的县城，海风吹过来，干干净净，不留几张钞票。晚上不到9点，店面通通关门，整条大街萧条得像冬天光秃秃的树干，嗅不到一缕烟火气，很难理解这也是上海的地盘。

向春晓下了船，从码头叫了辆人力三轮车，把她送到公司所在的八一路商业街，一路上就感到些许错愕。她没有料到崇明岛会比老家山西的小县城更加破败冷清，似乎这块宝地唯一拿得出手的只是新鲜的空气，所以到处打着“天然氧吧”的招牌吸引寥寥的外来游客。

但她很快就释然了。她感到满意。这样孤寂的寺庙般的气质，果然是与她贴合的。

向春晓在崇明岛过不上与世隔绝的生活，她顶多是一个独居的女孩。她还有工作。她很快发现岛上鲜有人家能够让孩子接受一堂课1000元的辅导，但这个公司凭借着难以想象的品牌影响力，让很多家长趋之若鹜，即便贷款也要把子女送来。尤其是缴费启动“分期付款”后，公司不得不租下楼下一层的海鲜火锅店，改装成了一间间两平方米的小教室。需要接待的家长一多，教学顾问的数量甚至一度赶上了授课老师，虽然流动性大，但保持在80人左右。

尽管生源充足，但凡事讲究先来后到，头一个月，物理老师向春晓没能分到一个学生，因而也没有课时费。她靠着2000元的底薪交了房租，勉强填饱了肚子。

接下来的境况依旧没有好转。同事之间为了争夺学生，费尽心思稳固与上司的私交，把经常的请饭当成放长线钓大鱼的惯用手段，然而向春晓对此既不擅长也无力承担。第二个月，她还是没有一个学生。公司不会白养一个员工，向春晓不知不觉全盘接手了前台接电话、收快递、负责签到、引见家长等琐屑的工作。

前途渺茫引发了她的焦虑。她开始思考另谋出路，没想到递交辞呈这一无奈举措反而为她赢得了两个学生。这是副校长为了留住人才免遭总部怪罪的安抚政策。副校长还保证说，等到寒假，一定还会给她分发更多学生的。副校长没有食言，两个月后，向春晓手里的学生册上就有了 13 个名字，薪资单也突破了五位数。

每个月的 8 号，所有校区统一发薪水，发的是上个月的底薪和上上月的课时费。那天，向春晓给我打来电话，听得出她很高兴。作为老师，学生多就意味着高薪，高薪就意味着衣食无忧。想到向春晓的生活从此有了保障，我那颗一直感到亏欠的心终于舒坦不少。我也不再有所顾忌，坦言明天去办离职手续，这份工作的虚假空洞已经令我无法忍受，我实在不愿再配合家长们以砸钱的方式转移他们教育孩子的责任。

面对那些在学习过程中吃不了丁点苦的孩子，我也无计可施。教学组长脾气急躁，逼得很紧，然而我委实无法满足家长们银行转账般快捷有效地提升分数的要求，况且，他们交的昂贵学费直接落入我的口袋的还不到 1/5。

向春晓就是在我的满腹牢骚之中，听进了最后一句，在她工作境况最好之际提出辞职。副校长清楚此时不单单是流失人才这么简单的事了，更可怕的是流失学生——假如向春晓跳槽到竞争对手的公司，或者，与人合伙成立教师工作室。他对向春晓百般耐心软语相劝，见她语气果决毫无商量的余地，又旁敲侧击地以扣押一个月课时费相要挟。副校长还说，做我们这一行，虽然不是在公立学校为人师表，但也不能随随便便对学生撒手不管，我们也有我们的职业道德。

"听你坐这儿讲职业道德，"向春晓冷笑一声，内心做好了损失一万元课时费的准备，"就像听鸡鸭在床上谈爱情。"

3

向春晓没有随随便便对她的学生撒手不管。

她鼓动 13 个学生的家长解除签了一年的合同，拿回剩下的学费，又以一种走南闯北历经世事的商人般的老练，与家长们一一面谈她的收费标准，与他们直接签订了合同。没有一个学生落单。

家长们把其中的原委拿捏得一清二楚：教书的还是这位老师，一堂课还是两个小时，但课时费打了五折，从一千降为五百，无须贷款自个儿咬咬牙也能吃得消。至于上课地点，也没什么可挑剔的，向春晓租的房子与八一商业街只隔了一条巷子，交通方便，又因为在小区内，环境幽静，更适合学习。

一切都相当令人满意。她干劲十足，甚至在各类家教网和家长QQ群里挂出了“春晓教育工作室”的牌子。岛上的家长和学生口口相传，很快又为她带来了更多学生。

寒假结束后，向春晓来上海找我，背着一个牛仔蓝布鳄鱼皮包角的单肩包，上面是普拉达简洁明了、打磨得很亮的铜质logo（商标）。我打趣地问从哪儿淘到这么件做工如此考究的A货，她笑嘻嘻地说：“南京西路恒隆广场。”普拉达的专卖店在那里。

向春晓在我眼里是真的发迹了，如此迅速，让人怀疑她是不是搭上了财神爷的火箭。她试图把我也拉上去，说我精通汉语和英语，两门主课都能教，可以去崇明岛和她一起干，包吃包住，月薪不过万她倒贴填补，缺多少补多少。

“我一个人还是太寂寞了。亲爱的，你知道吗？我养了一只猫，英国短毛，七千入的。”向春晓动情地说。

但我没有被打动。她的寂寞相比我的迷茫、苦累，以及对上海这个城市的无所适从，轻渺得不值一提，更何况，这样的生活无论是好是坏，也是她自己当初执意选择的结果。我告诉她我不会再做那份工作，它已经让我损失太多。它抹杀了我对孩子的美好想象，让我发现他们愚笨又无趣，只是一台台生产单项选择、阅读理解、完形填空错误答案的机器，和生产面粉、卫生纸、塑料袋子的机器无二。整天面对这些机器，我感觉自己成了深圳工厂流水线上的打工妹，毫无意义地弃掷着自己的青春。

向春晓连连点头，想必也是深有体会。但她还是忍不住怜悯我的处境，不无嘲讽地叹息我虽然同样累得像头畜生，但还是头穷畜生，人只有蠢到一定程度才会让自己两面狼狈。

那时，我转了行，在一家做政经新闻的网站当英文编辑，拿 3000 元的实习薪资，拮据度日。但世道就是这样，有思想的地方没钱，有钱的地方没思想，我年轻又不谙世事，思想对我的诱惑力远大于钱。正是思想得多，道德感弱，我早早给父母交了底：你们别指望我发财，也别指望我奔上小康生活。好在他们善良体贴，沉默地克制了对我的人生指手画脚的冲动。

在对待父母上，向春晓就有良心得多。她甚至把母亲从山西接过来住了两个月。寒假过后，向春晓的工作时间只剩下星期一至星期五傍晚 6 点至晚上 10 点、周末早上 8 点至晚上 10 点。她有了大把闭门幽居的独处时间。

坦白说，出身县城小镇的年轻人大多没什么兴趣爱好，琴棋书画、芭蕾吉他从她诞生始就与她毫不相干，这不知不觉为她的将来储蓄了一大笔无所事事的时光。最初，向春晓把精力都消耗在网购上，并在短短时间里成为淘宝 V4 会员，选一支唇膏或一个菜碗也能耗上半天，仿佛纯粹出于打发时间而故意染上严重的选择焦虑症。

渐渐地，这些批量生产的无用的物质在割去她大量时间后，又侵占了她的空间。它们堆积在她的屋子里，把她挤到角落里去生活。直到有一次，她追随时尚买来咖啡灌肠套装排毒养颜，没想到肠道产生依赖导致便秘，脸上粉刺加重，色斑接踵而来。她一怒之下给出差评。更糟糕的事情发生了，卖家给这个不肯通融的差评买家邮来了一只干尸般的死猫。向春晓吓得大病一场，好长时间都不敢点开淘宝网页，因为她再也不相信看不见的网页背后的人。

“亲爱的，不要网购，你永远都不知道和你做买卖的是人还是鬼。”

她事后给我打来电话，此后她常常在被噩梦惊醒的凌晨哭泣，受着恐惧和失眠的困扰，不得安宁。在她的家乡，猫死后是要挂在树上的。猫有 9 条命，它的尸体只能在树上酝酿轮回，时机成熟便会转世投胎，睁眼醒来。而她委实没有胆量再看那只猫一眼，就把它连同装它的纸箱匆匆扔进了垃圾桶。她神经质地想是她阻断了一只异乡流浪猫的轮回之路，神灵会让她承受这不可饶恕的罪恶。

我难以相信一个被牛顿、爱因斯坦、麦克斯韦教育过多年的物理系毕业生会被“神灵”折磨得如此形销骨立，由此认定每个人最好的归宿便是打哪儿来回哪儿去。

向春晓不想回去。清明过后，她把母亲叫来做伴。

父亲多年在呼和浩特蒙牛基地当挤奶工，妹妹在呼和浩特念寄宿高中，母亲一个人留在山西，帮衬姨妈打理一家面馆。父亲本是个有责任心的老实人，但母亲听说父亲在外有过不检点的行为后，就不再亲近父亲了。她有洁癖，在她看来，那个不忠的男人已使自己的婚姻溅上令人作呕的污秽，她沉默而决绝地抗拒沾染过别的女人、残留着别的女人的气味的东西闯进自己的身体，作无耻的逗留。仿佛正是与父亲的疏离，缺乏了爱的滋养的母亲，迫不及待地抵达她的更年期，面容倦怠，脾性古怪，即便出门买菜也邋里邋遢连乳罩都懒得戴，乳房和眼袋一齐自暴自弃地垂塌着。

母亲住了些时日后，向春晓并没感受到多少陪伴的温暖和舒适。43 岁的母亲身上有股老人的酸味，总是让人想起插在瓶子里忘了收拾的栀子花，枯萎发黄，看了令人皱眉头。她也确实像个老人似的，经常揉搓着受风湿病折磨的右腿膝盖骨，看着窗外的阴天抽声叹气："没完没了的痛。唉！春晓啊，暴风雨又要来了。"

母亲携带着一种衰败向下的力量，加重了向春晓的哀伤，这背阴的房子似乎也承载不了两个女人的沉寂和孤独，阴冷宛若幽深地穴，淡墨的空气如死水凝滞，以至向春晓常常忍不住一个人出门，在南门港长长的防波堤上迎风望着昏黄的茫茫江面，无聊又无望地等待着一艘艘轮船靠近，好像它们真的会载来某个熟人。

母亲从不陪她来。母亲言简意赅地说，人越老越丑，越丑越不愿出门见人。向春晓怜悯地看着母亲，从那张没有血色的韭黄色脸上看到自己五官的轮廓。她酸楚而担忧地想，一个人为什么会越活越不堪呢？一个女人到底有什么活头呢？

4

6 月中旬，母亲终于厌倦了南方无穷无尽的梅雨，决定回山西。向春晓没有挽留。订机票时，想起两年没有见面的父亲和妹妹，她最终犹疑着把到达城市“大同”改成了“呼和浩特”。母亲没有拒绝。

向春晓又成了孤身一人。但她似乎远远没有学会享受孤独。她频繁地给我打来电话，仿佛浑身的细胞都膨胀着倾诉的欲望，一说就是一个钟头。

可我无心倾听那一地鸡毛。我的处境每况愈下，正考虑转入外贸行业做翻译。媒体行业不像我想的那么有头脑。我刚从那家“左翼”网站辞职，走得很不体面。我和原本非常尊敬的主编因一个拆迁选题大吵一架，他恼怒我对弱势者的同情充满了愚蠢的偏见，指责我看不清真相：这世上几乎所有的拆迁钉子户都是敲诈政府的刁民，上吊自焚头破血流都只是刁民威胁政府妄图获取更多补偿的惯用伎俩。

“我早就看出来了，你不适合传媒行业，”主编说，“你连‘配合’都学不会。小胡，趁早转行吧。”

我确实不懂他们的逻辑，对于失去这份转正不久的工作，我萦绕于心的困惑大于遗憾。那个暴雨天，我收拾好办公桌，心神不宁地离开编辑部，在食堂遗留下一只方形钢化玻璃饭盒。这是向春晓送给我的就职礼物，她希望我端稳一只饭碗，而我又让她失望了。

我灰头土脸，对向春晓不辞而别，受一位在和顺古镇开青年旅馆的朋友的邀请，在云南闲散地游荡到初秋才回来。我惦记着上海的男友，他是我和这城市的唯一联系。一旦抛开爱情，我就找寻不到这块土地于我有何意义。所以我常常又很不明白到底是什么让向春晓苦留异乡，而假若仅仅是出于钱，或是心高气傲——这二者能够产生的力量，也不足以撑起如此的勇气和执着。

我料想得没错。

崇明岛西沙湿地芦苇飘花的时节，我去看过一次向春晓。彻夜卧谈到无话可说的时候，她终于在黑暗的静谧中按捺不住，侧身向我聊起她这几个月来隐秘而甜蜜的爱情。

起初，她只是漫不经心地试问我能否接受个子比自己矮的男人，我打着哈欠告诉她世界上比我们高的男人遍地都是，何必费心假设这种没来由的蠢问题。她缩了缩肩胛骨，把被子往脖颈下压压紧，探头又问，秃顶男人会不会有点难看？我说废话，头顶一丛茂盛黑发的男人当然比头顶一面铜镜的男人更有魅力，秃顶男人属于大妈，魅力男人属于我们。

突然，我觉察到空气中散发出一种古怪的情绪，就把方才的话往回收了收：不过，相比精神气质，男人的相貌是无关紧要的。向春晓不置可否，叹息了一声，继而迟疑地问道，如果他身体不太好，某些方面有功能性障碍……听她遮遮掩掩地探询，完全不是平素的利索劲儿，我眉头一皱，很有些莫名的烦躁。我一脚把被子蹬开，打断她说，没错，这是个阳痿的时代，但你总能遇到一个正常的男人，不是基佬也没任何障碍……啊？说吧，你到底找了一个多大的老头？

“才36岁，不是老头。中心医院的肛肠科医生。你知道的，我那阵子做咖啡灌肠，把肠道搞坏了，长了痔疮，手术就是他给我动的……”向春晓嗫嚅着说，语气拖拖沓沓，不像在告知一件令人欣喜的好事。我们面对面侧卧着，我的胳臂肘贴着她的胸口，几乎感知到她慌乱却故作平静的心跳，“但是——”向春晓扑棱着那双孩子般天真的眼睛，“他结婚了。”

“你还是个处女啊！你知不知道这对你以后会有怎样的影响？”

我几乎尖叫起来，心头一阵紧缩，弹坐起来，旋即又无力地蜷缩下去。我心里蓦地绞痛得厉害，很久都说不出话来。向春晓也沉默着，拉着我的手，过一会儿就轻捏一下，像是在犹豫着道歉，又像在渴求理解。

我侧过身去，背对着她，望着帘子拉到一半的窗口。窗幔的流苏轻柔地浮动，沉浸在牛奶般的月光中，如同被风吹开的条条波纹。万籁俱寂中只有冷风嗖嗖而过。“啪——”窗台上那盆珊瑚樱被吹落下去了，失眠的月亮看见瓷片、泥土和花果枝叶四下飞溅。我茫然地想着，在我入睡的那些夜晚，在向春晓的空间里，发生了多少我不知道的破裂？

天快要亮了。向春晓把我的身子扳过来，面向她。房间里不用开灯也能看清楚彼此的脸。向春晓的眼睫毛长长的，湿漉漉的，眨巴眨巴着，把我的眼睛也打湿了。

我难过地看着她，仿佛面对自己的女儿，再也克制不住絮叨和数落。我说她不懂爱惜自己，这样不管不顾地对一个已婚男人倾注感情多么无望，最终什么都收获不了，还会不可避免地带来一身伤痛。

向春晓苦笑着说一切都是天注定。他来得很是时候，在她差点被孤独吞噬的时候，是他给予的温存让生活有了起色。有好几次，她倚着门框观赏着那个在她的厨房里忙碌的男人，听着菜刀切在砧板上的砰砰声、蔬菜倒入油锅的嗞嗞声、油烟机轰隆隆的作业声，心里奔涌出一股前所未有的暖流，她认定那是幸福的潮水来袭，忍不住温柔地从身后抱住他，泪水涟涟洇湿了他的脊背。

她说她从未想过要从他那里获取什么，她没让他花过哪怕一个苹果半棵白菜的钱，更没奢望他能给予一份婚姻。她不想破坏他的家庭，对他的妻子她内心充满愧疚和感激，是她的疏忽大意浑不知情让她得以分享一杯爱的汤羹。如今，这杯汤羹已让她枯寂的日常变得鲜美，她还有什么不知足的呢？

“有一次，我在游泳馆见到了他一家三口，他老婆就是那种很普通的三十来岁的女人，有点胖，爱笑，说话细声细气的。他介绍我说是他的病人。他老婆还和我聊了会儿，问了我的工作，还说了她女儿的身体状况。”向春晓缓慢地回忆，停顿了一下，“亲爱的，你不懂，对他，我真的挺感激的。”

我对向春晓动情描绘的美好幻象嗤之以鼻。我清楚这个肛肠科医生想从她这里得到什么，她这么纯真又这么懂事，是个最好不过的情人。她不会闹。这是他最幸运的一点。男人像个孩子一样爱玩游戏，但他绝不会像孩子那样完全不考虑游戏的危险性。他要在安全的范围内享用游戏的快乐。女人懂事他才安全，才可以放心地快乐，不担心出什么岔子。向春晓是很懂事的，这种懂事是有意识的，她知道她必须懂事，不然就连这一点温存都会失去。

其实对于对方的需求，他们各自都掂量得很清楚，同时又不抱多余的期待。活到他这把年纪，必定知道试图仰仗一份感情以摆脱对人生的空虚感，简直就是做梦。他不过想从一个年轻人身上汲取一点回光返照般的年轻幻觉。

的确如此。向春晓神色困惑地说，她很不能理解为什么一个受着早泄困扰的男人会如此热衷男女之事，一次次溃败又一次次尝试，即便让自己备受打击也无法坦然地接受衰老已提前降临的事实。而我所不能理解的是，像这样一个人，到底拥有着怎样非凡的勇气才得以走出家门，把自己难以启齿的无能袒露在一个朝气蓬勃的年轻姑娘面前，事实上，他最聪明的做法应该是关起门来与同龄的妻子惺惺相惜。

“你错了，”向春晓的口吻俨然是一个成熟的女人了，“男人最不愿亲近的，就是结婚超过十年的老婆。”沉寂了稍许，她以她全部的糟糕经历做出一个令人绝望的总结：“婚姻是世界上最坏的发明，我永远也不会结婚的。”

5

挨近年尾，向春晓与学生的合同到期后，有一多半家长没有来续费。倒不是她教得不好，而是因为那些学生升高三后，寒假被学校压缩到只剩一个星期，连这唯一一个星期也被漫天的试卷塞满，根本没有额外找老师上课的必要了。还有三四位家长认为孩子的成绩没有太大改观，怀疑缺乏公司的管理和考核，老师在教学上有所松懈，因而也没有再续约。

遇到这些状况，向春晓才记起，原来教辅机构养那么多教育顾问是很有必要的，他们巧舌如簧，既是销售，也是公关。向春晓感觉她单枪匹马，有点玩不转了，原本想着寒假旺季大赚一笔，回家过年可以在父母那里出手阔绰一点，而眼下守着出不了多少油的 5 个学生，这份孝心也只能大打折扣。

岛上的冬天十分清冷。向春晓有次在防波堤上待的时间长了一点，回来就感冒了。感冒又引发肺炎，咳嗽不止，她只好推掉学生们一个星期的课。

医生没有来看她。他很少再来，只是隔阵子在微信上问一问她还在不在崇明。向春晓不知道这询问是出于惦念关心，还是出于恐惧不安，她隐约感觉到，他似乎在担心她的存在可能对他的声誉构成隐患。

冬至那天，白天阴沉得就像夜晚，海风刮得很紧，呼呼的吼叫让人心里直发毛。向春晓把电视机的声音开到最大以期获得陪伴，但人们遥远的嬉笑喧闹更用力地刨开她内心无所依傍的荒芜。她想起医生和她上床时，总会打开电视，调高音量，他说这样有助于分散他的注意力，能让他持久一点。向春晓顺从地笑笑，后来每次他敲门时，她都为他打开了电视机。

落雨让她想起医生很多特别的癖好，还有平素饭桌上的习惯。她犹豫了很久给医生打去电话，医生惊讶又焦躁地说他正在华山医院陪动完脑积水手术的女儿散步，便匆匆挂了电话。向春晓听着忙音，突然以顿悟般的清醒明白了她与医生之间永恒的距离——她那叶承载轻渺之爱的小舟永无摆渡靠岸的可能。

这里没什么可留恋的了，向春晓开始酝酿着回家。她退回学生剩余的课时费，又与房东结清了房租水电费，把屋子收拾成她来之前的那样子，墙上不留一个挂钩、一朵贴花。她仿佛刻意为下一位房客清除了她故事的蛛丝马迹，就像她当初来时，对前一位住户发生在这里的悲喜无从窥探。

离开时，向春晓手头的行李依旧只是那个银白色拉杆箱，曾因网购上瘾从全国各地蜂拥而至的物件被她悉数打包送给了楼下的独居老太。这间朴素空荡的屋子却被她装在心里带走，连同从这里获得的启悟："一旦尝过男人的温情，就会知道屋里没有男人的生活不值一活。"

我去送她，听她如此俏皮却不无深情地感慨，想起一年前那个认真地"渴望一种孤岛式生存"的女孩，不免酸楚地会心一笑。我想我理解了她。真正孤独过、真爱过、怜悯过的人都会理解并包容春晓的溃败。我记起约翰·邓恩的一篇布道辞，它让我听见安宁的日常生活中人们内心的战地钟声：

没有人是一座孤岛
可以自全
每个人都是大陆的一片
整体的一部分
如果海水冲掉一块
欧洲就减小
如同一个海岬失掉一角
如同你的朋友或者你自己的领地失掉一块
任何人的死亡都是我的损失
因为我是人类的一员
因此不要问丧钟为谁而鸣
它就为你敲响

临出国留学前生了一场怪病[①]

今年3月的某一天，在连续感到膝盖有些发凉后，杨哲在旅舍的床上醒来，突然觉得腿木得有些不正常。她以为是晚睡的后遗症，便没有多想，继续跟朋友出去游山玩水。

但接下来的两天，麻木感非但没有缓解，反而高歌猛进地从大腿根一路爬上了腰，这让她感到有点脊背发凉。做了那么多年医生的女儿，多出的一个心眼告诉她，一定要去查查是哪儿不对劲儿。

没料到的是，一个月后，这些古怪的症状最终会被扣上一个可怖的大帽子——一种叫作“脱髓鞘”的病。

一种“少见病中的常见病”

人的神经就好像弯曲盘绕的电线，包裹在髓鞘这层外壳

① 本文作者黄紫薇，写于2016年5月31日。

里，使得神经电信号能够安全而顺利地传导。只是在复杂因素的影响下，这层髓鞘有可能脱落，使神经发生“短路”，轻则导致肢体麻木，重者甚至有可能危及生命。

这种病在全国的发病率为万分之一，被杨哲称为一种“少见病中的常见病”。她被诊断为中枢神经髓鞘脱落，无法治愈，只会恶化。以其中的“多发性硬化”为例，患者每次发病都会损失一部分身体功能，还会留下后遗症。但是状况也因人而异，病情可能轻重不一，也并不是每个人都会频繁复发。

受家里人的影响，杨哲的判断力比较强，一开始看病就找到了神经科。

第一个医生以为是神经炎，只给她开了些营养神经的药物。吃了几天药，效果不明显，她又去找了第二个大夫，却被对方冷漠的态度浇了一头凉水。在第三个大夫的安排下，她又跑了几家医院，做了更彻底的检查。被告知要住院后，因为排不上床位，她只好又辗转回到了最初的医院。开处方的医生见到她病历本上满满的记录，还摇摇头说她是“过度就医”。但在辗转五家医院、攒了一叠挂号卡后，直到现在，还没有谁能够准确判断她的病具体是脱髓鞘病症中的哪个具体分类。

杨哲是IT（信息技术）从业者。虽然干的不是最累的码农的活，真的忙起来也还是需要加班加点昼夜不分。对她来说，晚上三四点才睡下，早上六七点就要爬起来开会是常有的事。身体感到异常前，她刚结束了手上的一个项目，也递交了出国留学的申请，感觉正是可以停下来好好休息的时候，没想到会晴天霹雳般地遭遇了这样的事。

确诊的那一天，医生来的时候，她正坐在病床边悠闲地看书。除了感觉双腿像穿了静脉曲张袜，症状并不影响日常活动，所以直到病情宣布前她一直都是活蹦乱跳的。当时医生穿着白大褂，拿着病历本，对着她照本宣科地朗读了一遍自己的发现。

听医生吐出这一串闻所未闻的名词，杨哲满脸茫然，忙问“脱髓鞘？脱髓鞘是个什么病？”对方含糊答，“不太好”。“可到底是怎么个不太好呢？”她又问。医生沉默了一下，说：“致残率比较高。”然后就再没有了下文。

这对杨哲来说，无疑是当头棒喝。

她脑子嗡的一下，问：“这怎么可能呢？”好像这件事不应该突然降临到一个常年无病无灾的人身上，一定是医生把这个病跟一个更轻的病搞混了。总之，她拒绝相信现实，像把头埋到沙地里的鸵鸟，仿佛只要万物不见，这世界就依然是好的、崭新的，而自己也仍是平安健康的。

“没太大事儿，不要自己吓自己”

有一天，受不住好奇心的驱使，她打开了电脑，在搜索框里敲下了“脱髓鞘”三个字。随着鼠标的滚动，她的脸色也愈发惨白。眼看“无法治愈”“愈发恶化”这样的字眼在屏幕上反复出现，她原本的坚强与乐观也如包裹神经的外壳一般渐渐剥离，露出了柔软而脆弱的内核，敏锐地觉察到了命运的凶恶。

这个二十几年来都很少大哭过的人，突然变得容易泫然欲泣、泪眼婆娑。她只能守着一点儿希望，即自己是危险性较低的那种情况，而不是更严重的多发性硬化和视神经脊髓炎。但因为之前的核磁共振没做清楚，她得再等加强核磁的结果出来才能彻底确诊。

她把做核磁的感觉描述为“进棺材”——在狭小的空间里被黄光包裹着，她双眼紧闭，既不能动又什么都看不见，只有仪器轰鸣的噪声在耳旁环绕。从“嘀嘀嘀”“叭叭叭”到“吱吱吱”，它们每响一声她就数一次，20 分钟的时间在这样的单调中显得无比漫长。

这样的耐心最终还是没能带给她好运，不久之后她便被诊断为多发性硬化，意思是有多个病灶与高致残率的风险。这时，网上看到的那些文章，那些悲惨的故事，主人公似乎都纷纷变成了自己。死亡如达摩克利斯之剑般悬在心头，斩断了她与美好未来的所有连接，让她第一次感受到了身为人类的渺小和无力。

她用“崩溃”形容那之后两周的心情，“治不好”三个字像一句咒语，紧紧捆缚着她，让她再也无法想象生命除死亡之外的其他可能。她的母亲在一旁，看在眼里疼在心里，但也无计可施。直到有一天，这样的场景让同病房70多岁的王奶奶撞见了，热心的北京老太忍不住插了句嘴说：“没太大事儿，不要自己吓自己。别哭了，想想你妈。”老太太的气势顿时镇住了局面，她怔怔地答了句“哦”，立马收住了眼泪。

后来，一个20多岁的人和一个70多岁的人，关系竟渐渐从“室友”发展成了“闺蜜”。两人每天清晨一起晒太阳，从病房的窗口看日出，中午、晚上一起打饭，没事坐在一起聊天。老人说：“医生说的话要当回事儿，也不要太当回事儿。”比如她自己，各种疾病缠身，家里病危通知单都收了一叠，至今也还好好活着。更别提她老伴儿，几十年前就被医生判断为活不过8个月，至今也还在世。

杨哲这才意识到：“可能也没那么严重，是我们自己把它想得太严重了。而且就算是最差的那一种，比如说有50%的致残可能性，但是我的眼睛为什么一定要盯着致残的那50%而不盯着另外好的那50%？”

有了老奶奶的启发，再加上家人朋友的支持和鼓励，杨哲最终从一蹶不振的状态中走了出来。现在，她的声音里，满满是对生活的感恩和珍惜。她说："现在，我每天早上起来，大小便正常，能看见外面的世界，活动、行动方便，我都觉得这一天非常幸福。"

"什么也没落下，就多了个病而已"

得了这样的病，杨哲还是会不免想到死亡。

对于病人来说，疾病像死神的镰刀，收割了时间，让冥殿一下子显得只有咫尺之遥。对杨哲来说，在那段消沉的时光里，死亡是她脑海中每日的风景。在医院里，她看见有人失明，有人因化疗而掉光了头发，有人瘫痪在床生活不能自理。一想到自己的病有高致残风险，她无法不去想象那些人可能就是未来的自己。

"死可能都不是最可怕的，我最怕变成没有尊严的那种状态，想死死不了。"她觉得有一天，要是自己吃喝拉撒睡都无法控制，还要年纪大了的父母收拾秽物，不如"给我个痛快去死吧，千万不要让我活着"。

为了避免那种情况，现在的她格外惜命，每天保持正常的作息，经常去健身房，想方设法地提高工作效率。反思过去，她后悔没能好好照顾身体。或许就是因为成天三四点睡觉，才为现在的病埋下了祸根。

在社会这个高压锅里，她也曾以为努力是唯一的筹码，越多的付出就带来越大的回报。可连健康这个本金都赔进去之后，她才意识到，没有什么比好好活着更重要——“毕竟身体是自己的，生病真的非常痛苦”。只可惜，幡然醒悟之时，疾病的苦与不堪，已经变成了她生活中回避不开的障碍。

她知道往事不可追，即使现实不尽如人意，但“我们过去存在的每一天其实都是有意义的”。这场大病虽然没能让她搞明白这个意义到底是什么，却也没能逼得她放弃生活。

病发之前，她刚递交了去西班牙留学的申请材料，后来也得到了来自那边学校的肯定答复。但是这一番折腾，让她不得不重新考虑起自己的选择。鉴于她现在的身体状况，母亲反对她出国留学，父亲却相对豁达得多。他觉得生个病也没什么大不了，糖尿病虽然治不好别人也还是照样活，不能因为父母的私心就把儿女禁锢在一个安稳的环境里。

这样的支持，让杨哲自己也有了信心。为了应对可能海外就医的情况，她努力学起了西班牙语，也更谨慎地研究起了那边的医保体系。上学前，她还打算去印度参加瑜伽课程，让身心都更强韧一些，以应对接下来的挑战。

在疾病面前，她没有继续沉沦，而是奋力游回了原来的轨道，将生命交还给了自然的潮汐。对于目前的生活状态，她说“现在是什么也没落下，就多了个病而已”。但对于理想与未来，她已经不再执着，放弃了好高骛远，甚至也不再有好的期盼或坏的打算。

在深不可测的命运面前，她只想握紧手上那一点小小的幸福，希望它不要在一眨眼间飞走——“只要我每天起来，感觉我这个人还是正常的，我就已经很知足了，现在就是这样的。”

第二章

突围逃离

环球旅行归来，他们再次出发①

何敏瑜和李军从珠海的La Casa青年旅舍整理出满满七箱自己的行李，准备带走。他们俩曾经是这家旅舍的主人，在经营了一年半之后还是决定将它转手。面对即将告别的旅舍，他们的心里除了不舍之外，还有一丝轻松。

五个月之后，他们在一个叫作“世界旅人”的微信公众号上重新发声，点开文章映入眼帘的第一句话是：“自由，是我们的最高信仰。”

何敏瑜和李军这对被粉丝们亲切地称为“小鱼”和“光哥”的情侣，在2014年刚刚结束了为期一年的环球旅行的时候，曾经接受过中国三明治的采访。长时间的旅行让两人都感到有些疲惫，可是没休息几天，小鱼和光哥就兴奋地决定要在珠海开一家青年旅舍。

---

① 本文作者万千，写于2016年4月1日。

旅舍的中文名叫作“那家啥”，音译自西班牙语“La Casa”，“家”的意思。小鱼和光哥曾经在危地马拉学过一段时间西班牙语，因而La Casa这个名字充满了他们环球旅行的回忆。

珠海是一个非典型的旅游城市，游人大多是来度假、休闲的。La Casa地处市区的黄金地段，房间拥有270度无敌海景的优势吸引了很多游客入住。当初光哥走进这间房子的时候，忍不住惊呼，“要是能住在这里该有多好啊！”后来和小鱼一商量，两人果断地决定租下这个地方，开一间青年旅舍。

在筹备建设La Casa的过程中，每天工作都好像打着鸡血，甚至觉得一天24小时都不够用。看着自己梦想中的青年旅舍从无到有，心里面有着说不出的成就感。迎来送往的旅舍中常常充满着欢声笑语，很多来自五湖四海的游客在La Casa结识并爱上了小鱼和光哥这对有趣的有故事的夫妻。

但是，让很多朋友没有想到的是，在一年半之后，小鱼和光哥决定将这家他们一手经营起来的旅舍全盘转让出去。

小鱼说：“在旅店经营到后半年的时候，我们觉得自己像被束缚住了。”

经营一家青年旅舍，每天都要忙着为客人办理入住、换洗床单、打扫房间、网上宣传、记账算账。而这些琐碎的管理事务几乎占据了他们的全部生活。

旅舍由小鱼和光哥两个人全职打理。这对曾经一起走天涯的情侣现在如果想要出去旅游，就不得不商量好两个人的时间，分开旅行。

有一次，小鱼要去斯里兰卡旅游，而光哥留在店里打理事情。出发之前，光哥对她说，你就在外面好好玩，好好透透气，旅舍这边一切都有我呢。

伴侣的体贴反而让小鱼心里面觉得有点愧疚。看着斯里兰卡碧海蓝天的美景，她心里想的却是此时此刻留在旅店的光哥在做着什么，今天有没有遇上刁难的客人，会不会一个人忙不过来顾不上吃饭。

虽然他们也会招短期工来帮忙，只要安排好店里的事情，两个人也可以都做“甩手掌柜”一起出门。但只要旅店开在那里，心里面总是会惦记：昨天没洗完的床单今天有拿去洗吗？该交的房租、水电都交好了吗？一连下好几天雨的天气会不会客人来得很少？

小鱼和光哥越来越感受到这间青年旅舍在消耗着他们的精力和精神状态，两个人都开始思索：在青年旅舍这件事上，他们究竟会做多久？

但是那个时候，他们还并没有下定决心就这么放弃La Casa，甚至在一开始两个人想到的是开一间分店，希望当初创业时候的热血和激情能重新带给他们新鲜而充实的生活。

如果说当初开La Casa是一个一拍脑袋就做下的决定的话，那么新开一家分店的过程就变得曲折多了。

第一，合适的房源非常难找。光哥和小鱼称自己有“民宿癖”，两个人曾经一起牵手走过20多个国家，住过500多家民宿，因此知道旅客对于一家旅社最看重的是什么，除了优质体贴的服务之外，旅舍的地理位置也很重要，交通必须要方便。第二，在光哥和小鱼好不容易看中了一个心仪的地方之后，已经签订了合同，却遭遇房东突然毁约的情况。

原本以为开一家分店是一个可以解决目前困惑的好对策，没想到却更加深了他们的烦恼，成了两人前进路上的绊脚石。但恰好也是因为这些事情，让小鱼和光哥开始彻底反思起自己的选择，经营旅舍真的是自己想要倾注一辈子心血的事业吗？

人们常说创业容易守业难，这里所指的“难”或许并不一定是来自外界环境的艰难，反而更有可能是来自一个人内心的彷徨和迷茫。

在La Casa一周年的时候，小鱼和光哥邀请了一群朋友一起庆祝。只是那时候朋友们都还不知道，这既是生日会，也是一个告别会。在那时，他们心里已经隐隐约约形成了一种要关掉青年旅舍的默契。

之后，他们就一直在找合适的愿意接手这家旅舍的人。

在确定9月份可以正式转让给下家的时候，两个人心中都松了一口气，他们知道，这是此刻最合适的选择。

La Casa的店内有很多小鱼和光哥当初在环游世界的时候收集来的纪念品和相片，包括当初在环球旅行途中买下的别具异国风情的衣服，原本也挂在旅店各处作为装饰。

在离开的时候，光是打包这些行李，就花了整整一个星期的时间。

小鱼说，真的将旅舍转让出手的那刻，虽然知道这是必须要面对的时刻，可是心里面还是有很多不舍，因为这家旅舍承载了太多属于他们的美好回忆。

不过在主动解除了自己的“旅店老板”职位之后，光哥和小鱼的确也是卸下了一个重担，他们终于再也不用担心昨天没洗完的床单、今天要来入住的客人和明天是否就要进入梅雨天等诸如此类的问题了。

他们开始规划他们新的旅行计划，希望去打造一个关于旅行的品牌——世界旅人，通过纪录片分享他们的旅行经历。在回忆给“世界旅人”如何定名时，小鱼说这是她和光哥头脑风暴了一万次，涂画了N张A4纸，淘汰了几百个名字后才最终定的。

在2月份小鱼和光哥去日本度蜜月的时候，他们联系了一家很酷的民宿，一间位于日本长野县深山里的小木屋。木屋的主人史蒂夫是位娶了日本太太的美国人，他很热情地给他们介绍了很多只有当地人才知道的好玩的地方。在这次的旅行中，他们体验了非常难忘的滑雪经历，探访了世界上最大的山葵农场，还在深山里吃到了长野县最地道的手打荞麦面。

世界旅人想要分享的是一种高性价比和高规格的旅行体验，在这趟旅行中他们都收获到了。小鱼和光哥觉得是时候再出发了！

日本之行所拍摄的视频素材，在他们回国之后剪辑成世界旅人的第一期作品。

在回忆过去一年发生的所有事情的时候，小鱼记不清自己结婚的具体日子，却可以很清楚地报出世界旅人发第一篇文章的日子，2016 年 3 月 1 日。

那天她因为急性肠胃炎加上 40 度的高烧，两天进了三次医院。她回忆起过去一个月的状态，就像是突然开了窍，灵感如泉涌，一挥而就写完了之前在日本旅行时就有所酝酿的文章。在文章发布的 24 小时内，没有借助任何推广，就靠朋友圈的自然发酵，转发达 258 次，阅读量破 3000，粉丝突破 300。

这些数字成了小鱼和光哥重新出发的旅途上的新坐标。

之前就一直都有写作习惯的小鱼，现在都会随身带一个小笔记本，随时随地记下在脑海里蹦出来的和世界旅人相关的火花。这些文章将她带回到曾经在远方星空下，匍匐在草地上写长篇日记的时刻。她相信这也是自己要坚持做世界旅人的意义，她终于又重新回到了有灵感的生活，“这就是在路上的感觉”。

与青年旅舍不同的是，在坚持做世界旅人的同时，光哥和小鱼有更多的自由和机会去接触生活中丰富多样的可能性。

光哥即将去南太平洋小岛瓦努阿图参加旅行纪录片的拍摄，他将会和另外六位小伙伴们一起去完成一个有趣好玩的荒野建造的项目。与此同时，光哥也在构思怎样为“世界旅人”创造更丰富的旅行原创作品。

小鱼现在一家B2B（企业对企业）公司任职市场经理，全职工作的同时，也在探索世界旅人的未来发展方向。她在努力寻求一种更为自由的工作状态。她描绘中的理想生活，是能够在弹性工作时间里最大化发挥个人价值的生活。

在世界旅人的一篇文章《我为什么要去做一个公众号》，写着这么一句话：“活过了三十岁，我才明白，原来自由是我唯一的方向。”

开一家面朝大海春暖花开的青年旅舍，已经成为小鱼和光哥梦想清单上的一笔旧梦。

终于，在转让了青年旅舍之后，这对喜爱环球旅行的夫妻重新踏上了通往自由的道路。

从纽约到北京，她放弃一切回国[①]

2016年4月初的一天，晚上10点半，张潇冉回到了她在纽约市Elmburst区两室一厅的公寓，想象着三个星期之后，这里所有一切都将不复存在，屋子里的家具要转手卖掉，所有的个人物品都要打包发国际物流寄走，整间居室将回到最初住进来时空荡的状态。

这在几天前，仍然是难以想象的事情。而此刻，却无比迫切地摆在她的眼前。

不留一丝痕迹地离开这个她曾经生活、工作过四年的地方已经成了一个确凿的没有挽回余地的事实，和她回国的机票日期一同被写在了日程本上。

几乎每一个看到张潇冉的个人履历的人，都能够从字里

① 本文作者万千，写于2016年5月3日。

行间预见到这位笑起来很温柔的海外留学生充满阳光的未来：本科毕业于北大中文系，硕士毕业于哥伦比亚大学东亚系。在决定辞职回国之前，她就职于亚洲协会（Asia Society），参与创办亚协第一个中文平台“中美对话”和教育项目“壮志计划”，同时也是哈佛公民与社会创新种子社区（SEED）的核心负责人之一。她顺利地拿到在美国工作的H1-B工作签证，比起很多拿毕业后两年有效的短期签证（OPT）的朋友来说，她已经足够幸运。

壮志计划于2015年推出，旨在协助中国青年走出国门，与海外最为优质和顶级的人与机构进行平等对话。这个非营利项目受到了广泛的社会支持和如潮的好评。但现在，参与创办的她，却选择了回国做社会创新方面的尝试。

对于很多人而言，这个决定是那么突然。她的朋友们前一段时间还在讨论今年留美H1-B工作签证的中签率又创了新低的事，有很多朋友对她说：“即使你真的想要做社会创新，也可以先在国外利用兼职时间来做，等项目成熟后，再带回国内不是更稳妥吗？况且，这些年下来，你自己的资源也都在海外，这边起步的条件难道不是更好吗？”

但是张潇冉却很坚定地认为，回国创业，是目前她所认为的最合适的选择。

辞职就像分手一样

在张潇冉提出辞职的时候，她的老板很震惊，问道："你确定你想清楚了吗？"

张潇冉在亚洲协会的这份工作是从她研究生一年级的时候开始做起的，至今已有三年时间了。在毕业时，老板破例为她增设了岗位，并办理了签证，让她从实习生转正。

一开始，她在一家探讨中美关系的英文网络杂志做实习生，可是她和她的老板发现，英文世界传播中国的深度报道固然重要，但反向的沟通也不能忽视。于是，他们尝试在汉语世界深度报道中美关系与时政，做连接两地的各类线下活动。

虽然听起来高大上，但实际他们的团队非常精练，三个全职辅以几位实习生，组成了稳定的工作团队，一直工作到现在。

对她个人而言，因为人少，所以常常一个活动从策划到执行全都由她完成和跟进。由于接触了很多不在自己熟悉范围内的事情，她总被别人评价"远比同龄的90后成熟"。

在潇冉的职业生涯中，壮志计划可以说是其中最重要的一次经历。这个项目旨在为国内心怀社会公益理想的年轻人打开一个更开阔的视野，费用全包地为他们提供在美国一个月的深度社会学习及实践经历。并且，新的壮志计划的项目还加入了学员回国后长达一个月的中国教育公益实践活动，将公益影响带给更多人。

壮志计划对于报名者的GPA（平均分数）和学校没有硬性要求，从社会责任感、开放的心态以及快速的学习能力三个维度评估申请者。而“社会责任感”这一条是张潇冉提议加入筛选标准中的。这个与众不同的青年教育项目更看重的是参与者的社会责任感、开放的心态以及快速的学习能力，为那些较少有出国机会的年轻人搭起一个中美文化沟通的桥梁。

在发出活动报名的信息之后，壮志计划第一期就收到了1625份申请，最终入围的只有5名学生，大概创造了此类项目有史以来最低的录取率。作为项目组中唯一一个将这1625份申请材料全都看过的人，张潇冉通过壮志计划看到国内许多青年在社会创新和公益事业上的努力，内心与他们惺惺相惜。

就在旁人认为张潇冉的事业风生水起的时候，她突然做出了辞职的决定。并且，在向老板提出申请之后，迅速买了一个月后的单程回国机票。

朋友们都感到很惊讶，她的房东也觉得很意外。潇冉的老板之后多次找她谈心，问她是不是对薪资不满意，是不是生活中遇到了什么不如意，是不是有什么其他原因让她决定辞职。潇冉感慨道：“那时候真的感觉辞职就像分手一样，很痛苦”。

不过毕竟合作多年，与其说是上下属关系，不如说是至交好友。当张潇冉的老板知道她并不是头脑发热或者不满的情况下而做出的离职决定，老板也表示理解她的决定，“你身上的确是有一种企业家精神，我支持你回国去好好闯一闯”。

“出国就要留下”这种惯性思维是不是要打破呢？

在正式提出离职之前，张潇冉花了一周的时间来思考这件事，问自己是不是非辞职不可。

其实张潇冉在亚洲协会全职工作之余，还在哈佛大学的一个学生组织哈佛公民与社会创新种子社区坚持做了两年半的兼职工作，从最普通的成员做到部长再到理事，现在是社区的核心负责人之一。

种子社区于2012年由哈佛等校的中国学生发起，旨在通过及时有效地整合海内外的社会创新资源，吸引和帮助中国年轻人参与到社会创新中。每年夏天，种子社区会面向全球华人社区招募30名青年参加社会创新种子班，通过课堂讲授、工作坊、实地参访、论坛等多样化的方式，让学员了解到中美两国社会创新、非营利组织以及商业等领域的新鲜案例，也有机会和一线实践者直接沟通交流，深化学员对社会创新的理解。

从美国一线的社会企业家，到国内的草根NGO负责人，张潇冉在种子社区的活动中接触到中美各界社会创新人士。她也逐渐意识到需要依靠募捐、筹款等公益形式支撑的NGO，并不是唯一或最优的可以实现社会公共利益的组织，而商业机构从某种意义上来说或许能够更有效、可持续地为社会创新提供支持。

所以当她渐渐发觉自己内心更想要参与到社会创新事业中来的时候，继续在NGO工作并非她唯一的选择。

种子社区让她发现，无论是在美国还是在中国，社会创新每时每刻都在发生，而且在任何领域都可以发生。

社会创新，其实可以发生在很小的领域。说到自己的创业想法，张潇冉说："我想要做一个给中国年轻人量身定做的约会App。在国内，大家对于线上交友这件事存在一定的偏见，要么是一夜情，要么是相亲，目的性太强太极端。国内甚至连约会文化都不成熟，不像美国年轻人能够自如应对陌生的异性。"

虽然国内大家经常吐槽"剩女"这种标签化的行径，或者被家长逼婚以及相亲，张潇冉认为，市场上并没有一个简单、好玩、靠谱的约会应用，帮助想认真谈恋爱的年轻人找到那个对的人，解决大家"光明正大谈恋爱"这么正经的需求。“我不知道从什么时候开始，自由恋爱在当代中国反而变成很奢侈的事情了，似乎不对比物质条件去相亲就是大逆不道，不以结婚为目的的恋爱就是耍流氓。而实际上，每个人都应该拥有从容不迫地去寻找真爱的权利。”

“这对于我之前所做的事情，既是一个颠覆，也是一个起承转合的过程。或许这可以成为我想要做的社会企业的雏形。”

对于潇冉而言，如果说致力于中美交流是搭起一座桥，那么从事社会创新则是为通往这座桥铺一条道路。于是，她要回到她成长和受教育的土地上去。

她发现，虽然自己身边的理想主义者为数不少，但是不管是在国内还是在国外，有社会责任感和使命感，同时找到适合自己的路径的中国年轻人只是很小的群体。

“虽然说每年出国的人数都在增多，但似乎留学的经历对于很多人来说并没有给人生带来太多影响，很多人在留学几年后回国，可能仍然不知道自己到底擅长什么、喜欢做什么。”潇冉感叹说。

“发现内心这件事情很难，它和每个人的成长环境和教育环境有关系，有时候需要很多外界的推动力或者某种契机。这也让我思考，自己一直在做的中美交流的事情是不是仅仅搭起了一座桥，但是很多人并不知道如何通往这座桥。”

当H1-B中签率再创历史新低而引发留学生们的刷屏讨论

时，潇冉想，这其中有多少人知道自己为什么要抽签，为什么要留在美国呢？如果没有找到一个顺意的工作，或者也并不清楚自己的激情所在，却还是要努力留下，究竟是因为什么？是不是被一种“出国就要留下”的惯性思维锁住了呢？

最终，事业心决定了潇冉辞职回国的决心。她期待一个未来更成熟的自己，能够在中国做一个社会企业的创始人，用可持续发展的方式去真正为社会做一些事情。

“如果社会企业是自己的十年规划，现在再在非营利组织继续工作下去，对自己并没有太大帮助，多工作一天就是浪费一天。”

家人一直希望她能够留在美国稳定下来，在做辞职的决定前，她给家里写了一份长信：

> 对我来说，这是一次没有失败只有成功的尝试。创业当然有极大可能是失败的，但是尝试本身不会失败。这几个月的实验只会让我更深刻洞见人性，了解自己的长处和短处，在以后的事业轨迹中寻找最能发挥我的长处的方向，并且找到一个属于我的未来，一个能够结合理想和现实的未来。而这样一个未来，坐在纽约公园大道看似豪华、实则慢吞吞的办公室里，是等不来的。
>
> 张爱玲说，生活是一袭华丽的袍子，爬满了虱子。

我宁可不要这样的华丽的袍子。

妈妈，你可能会说，难道你付出的代价不会太高了吗？在你眼里，我付出的代价可能是一条通往绿卡的稳定路径；而在我眼里，我却终于无所畏惧、满心喜悦地走出了未来八年困在同一个地方的魔咒，得到了生命中最宝贵、最无价的我的 26 岁至 32 岁的青春时光。

这封言辞恳切的信件让她收获了家人的理解和支持。张潇冉很珍视自己目前所拥有的这份“奢侈”。潇冉说：“我并不是在要求或暗示所有人都应该这样。对我而言，我有这个奢侈去做自己想要做的事情，哪怕要承担很大的风险和机会成本。而很多人其实也有这样的奢侈，却并没有察觉，于是不能放手去尝试做自己真正想要做的事情，而是选择了去走一条符合旁人预期的道路。我觉得有点可惜，因为生活真的要由自己做主。我希望我的选择能鼓励有同样想法的人。”

有人说，人生最有意义的部分，就是你做过的那些选择。社会创新事业是张潇冉的选择，虽然她还并不确定在归国后，国内的社会创新浪潮将裹挟她到哪个具体的领域，在前方等待着她的会是什么。道路虽然隐隐约约，但是感觉是光明的。

5 月 1 日，她乘坐的飞机从纽约降落在北京。

无畏的语言学习旅行[①]

美洲旅行满一年后，无畏在阿根廷布宜诺斯艾利斯参加了西班牙语DELE的C1高级考试。算起来，他进入拉丁美洲才开始学西班牙语，排除掉3个半月在巴西学葡萄牙语的时间，累计学习西班牙语还不满一年。同考的巴西人和意大利人，母语都与西班牙语有接近之处，也只是报考中级，听说他考的是高级，吓了一跳。

考试很难，面试时还需与考官对某些话题进行深度探讨。无畏料到自己不可能通过考试，带着参与便是胜利的笑容和考官合影。不过，他西班牙语已经能用于日常交流、读书看报，到电影院看无字幕的《海底总动员2：多莉去哪儿》西班牙语版也毫无障碍。

和“间隔年旅行者”不同，无畏是一个“语言学习旅行

① 本文作者张奕超，写于2017年1月。

者”。他对人们把结束旅途回国生活描述为“回到现实”表示不解：旅行是人生如此美好的一部分，怎么能不把它当作现实呢？

无畏的美洲旅行以洛杉矶为开端，没在美国待几天就往南直奔墨西哥，拥抱西班牙语的世界。每到一个地方，他都会在沙发客平台上提前联系，以便尽量住进当地人家中，既可以练习语言，又能了解当地人的故事和文化，还省钱。

无畏皮肤黝黑，瘦小，眼睛大而明亮。在印度旅行时，他笑称自己可以完全融入和印度朋友的合影中。而在拉丁美洲生活和旅行的亚洲人中，日本人居多，他也常被误认为日本人。在拉丁美洲，他自我介绍时会说自己是中国人，母语是潮州话。因为潮州话属于闽方言，跟普通话并非同种。连他的微信名“无畏”后，也跟着潮汕版的拼音。

无畏原名陈泳斌，“无畏”这个名字，来自他研究生毕业后在尼泊尔做义工教中文时的一位同事。那位老师觉得他只身一人来到尼泊尔支教非常勇敢，送给他一个尼泊尔语名“Om Bir”，也是梵语中“勇敢”的意思。无畏很喜欢，就翻译成中文的“无畏”作为微信名。

2015 年春节，已经掌握好几种语言的他，用这些不同的语言写下“新年快乐”，包括汉语、潮州话（注音）、马来语、印尼语、越南语、尼泊尔语、孟加拉语、泰语、老挝语、柬埔寨语、日语和英语。今年应该能添上西班牙语和葡萄牙语了，下一步他还想学阿拉伯语、俄语、韩语等。

“旅行和学语言这两件事相比，旅行是更重要的。”无畏开了微博、网站、博客、微信公号，却发得很不频繁，网站上大概有十几篇文章，各平台也不同步，发得最勤的是朋友圈，平均下来一天 1.5 条。“旅行达人”一般不这么干。

“小生自东方中国而来，正环游世界求取语言真经，路过贵府，但求借宿一晚。”他在朋友圈感叹，自己环游世界学语言，住当地人家当沙发客，正如当年唐三藏在取经路上投宿化缘，只是他用了现代网络。

1

“豉油、鱼露、沙茶膏——”父亲沿街叫卖的声音是无畏童年印象的一部分。1987 年，他出生在广东潮州的一个村子里，家里务农，种地、养鸡鸭鹅。

长子无畏出生次年，父母为了寻求脱离贫穷的机会，一家搬去县城，开始做生意。从沿街叫卖起步，慢慢地，售卖的货品也变成了获利更高的香烟和饮料，还借款开了个小杂货店。

如今他们已经在潮州市区拥有了一处出售陶瓷配件的档

口[1]。无畏的两个妹妹在外读书后回家帮忙，一家有房有车，衣食无忧。比起生活平顺的家人，现在的无畏是一个“浪人”和“异类”，但父母都本着对儿子的爱支持他，甚至也受无畏影响，在家里招待过几个沙发客。

父母的生意头脑，为一家子带来了普通人能拥有的小城安逸生活，当年还为读初三的无畏买了同龄人少有的一台电脑，无畏因此拿别人做习题的时间，多看了许多历史类纪录片。

初高中时，他迷上了《圣斗士星矢》等日本动漫。这份热爱保留至今，即便在美洲旅行，他也常常会拥有偶遇动漫的喜悦瞬间。有时是坐在客厅里和沙发主一起看《龙珠》《超时空要塞》，有时是在巴西的书店中觅得一本葡萄牙语版《圣斗士星矢》。他的旅行箱不大，有一半装的是书，内容除了动漫，还有语言教材、历史、文化等。

无畏似乎天生就对语言、历史和社会感兴趣。为什么日本、韩国这些古代一直向中国学习的国家，后来能在经济上反超中国呢？研读历史或许可以提供答案。但在大部分人看来，历史专业不容易就业，他觉得可以通过学习语言来了解某个国家的历史、社会和文化。出于对日本动漫的喜爱，他选择到广东外语外贸大学读日语专业。

---

① 档口多在广州口语中使用，形容做小生意的商店。——编者注

当时学校分了几个校区，他所在的校区都是语言类专业。尽管能沉浸在自己喜欢的语言环境中学习，但无畏觉得纯粹在课堂上学语言，方向和涉猎领域还是太狭窄了，课余他又回到图书馆看历史书。

“到了大学，我慢慢地走出了一口井。”他开始更多地到大学城校区，和其他专业的同学一起做社会调查，渐渐地他被引向了另一条路：学习社会学相关专业，从事自己喜欢的社会调查工作。

本科专业非社会学的学生，能考上中国人民大学社会学研究生的人寥寥无几。尽管在旁人看来，顺利考入的无畏实属幸运儿一个，而无畏入学时也充满激情，但过了一段时间后，他还是觉得社会学专业本身的深度和广度不够。

幸好人大的社会科学类学科非常多，无畏又重拾了自己的语言兴趣。他旁听了梵语、拉丁语等语言课程，还在梵语课上结识了外国朋友——一个出生于哥伦比亚、母语是西班牙语、正在修读梵语专业的男孩，曾在印度学习两年，又在中国待了几年，中文也说得极好。

“这是我人生第一个真正意义上的外国朋友。从他身上我突然意识到，人还可以这样过。世界这么大，世界上还有很多语言等着我去学习，我不满足于现在的知识面。”临近研究生毕业，和很多同龄年轻人一样，无畏产生了对人生和工作的疑惑："我为什么要找工作？我为什么要每天过着朝九晚五的生活？"

2

旅行或许是一个好办法。

过去他没有什么旅行经历，18 岁才真正离开家乡，此后的旅行，不是为了学业，就是课外调研，基本没有单独出行的机会。回溯童年的旅行，无非就是爸爸到汕头、福建、义乌等地拿货或者勘察市场，带儿子同去，一方面是让儿子见见世面，此外也多个帮手。

一个志愿者机构给无畏提供了到尼泊尔的藏传佛教寺庙里做义工的机会，他想到可以借此学习梵语，便怀揣自己研究生期间兼职做翻译攒下的旅费，欣然启程。

2012 年 8 月，"环游世界""间隔年""壮游"等已经出现，但旅行还没有成为普遍意义的日常。当时的西藏也不像 4 年后的现在一样，遍布来自全国各地的人开设的客栈和餐馆。无畏从北京出发，坐上向西的火车，途径西藏，才发现很多西藏人都不会讲普通话。

到拉萨一个饭馆吃饭，身边所有人都在说藏语。一个藏族男孩跑过来问他："阿兄，你说普通话吗？"男孩到内地城市读书后返藏，害怕自己太久不说普通话生疏了，问无畏能不能跟他聊聊天，帮他练习普通话。

第一次住青旅，无畏既忐忑又兴奋，一进门就跟每个人打招呼："兄弟你好呀，多多指教，今晚跟你睡哦……"结果同屋的人都有点蒙了，这个人怎么这么奇怪？

现在，无畏已经不再喜欢青年旅社了。白人男子怀着对赌博、毒品和女人的追逐，填满了拉丁美洲的青年旅社。一天凌晨5点，一位男性经过一夜派对、酗酒、嗑药后，已经神志不清，迷迷糊糊中脱光全身，直接在无畏旁边的床上撒尿。

即便大部分青旅中的背包客友善可亲，但青旅里一般通行英语，见面无非就是对一对"你去过哪个国家哪个城市"，聊得好的就出去喝酒。对无畏来说，待在青旅既无学习语言的环境，也无与当地文化接触的机会，实在得不偿失。

在尼泊尔，志愿者机构安排无畏住进一个尼泊尔家庭，他像是发现了新大陆一般惊喜："我从来没有想到世上还有尼泊尔语这种语言。"

尼泊尔语是他第一个在旅行中学习的语言。他居住的家庭不会说英语，彼此沟通有困难，在加德满都住下的第三天，无畏想，反正要在这里生活两三个月，不如就开始学尼泊尔语吧。他买了本教材，不懂就问别人，加上有语言环境在，每天学尼泊尔语，进步很快。

因为寺庙的住持长老不在，无畏被安排去一家小学教书。校长请他教中文，一教就是四五个月，孩子们之前从来没有接触过中国人和中文，都觉得很新奇。

无畏成为第一个在尼泊尔贫民学校开设义工中文课堂的中国人，创办了“无畏的旅行”，为中国年轻人提供到国外开设义工课堂、入住当地人家庭的机会。项目在尼泊尔、柬埔寨、越南、孟加拉国、哥斯达黎加等开设，有一位义工老师还在读高中，教尼泊尔的孩子们学习中国书法。

寺庙位于加德满都旁边的古镇巴德岗，名为牟尼寺。长老回来后，无畏终于获准在寺庙里工作，每天与僧人们一起做晚课，拜佛念经。长老看他喜欢语言，和他聊得很投机，建议他学习巴利语，甚至还劝他短期出家一两个月。长老问：“难道你就舍不得你的头发吗？”

巴利语与梵语同属一种语系，是南传佛教的圣典用语。语言方面，无畏学得不亦乐乎，出家还是婉拒了：“我还是俗人一个，注定要在尘世里多徘徊上一段日子。”

两个月后，无畏出发去印度，因为签证问题，只能在印度待 20 天。尼泊尔朋友常常劝无畏不要去印度，说印度骗子很多，而他刚进入印度就被骗了。过境时天色已黑，无畏需要坐公车到戈勒克布尔（Gorakhpur）搭凌晨的火车到哈吉布尔（Hajipur），然后再从哈吉布尔转车到迦耶（Gaya）。由于国内买火车票的经验，他很担心自己买不到票。

这时，有人上前用尼泊尔语跟他说："你要去哪？要订票吗？手续费只要 40 卢比。我是尼泊尔人，请相信我。"

无畏在他的怂恿下买了一等车厢票。等他坐上公车，才发现自己用三倍价钱买了绕路的票，因为是电子票，还不能退。好心的尼泊尔乘客告诉他，边境有很多印度人会说尼泊尔语的，就当花钱买教训吧。

按照原路线，其实还有二等车厢票，无畏就直接放弃了原来的贵价票。二等车厢内的乘客受教育程度也不高，车厢里几乎没有一个会讲英语的。印地语和尼泊尔语很接近，无畏马上从尼泊尔语转成了蹩脚的印地语。他甚至称自己是尼泊尔人，觉得这样或许安全点。言下之意即是：我来自穷国家，没有钱被你们骗。

车厢里不时会出现乞讨者和人妖。印度人似乎对人妖比较避讳，人妖过来乞讨的时候，大家都会乖乖地奉上 10 卢比。走到无畏跟前，人妖只是瞥了他一眼，用尼泊尔语说："哼，尼泊尔人，不好。"

在印度没待几天，无畏又到斯里兰卡待了两个多月，突然接到格莱珉中国总裁高战的信息："泳斌，要不要来孟加拉国给我当翻译，可以见到诺贝尔奖得主哦！"

几年前，无畏在一场沙龙上认识了高战。彼时他还在广东外语外贸大学读大四，刚考上中国人民大学社会学研究生专业，还没入学，经常在广州参加与社会学相关的讲座和沙龙。后来两人就一直保持联系。

高战所提的诺贝尔奖得主是孟加拉国银行家尤努斯。他创建了格莱珉银行，向孟加拉国农村贫困妇女提供小额短期贷款，以五人小组联保代替担保，相互监督，定期开会，帮助贫困妇女提升经营和发展能力。2006 年 10 月，尤努斯因成功创办孟加拉乡村银行而获得诺贝尔和平奖。

“走近这位老人（指尤努斯），听他的演讲，才真切感受到他开创的格莱珉小额贷款和‘社会企业’是多么得具有变革性。”无畏在孟加拉国待了两个月，参加格莱珉的大会，也亲身到农村实地考察。此后他离开孟加拉国，又游历了泰国、老挝、柬埔寨等国家（顺便也学习了当地的语言）。为了回国参加妹妹的婚礼，无畏的第一次旅行结束，共持续一年零四个月。

回国后，在高战的邀请下，无畏成为格莱珉中国的一员，担任国际项目部总监一职，也是总裁高战的助理。除了协助高战在各地开设讲座和论坛，推广格莱珉模式，也亲身到国内的格莱珉实践点，帮助当地贫困的人们建立家庭经营模式，改变生活现状。

孟加拉国成为无畏去过次数最多的国家，一共去了 9 次。

即便后来辞职到美洲旅行，他也在洛杉矶拜访了格莱珉分行，还在伯利兹惊喜地遇到很多开礼品店、小卖部和旅馆的孟加拉国人。

在外遇到自己待得比较久的几个国家的人，如尼泊尔人、孟加拉国人、老挝人等，无畏都爱称呼他们老乡。异乡的陌生感和新鲜感，在他的旅途中往往与亲切感相伴。

3

在格莱珉工作了一年多，无畏心里仍然想着世上有很多语言可以学，又辞去工作，重新上路，2015 年 11 月 24 日落地洛杉矶，踏上美洲大陆。

繁华的美国对他似乎吸引力平平，到赌城拉斯维加斯短暂见证过纸醉金迷后，他在博客中更多提及的是墨西哥，因为在那儿又有一门新的语言——西班牙语可供学习。

“旅行跟学语言两件事相比较，语言是更重要的。让我出去只是拍拍照，逛景点，我会觉得有点无聊。很多年前唐僧旅行的时候，世界上是没有导游书存在的。现在旅行变得有点程序化，导游书和网上说哪里好玩，你就去哪里，拍张照片，放在脸谱网上，放在各种社交网络上，然后就到下个景点。”

墨西哥北部几乎没有带床位的青旅，单间旅馆花费很高，之前在东南亚住惯了青旅的无畏，用起了沙发客App Couchsurfing。每住进一家人，都能和对方互相学习，分享故事，尤其是无畏的西班牙语，在住别人家的时候也能得到更好的锻炼。

旅途中，无畏认识了很多有意思的人，正是他们让无畏觉得“越旅行就越感到这个世界的美好”。里约的穗丽阿姨出外旅行，直接把钥匙交给他，请他从圣保罗回来时直接入住。

阿根廷布宜诺斯艾利斯的屋主雅尼娜是一位神经学女博士，和无畏一起下馆子吃了一顿正宗中国饺子后，喜爱烹饪的雅尼娜买了一个蒸笼，打算进军中餐。

在哥伦比亚的一个小镇，无畏住在四世同堂的一家中，和他们一起度过当地“土豆节”和“番茄节”，还为家里爸爸的生日做了一顿中餐庆生。

2016 年 7 月 7 日，手机游戏 Pokémon Go 在澳大利亚和新西兰区域首发，随后在世界各个国家和地区发布。人们纷纷拿起智能手机，跟着手机里的导航，到街上捕捉小精灵。8 月底，无畏在巴西帕拉伊巴州和几个巴西生物学家一起，到山林中来了一场真正的抓捕动物小精灵的Pokémon Go 。

帕拉伊巴州的沙发主芙兰研究民族生物学。无畏跟她和几个不同背景的研究人员一起在田野里行走，与村民聊天，做田野调查。芙兰除了是个学者，还是个舞蹈家，即便到了稍显简陋的村民家中，换上衣服便能现场即兴舞一段。

语言和文化的多元背景，也让无畏常常能在任何一个地方都找到熟悉感。

在洪都拉斯，已在当地打拼多年的华人设宴款待无畏。哥伦比亚的沙发主则拥有一栋设计精巧的园林别墅，为无畏展示自己多年前在故宫里穿着清朝皇帝装拍下的游客照。日语的底子也派上用场，无畏在巴西有机蔬菜市集客串摆摊，认识了巴西160万日裔中的几位。

从哥伦比亚搭乘客船跨越边境线进入巴西，船程四天三夜，旅客睡在颜色亮丽的吊床里。大家彼此热络、交谈不断，像是在中国的硬卧车厢，周围的语言则突然从西班牙语变成陌生的葡萄牙语。

一个巴西人问无畏喜欢哪个球星，他只想得起来罗纳尔多，对方竟然听不明白他的发音。无畏写下RONALDO给对方看后，大叔恍然大悟，“猴哪儿多”！原来，巴西葡萄牙语的“R”在开头要发类似“H”的音。

葡萄牙语和西班牙语很接近，但发音规则和日常词汇也有些不同。对于母语不属于拉丁语系的无畏，学葡萄牙语相当于从头学起。但在巴西学了葡萄牙语后，他又发现这两种语言非常容易混淆。

一个多月没讲西班牙语，遇到了墨西哥人，想说西班牙语，直接吐出来的居然是葡萄牙语。尽管接触过非常接近的老挝语和泰语，以及孟加拉语和尼泊尔语，但两种语言混淆成这种地步，对无畏而言也是第一次。

2016年9月，里约奥运会结束不久，基督山上的耶稣像张开双臂，鸟瞰整个里约，城市像是在他的庇护之下。9个月以来，无畏第一次遇到几个中国背包客老乡，爬完基督山后，他把背包放在科帕卡巴纳海滩，就和大家一起下海游泳。

等他们回来，无畏发现自己的钱包、信用卡、相机等，都和背包一起不见了。他猜测应该是下海前碰到的两个巴西男孩干的，但是沙滩上的人都说没有看见。沙滩上的流浪汉和清洁工甚至说："就算我们看见了，我们也不敢告诉你。因为我们怕他们会报复我们。"

9月19日，他写下自己被盗经历时，已经在圣保罗朋友家中休息了一段时间。这次被盗让他在心情和物质上都元气大伤，连回顾这次经历的博文标题都叫《在里约，我的人生第一次被盗》。

但语言旅行还在继续。无畏购买了一些里约奥运会纪念门票，邮寄出售给国内的网友，也在自己的网站、公号和微博等平台上发起了售卖明信片的活动，每张68元，写上双语，由他所在地寄出，赚取一点路费。

一位北京女孩去了几次柬埔寨，十分喜欢那儿，想学习高棉语，却苦于找不到合适的人教学。她在网上联系到无畏，学习一周后已经能够认识和拼读高棉语字母。学费不高，无畏也乐在其中。

上大学以后，无畏便基本不再向家里伸手拿钱，如今旅行已经一年多，出国前攒下的旅费还有剩余。他的旅行花费极少，大部分时间以沙发客身份居住在当地人家里，住宿免费，吃的话花费也不多，如果自己下厨，会更节省。有时沙发主跟他聊得开心，还会请他吃大餐。阿根廷一位沙发主就邀请他看探戈音乐会，还做了一顿牛排配红酒请他吃。如果到餐馆消费，这一顿折合人民币要花费两三百元。

拉丁美洲的大部分国家由于历史上受过侵略，都存在西班牙语或葡萄牙语一家独大的情况。巴拉圭却是原住民语瓜拉尼语和西班牙语并行，瓜拉尼语进入教材、刊物、电影，全国90%的人会讲瓜拉尼语，很多说这种语言的人根本不是原住民。

无畏在巴拉圭东方市所住的主人家中，家里的老奶奶已经92岁，尽管行动不便，但是头脑清晰，精通瓜拉尼语和西班牙语，喜得他专门在巴拉圭待了三周，一有空就找老奶奶请教瓜拉尼语。

瓜拉尼语中用于肯定的词，竟然跟潮州话一模一样，让无畏倍感亲切。对语言的爱源自无畏对母语的爱，在他看来，学好母语是学好所有一切其他语言的基础。每次遇到与潮州话有相似之处的语言，他总是兴奋不已。迄今为止，他遇到的和潮州话一样表示肯定的语言有两种，一种是孟加拉语，另外一种就是瓜拉尼语。

4

在一篇博文《出国旅行一定要会英语吗？》中，无畏提到，有时他总感觉，当人进入一个陌生的国家，正像进入一个巨大游乐园或动物园。人们开始掏钱玩游乐园里的各个项目。门前会有一个售票员，这个售票员挥挥手，向你微笑，用奇怪的口音说着英语：Hello, sir. Can I help you?（先生，需要帮忙吗？）

但陌生的国家里，还有很多实实在在生活、工作着的人，他们并不经常使用英语。因此，当旅行的方式变成了努力说当地语言，努力向当地人请教语言，当地人会觉得这是一个外国人对他们文化的尊重和好奇，会乐意和你沟通和交流，甚至会向你讨教中文，你才会慢慢地进入一个新的、更大的世界，这是旅行给无畏的愉悦感之源。

在拉丁美洲，如果有人问无畏会不会英语，他通常会回答：“我不会。”英语既不是他的母语，对他而言在这片土地上也没有很大的用处，住进一户人家，家里的长辈总会说：

“你会说我们的语言，太好了。以前我们家也住过其他国家的人，但他们却不能和我们交流，我们也觉得很尴尬。”

语言学习贵在练习和交流，每到一个地方，无畏都会通过手机词典或购买语言手册学习，每天不厌其烦地重复练习一些关于衣食住行的简单句子，一两周后就可以熟练记住怎么表达数字，买东西的时候怎么砍价，怎么和一个可爱的小女孩打招呼，也许还能和当地人开一个小玩笑。

尽管在很多人看来无畏是一个语言天才，但他坦承自己只是勤于练习，对于语言，他也有和寻常人一样的遗忘惯性。里约的最后一晚，他用手机录下自己用葡萄牙语进行独白的视频，时长20分钟。“我怕它将会离去，它将被另外一种语言侵蚀，所以我想记录下它。即使说得再差，这种语言也保存着我在巴西这段时间里的情感和回忆。”

旅行已经变成一种普及性极强的活动，“壮游”“环游世界”等名词一再被提及，众多“旅行达人”也开始朝明星化方向发展，像明星一样接广告和代言，运营自己的社交平台和个人品牌。无畏的存在在这个时代似乎有些不合时宜，与明星化的“达人们”相比，他的旅行方式可以说非常清苦，连网站、微博的更新频率都不高。

“我可能就是比较单纯吧，就是想学语言，想了解一个地方的文化，没有想那么多。当然如果能涨粉，多卖一些明信片支持路费也不错，但我真的很忙，你看我每天要看书，要学语言，要跟当地人沟通，我哪有时间天天盯着网上去互动，去涨粉啊？”

阿根廷遍地都是书店，爱书的无畏到了阿根廷，每天都泡在书店里。

“是否环游世界不要紧，去过多少国家不要紧，重要的是能学习不同语言。”整个美洲大陆，他还有智利、秘鲁、玻利维亚、厄瓜多尔未曾涉足，估计还要花 3~4 个月才能完成美洲的旅行。

无畏下一步的计划是非洲。“这一年来其实看拉丁字母看得有点腻了，去非洲可以接触阿拉伯语文化圈，当然还有很多小的原住民语言。具体在哪个地方待多久，为什么去，我的选择都很随机，都是要看在那边的状况决定的。我比较感兴趣的地方还有欧洲、俄罗斯、韩国等，大语系上还想学阿拉伯语、俄语和韩语。学了这么多年日语，至今还未到过日本，所以日本也是一个必去的目的地。”

“我这个年纪，还是可以在每一个文化圈里待个一年多，然后再飞向另一个文化圈。要不然人生有遗憾啊。世界上这么多语言，我学到多少岁能学完？学到 100 岁都不可能。那就一直学到 100 岁吧。找到一样东西能玩一辈子不腻的，太宝贵了。”

每两年，她就变化一次人生轨迹[①]

歪歪的人生轨迹中好像有一个钟摆，每工作两年，就会休息一年。而每次从休息状态回归到工作节奏，她选择的又是一个和之前的经历完全不一样的行业。

她的工作经历特别丰富，做过汽车行业、会展行业、民营零售企业，现在在创业公司里推广有机卫生棉条，每一项工作似乎都像是从石头缝里蹦出来的。而且在每次转换工作的间隔年里，她又都会尝试不同的事情，比如说辞职去旅游，成为助学NGO（非政府组织）成员，也做过无薪的厦门白鹭极限飞盘队联合队长工作……

遇见歪歪的时候，她走进大门，把她的黑色滑板车靠在外边墙上，脸上挂着爽朗的笑容向我走近。她的脖子上挂着一副大耳机，两侧的头发剃得很短，额前的刘海撩到后

① 本文作者万千，写于2016年4月19日。

面去可以扎成一个小辫，浑身上下透露着一股利落而帅气的中性风。

定居在厦门的歪歪，今年新找到一份在上海的工作。我见到她的那天，她刚从厦门飞到上海，会面结束后就要去公司上班。而她周末还要去一趟南京，代表厦门极限飞盘队参加比赛。

歪歪在说起她过去的生活经历时，眼里闪烁着兴奋的光，回忆对她来说是一件趣事，仿佛自己也在听一个之前从未耳闻的故事一般。

每隔两年，就变成另外一个人，真的有可能吗？

“我妈都有点担心我得抑郁症了”

当时辞去第一份工作的时候，她的领导说她是公司第一个主动不和公司续签合同的员工。

2003 年，由于非典，工作特别难找。刚好在那年大学毕业的歪歪抱着“只要有活干就好”的心态从武汉来到了上海。

歪歪一直很喜欢运动，她还很清楚地记得那时自己的简历上面，成绩单在第二页，第一页全都是各种运动会的得奖记录。

公司老板面试的时候提的第一个问题是：“你喜欢踢

足球吗？”

歪歪听完就把袖子一撩，说：“这个瘀青就是上次踢球留下来的。”

就这么因缘巧合，她得到了人生中的第一份正式工作，签订了两年的劳动合同。那两年正赶上汽车产业特别兴旺，工厂忙到订单都来不及做，所以市场部也就没太大压力，每天下班前一个小时就可以去公司自己的操场打篮球，时不时还有出差机会去各地参加展会。

所以，当续约的合同放在她面前的时候，除了她自己，所有人都觉得她肯定会签字。

那时候微博还没有诞生，歪歪觉得当时她的想法和2015年在微博上红起来的流行语“世界那么大，我想去看看”如出一辙。歪歪很害怕自己在稳定的环境中一直待下去，待到老，于是决定辞职出去旅行。很喜欢户外运动的她，在那一年走访了很多山川景点。

“我才刚毕业两年，还有很多都没有尝试过，生活怎么可以就这么被固定下来了呢？”

结束旅程回到上海的时候，她的妈妈从湖北专程杀来上海盯着她。歪歪说，那时候，她妈对待她的态度特别紧张，过来和她一起生活，是为了确保她之后是想要找工作的，而不是得了抑郁症或者厌世。

那时候，歪歪开始一家家给谷歌上搜索出来的世界十大会展公司投递简历，最后去了其中一家，工作了两年。2008年汶川地震那一年，她辞职全身心投入一家助学NGO工作。再之后又回到外企工作了两年多时间，做到挺高的工作级别之时，却辞职从上海搬到了北京，以“无业”状态过了近一年。

2013年，歪歪得到一份去厦门工作的机会，在一家民营公司担任总经理助理。这次两年未到，她便又辞职，承担起无薪的厦门白鹭极限飞盘队联合队长工作，组织队伍的训练和比赛。直到2015年底，她接了现在这份总部在上海的工作，和一群创业的小伙伴一起打造了一个以女性身心健康为目标的品牌——姈。

每次提辞职的时候，歪歪的同事们都很讶异。因为在工作状态中，歪歪一直都很尽职尽责，常常加班到很晚，也不抱怨。只要在同一份工作岗位上坚持做下去，一定可以一路顺利地晋升。但是她都很明确地不再续签劳动合同，就像当年一冲动就跑出去“看看世界”那样，她每工作满两年之后，都给自己一年时间休息、透气、沉淀，然后再出发。

2015年底，歪歪又开始了她新的工作周期。新同事们在听说她的工作生物钟之后，问她：“所以我们现在是不是可以开始进入倒计时了？”

搬家如失火，她的人生着了好几次大火

“搬家如失火”，歪歪说这是一句她很早的时候就听来的话。因为每次搬家的时候都会扔掉很多东西，也要割裂与某一处住所的联结，就像着一次大火一样。

很多人往往是因为分手或者房东收房等外部原因才会搬家，而对于歪歪来说，她的每次搬家都是由于自己每隔两年要经历一个间隔年的工作节奏所自然牵扯出来的事件。这十几年来，她经历了好几次搬家，同城的，不同城的。

说起来，每一次搬家的这把火，都是她自己亲自点燃起来的。

初来上海，当时只带了两蛇皮袋家当和三四百块钱的她，投奔了自己的一位师兄，然后花了两天时间在莘庄附近找房子。最后看中的那间房子特别小，还不是标准户型，是房屋夹层里重新设计开发出来的出租房。房租在当时是每月1200元，而那时候她一个月的工资才1440元，付三押一的钱也是找师兄借的。这算是她在上海的第 一个住所。

第二年，歪歪搬到桂林路附近的一间老公房，就十来平方米。再后来，在莘庄附近买了一套房。提及刚来上海的生活经历，歪歪总有种意犹未尽的感觉。歪歪是个特别好客的人，那时候，他们家来来往往住了非常多的人：来找工作的、

出差的、出国中转的……几乎每周都有不同的人来住。歪歪说那时候有关她的一个传奇故事是，她家有一把钥匙一直都在别人那儿流转。

后来工作的那家外企在浦东，从莘庄的家到公司上班，路上就要花一个半小时，再加上她经常晚上加班，于是果断在公司附近租了个房子，就为了每天多睡一会儿。

歪歪说，工作就要有工作的状态，必须百分百地投入。所以加班到深夜是家常便饭，周末出差也不在话下，这样两年下来会觉得特别累，如果中间没有一个很好的休息，是没有办法继续保持那种工作状态的。

从会展公司辞职去北京的时候，随身的只有一个背包、一辆滑板车。去的时候，歪歪不确定自己会在北京待多久，因为是她的休息年，并没有什么规划。住在和朋友们众筹租下的鼓楼旁的四合院，然后经历了北京 7 月份发大水以及 15 年来最寒冷的，也是雾霾最严重的一个冬天。

一年后，她也是偶然得到一个去厦门工作的机会。在决定之后，只花了一天的时间打包了几个纸箱发了物流。而她自己，则和当初来北京一样，一个背包，一辆滑板车，就离开了。

听起来似乎挺酷，但是选择歪歪这样的生活方式所要面临的麻烦事儿也不小，至少就拿搬家这件事来说，她这些年的经历可能就要比一般人多上两三倍。

不过，歪歪并不抗拒搬家。可能是因为歪歪之前做展览会的工作经历，所以她对于收纳、打包物品这一套流程特别熟悉，以至于可以在一天的时间内将自己所有的痕迹从一个空间中完全抹去。

现在她在厦门也有一间属于自己的房子。每个月大约有三分之一的时间在上海，三分之一的时间在厦门，三分之一的时间在各地出差。

歪歪觉得厦门这个城市很宜居，其中最好的一点就是，在厦门一年四季都可以运动，可以玩飞盘。“但是厦门的人越来越多了，或许明后年又要搬家也说不定。”

“我是个特别没有选择恐惧症的人”

前段时间，歪歪去杭州参加了一个高校的职场经验分享会。和她一同出席的另外三位嘉宾都是从大学开始努力创业、后来小有成绩的男生。歪歪不仅是唯一一名女性，而且她所代表的职场经验和大学生们所理解的“成功案例”很不一样，没有赚大钱、买豪车，也没有在某个行业做到很高的职位。

她的故事在讲给大学生听之后，得到了许多赞叹。但是歪歪心里知道，可能没有几个人能像她一样，真的能够做到放弃稳定的看似优渥的工作，选择一条波折了许多的发展道路。

“其实我是个没有什么职业规划的人，或者说，我的规划就是当我意识到自己不喜欢什么，就果断放弃。所以或许我并不知道自己究竟喜欢的是什么，但至少我可以不做我不喜欢的事情。”

对于歪歪来说，每次休息完间隔年之后重新回到工作领域，都要从头开始做起。上一份工作本来已经可以升到经理级别，收入近万元，结果下一份工作又回到月薪4000元的初级水平。

歪歪也并不是完全没有考虑到时间成本，但是她觉得自己是个特别没有选择恐惧症的人，所以每次她在做辞职决定的时候，都没有太过纠结。

“任何事物都有明暗，但即使是明亮的一面，也有它的暗面。”

对于歪歪来说，工作了两年，放弃了开始熟门熟路的工作或许会很可惜，但是不放弃也并不一定就能快乐。说不定如果当初没有选择离开，现在就会卷入办公室政治旋涡，那她肯定每天都会比现在过得更加忧虑。

但是歪歪认为回头去看的时候，会发现虽然看似不相关，但是自己每段经历都为下一段做了特别好的铺垫。例如在做NGO的时候，她认识了环境保护和教育行业有想法的年轻人，在之后她在做展览会相关工作的时候，和很多人都建立了合作机会。

其实“工作两年，休息一年”这一条规定并不是她刻意要维持的，而是因为前几份工作的劳动合同一开始签的就是两年。而两年下来，自己的积蓄刚好可以够自己休息一年时间，所以到后来才形成了这么一个生物钟。

网络上曾经流行过一句特别文艺的话，说“每隔7年我们体内的所有细胞都会新陈代谢一轮，所以每隔7年，我们就是一个全新的自己”。但是看起来，歪歪并不满意“7年”这个速度，而把它手动调成了两年。

歪歪回想起她当初来上海工作的时候，每次到莘庄的地铁站都还可以坐得到座位，后来坐不到了，再后来每天早高峰，莘庄南广场上就多了用来限流的铁栏杆。她说她是看着上海的人口逐年增多的，而现在厦门也有同样的趋势。她刚来厦门的时候，BRT（快速公交系统）是下午5点多的时候开始挤不上车，后来慢慢变成4点半，现在慢慢变成4点。

城市如同一个陀螺一般，外表华丽，高速转动，同时在内部默默地酝酿着变化。有很多人身处城市旋转的中心，单纯地跟随着陀螺一起转动，不费什么劲儿地保持着既定生活轨迹前行。但是歪歪她会停下来探头张望，看看这个世界在怎样变化。

她想要让自己的人生比所居住的不断变化的城市更多变一些。

离开既定轨道，成为前线的“无国界医生”[①]

“怪怪柴”和“木头人”，来自北京和香港，是一对在人道救援机构无国界医生工作的夫妻。

2013年，他们因为厌倦办公室生活，各自辞掉了工作，前往位于南苏丹北部的多罗难民营参与无国界医生的前线救援项目，分别担任项目的财务和后勤工程人员。

现在，在不同国家做人道救援工作是他们的主业，任务间隙到处旅行和做志愿者是他们的副业。

他们去过的无国界医生前线项目有南苏丹的难民营、埃塞俄比亚高山区的母婴营养项目、埃属索马里的基础医疗项目、尼泊尔地震后紧急救援项目、也门战地项目，之后还有缅甸佤邦的医疗项目，还包括了很多国内项目。

① 本文作者怪怪柴，写于2016年3月1日。

下面这个故事是他们在南苏丹如何相遇相恋的经过。由怪怪柴自述。

那是2013年的夏天，我决定离开北京去往南苏丹北部的多罗难民营工作。

我乘坐小型飞机在非洲中部平原的上空飞行，从飞机的窗口望出去，一望无际的草原上河流蜿蜒流淌，遍地绿色盎然，那时的南苏丹正当雨季。

低空飞行了三个小时后，飞机降落在难民营旁的一条红土跑道上。走出飞机，我踏在陌生的红色土地上环顾四周，跟我穿着一样T恤的队友忙碌着搬运物资，飞行员靠在机翼上在给飞机加油，远处的非洲小朋友冲着飞机不停地挥手喊叫。人群中我看到有一张亚洲面孔，我走过去，仰起头对他说："你好，我是怪怪柴。"

这就是怪怪柴和木头人第一次见面的场景，现在回想起来，觉得简直浪漫得一塌糊涂，像那些老派爱情电影的经典开头一样。

但其实，电影里都是骗人的。在我兴奋地叽叽喳喳了半天之后，男主角对着我勉强地点了一下头，含糊着"喔"了一声便扭头接着去搬东西，我连他的声音是什么样都没有听到。

他乘坐我来时的飞机去休假，我坐着四驱车开往营地。爱情电影就此戛然而止，女一号在被男主角冷落的悲凉气氛中开始了在南苏丹多罗难民营的生活。

忙忙碌碌的工作占去了我百分之二百的注意力，直到一天早晨的例会之后，男主角带着光环第二次出场，走过来和我打招呼，我这才发现原来他已经休完假归来。这时的木头人笑容满面，和机场初遇时神情淡漠的他判若两人。嗯，剧情照这样发展才对嘛。

在这个用树枝和茅草圈起来的院墙内，有二三十个来自世界各地的年轻人住在简易的小土屋里。这些被当地人叫作"Tukul"的小土屋由树枝搭建而成，泥土抹墙，茅草盖顶，一床一桌一椅便是所有家当。屋内低矮，站在里面连我这样的矮个子都要不时低头避让屋顶，进出门时需弓腰侧身。好在有蜘蛛挂在角落、青蛙在地上蹦跳，有了它们的点缀，这些小土屋里倒也显得生机勃勃。

按照安全守则，晚上 7 点后我们便不能再外出，只能待在小小的院子里。于是晚餐后，院子里那棵大树下就成了多罗最棒的聊天聚会地点。最妙的还是周六晚上的派对，院中的草棚从饭厅和会议室摇身一变，成了摩登原始人的迪斯科舞厅，积蓄了一周的工作压力在快节奏的音乐声中随着身体的摇摆被释放，这就是被圈在院子里的年轻人用来放松的娱乐方式，除了我和木头人。

整个院子里不喜欢派对聚会的恐怕只有我和木头人。其实我俩对于派对上吃的部分还是相当感兴趣的，每次派对上都有各国队友亲手烹制的简化版家乡菜肴，我俩总是大快朵颐之后迅速跑路，以躲避之后无聊的派对时间。

无奈队友们热情又友好，见我们在大家欢闹的时候闭门不出，都很担心我们的心理健康，尤其是队里还有一位富有经验的心理医生。我俩被大家分析为工作压力过大需要及时释放，不然可能会撑不到任务期结束。于是队友们死拉硬拽一定要我们出来参加派对开心放松一下。

木头人同学一向意志坚定，坚决不从，8 点钟准时回小土屋里洗澡睡觉。我却顶不住大家的关切，被敲几次门后往往就临阵投降，被拖到树下坐进人群里，无聊地看着飞来跳去的蚊虫们发呆。

在一次派对结束后周日的午餐上，我忍无可忍地对木头人诉苦："参加派对才是我压力的来源，我更情愿回房间睡觉。"

一向温和的木头人对派对的态度倒是异常坚定："他们喜欢的派对就是聚在一起听音乐抽烟喝酒聊天，坐在那里喂蚊子，对我来说这可真比工作辛苦多了。"

我俩一拍即合，有种知音难逢的感觉，不爱派对的共同缺点让男女主角碰撞出了第一次的火花。只是那时的木头人绝对没有想到，离开时他的评估里每一项都得到了很高的评价，唯独有一个缺点：不积极参加派对。

在前线，工作量大是肯定的，我习惯每晚加班到深夜，而木头人的习惯是早睡早起，他说清晨的空气特别凉爽，而且早晨工作有一大好处：那时蚊子还没有出来。跑步是木头人在多罗生活中重要的一部分，清晨早起泡杯茶，先工作一会儿，再去营地外的飞机跑道上跑步，这就是木头人一天的开始。几个月下来体能竟然慢慢提升，前阵子跑完了还可以举重，身体状态比大学的时候还要好。

听他讲得眉飞色舞，我点点头礼貌性地附和："我也挺喜欢跑步的。"

"你也喜欢跑步？"单纯的木头人满怀期待地看着我问。

"那当然！我长跑短跑都很好！"我拍着胸脯开始了夸张的表演，"上学时我的800米跑两分半，50米能跑进7秒。"

"真厉害！我800米也是两分半左右。"这样的鬼话木头人居然也相信，还对我连连称赞，"太好了，又多一个志同道合的跑友了，明天早晨早些起来我们一起去跑步吧。"

看着他认真的表情我憋着笑起哄："好呀，那不如5点钟就起床吧，先工作两个小时再去跑步！"

第二天早晨正睡得昏天黑地，突然被一阵敲门声叫醒，一个声音在门外不停地喊我："怪怪柴！怪怪柴！"我揉着眼睛钻出小土屋，整个营地里一片黑黢黢，天边的星子还在闪耀，周围一个人也没有，低头一看手表：果然是凌晨5点！

木头人端着杯子从黑暗里冒出来："水烧好了，这是刚泡的茶。"我接过茶，心里连连叫苦，以后再也不能和这个木头人乱开玩笑。

哈欠连天地在电脑前工作了两个小时，木头人把电脑一合，拿好对讲机（安全守则又一条：不管到哪里都要随身携带对讲机）对我说："该跑步了。"我在心里盘算了一下，跑回小土屋左拿右拿装满了腰包，这才跟着木头人出了营地大门。

一路跑到飞机跑道边，木头人在前面仍然步伐轻快得像只大鸟，我落在后边跑跑停停已经喘到不行。木头人扭头无语地问我："你不是说你很能跑的吗？"

"我以前的确很能跑的啊。"我回答得理直气壮。

其实害我跑不动的真正原因是腰包实在太沉：相机、两块后备电池、拍立得相机、三筒后备胶卷、智能手机，还有个小小的三脚架。早晨出来跑步，跑不跑那是其次，最要紧是把摄影设备带齐全，凹造型拍照片那才是正经事，木头人听了我的歪理有些哭笑不得。

飞机跑道给了我们绝对的惊喜，那里视野开阔，金色的光线柔和又迷人，是绝佳的看日出地点，我的相机不停地响，早就忘记了跑步这件事情。趁着清晨凉爽，难民营中很多小孩子出来打水，我赶紧拿出拍立得相机为他们拍照，看着他们拿着自己的照片惊奇地大叫大笑，木头人也忍不住停下脚步跑过来加入我们。只一个早晨，木头人就被我“传染”，变成了拍照狂人，他的跑步计划彻底失败，体能也每况愈下。

爱情电影的情节开始快进。

每天早晨，我们一起到飞机跑道看日出，给小朋友们拍照，然后互相挥手告别，奔赴各自岗位，一天劳累后带回满身尘土与汗水，分享美味的非洲黑暗料理；黄昏时一起爬水塔，看非洲中部平原美丽到忧伤的夕阳；下大雨的夜晚踩着泥泞一起去加班，一边敲电脑工作一边喂蚊子；周末的时候，一起给外国队友们包饺子打牙祭，去难民营里和孩子们玩耍；在中秋的满月夜里，在无线电里惊喜地互相呼喊着出来看月亮，坐在院子里的大树下，一起认真地分享那些看似不可能的梦想……

怎奈情敌频出

在前线项目上，负责诊所后勤工程的木头人是“神”一样的存在。

木头人管理着当地员工最多的部门，他的工作有条理得不像话。苦活累活来了冲在最前面，回到营地总是脏兮兮一身泥和土，满头满脸的汗。电闪雷鸣的雨夜，在无线电里听到诊所紧急报告停电，他毫无怨言地一趟趟跑去查看修理。不管是当地员工还是国际队友，大家都很喜欢他。

每次看到他汗水湿透了T恤带着一身臭味回到营地吃午饭，我们都会捂着鼻子开玩笑地对他说："木头人，你这个样子特别的sexy（性感），浑身散发着迷人的男人味道。"

我偷偷拍下他腹肌若隐若现的"性感湿身"照发到朋友圈，没想到这个无心的举动竟给女主角引来了一位实力强劲的竞争对手：眼光相当挑剔且有品的同性恋阿潘看上了木头人，他热情洋溢地请我转达对木头人的倾慕之情。

当我还在思考是否要向木头人转述阿潘的情意时，木头人突然"哇哇"地跑来给我看他的手机，我好奇地一看，哇，内容果然劲爆，原来木头人的一位男性朋友颇为直接"粗暴"地在脸谱网上向他表达爱意，用词大胆热烈得让我看了直脸热心跳，木头人神情紧张地问："我这算不算是遭到了性骚扰？"

而且这已经不是木头人第一次收到来自同性的求爱，当年涉世未深的他独自在菲律宾背包旅行时，就曾遭遇过"险情"——被一名男护士搭讪挑逗。深夜时分男护士竟然行为不轨，木头人差点就此"失身"于异国，吓得他第二天一大早就背着包赶紧逃离了那座"危险"之城。

在别的爱情电影中，女主角就只有女二号一个对手，可到了我这里，怎么还要提防那么多男二号男三号的觊觎，这情敌频出的局面可真让我苦恼。

木头人的离开

在多罗，我的办公室门外挂着一块白板，每当一个熟悉的名字出现在上面时，就是到了要说再见的时刻。

第一次知道这块白板，是来南苏丹前在香港做任务简报时，来自马来西亚的药剂师阿尔温告诉我："你是星期四的飞机飞多罗，我看到你的名字在白板上。"阿尔温刚刚结束在多罗的任务回来，他告诉我在多罗的办公室墙外有一块白板，写着每星期将要离开和到来的人，他就是在那里看到了我的名字。

来到多罗的第一件事，便是找这块白板，去看我的名字。没想到的是，以后负责更新这块白板的人是我，负责到机场迎来送往的人也是我。

队友同事来来往往，告别在这里每天都会上演。没几天的工夫，我就从不愿面对离别的前线菜鸟摇身一变，成了擅长告别的老手：帮队友把行李塞进飞机，转身张开双臂来个告别的抱抱，右左右三个颊吻一个也不能少，然后用力地握手，说出“See you”（再见）之后要再加上“somewhere in the world”（在世界的某个地方），这才是前线风格的道别，每一个告别，都是下次重逢的开始。

美好的日子总是过得飞快，在又一次更新白板时，名单里面居然跳出了木头人的名字。

不可置信地扳着指头一算，可不，木头人已经来了五个多月，他的任务很快就要到期，离开非洲去欧洲参加培训。算起来从木头人休假回来，我们熟悉起来不过一个月的时间，可相处时那轻松自在的感觉却好似相识多年的老友一般。

离别的难过伴着午饭时没有察觉的那根鱼刺，悄悄地一起扎进了我的喉咙。我在白板上一笔一画慢慢写完他的名字后，喉咙间突然痛得说不出话，咽不下水。

临走前一晚，木头人来到我的办公室里加班。

离开项目前的几天总是最忙的时刻，写工作报告，和继任者做交接，给下属做评估，打包行李，真是恨不得一天有48个小时才够用。木头人也终于摒弃了不熬夜的良好习惯，深夜里蹲在电脑前面敲个不停。

加完班合了电脑，木头人突然问我：“你有WhatsApp（瓦次普，一款用于智能手机之间通讯的应用程序）的账号吗？”“没有。”

木头人又问：“那你有脸谱网的账号吗？”“有，但是忘记密码了。”

“那你在脸谱网上的名字是什么？”木头人接着问。

“我不记得用的名字是中文还是英文了。”我想了半天，沮丧地发现实在没有印象。

“算了，除了工作，你在个人事情上没有一件是清楚的。我再帮你申请一个吧。”木头人撵我起来，霸住我的电脑开始一阵敲，没过一会儿，我有了一个新的账号。“你应该感到很荣幸，因为我给你加的第一个好友就是我。”木头人很拽地对我讲。

“好啦！以后我们就可以在脸谱网上面聊天啦！”木头人一脸欢快地把电脑还给我，我一直耷拉着的脑袋一下子开心地弹回了原位。

离别的清晨，木头人仍然像往常一样早起，去机场跑道上跑步。虽然夜里下了雨，但我第一次跑完全程，完成了和木头人一起晨跑中最认真的一次。

早饭后，我们在那条熟悉的红土跑道上笑着道别，在拥抱后即将分开的刹那，他的手臂又用力地一紧，把我拉近到可以闻到他身上汗的味道，我不清楚心里的那句“别走”是否会脱口而出。

我看着他和每个人握手，微笑着低头钻进机舱，看着飞机的门慢慢合上，螺旋桨开始转动，看着飞机在跑道上滑行，起飞，渐渐远去，直到变成一个小小的黑点，消失在远处的天空中。

这一次分别之后，我们会各自出任务，虽然有那句“See you somewhere in the world”，可世界这么大，前线项目又那么多，谁知道在哪个角落才会重逢，重逢的时候又会是哪一年。他离开后的那个下午，我突然坐在办公室里面哭得一塌糊涂。

生日礼物

木头人离开的那天，工作怎么也做不对，我气得直哭，吓得项目主管放下工作陪我在飞机跑道上来回散步。我在这个带走了木头人的飞机跑道上越走越难过，眼泪不停地掉，项目主管想要安抚我的计划完全失败。

晚上我在木头人给我新建的脸谱网账号里对他讲这件糗事，我说我哭得那叫一个酣畅淋漓，可是也让我在别人眼中一向乐观开心的形象毁于一旦。

木头人说他少年离家去英国上学，在不同的国家工作生活，以往每离开一个地方，都不会难过，唯独这次依依不舍。我说你走后我特别的惨，那次大哭之后变成大家的重点关照对象，更是每个周末都被拉去参加派对，只是再没有人会和我一起偷偷从派对上跑路了。

木头人说他十分想念简单快乐的多罗，完全不习惯欧洲的闲适感，他连发了几个电邮询问新任务的空缺消息，有强烈要回到前线的冲动。我说我想要申请延长在这里的合同，因为多罗有太多快乐的回忆，我想在这个美好的地方再待久一点。

可是，我们想念留恋的究竟是这个地方，还是曾在这里的彼此？

每周飞机来到难民营会带来我们所需的物资和药品，也会带来队友的私人包裹，我是负责发放的人，却也是从没有收到过包裹的那个人。可是这一天，我居然也在一个盒子上看到了自己的名字，欣喜地打开，里面是木头人从比利时邮来的巧克力、老干妈辣椒酱和瓜子。

我开心地在网上对木头人说："哇，你居然能在比利时找到葵花子儿。我压力大的时候喜欢嗑瓜子，那是我最有效的放松方法。""我知道啊，你说过的嘛，所以我才买。你说过的我都记得。"木头人的话快要叫我脸红了。

就这样日子一天天地飞，我的生日悄悄地到来，身在欧洲的木头人给了我一个大大的惊喜。

生日那天的早晨，药剂师拉谢尔来到我的办公室，笑眯眯地在我面前放下一张黑白色的A4打印纸，她说木头人发过来拜托她打印，那是为我准备的生日礼物。

我呆呆地接过来，看见纸上打印着我所有在多罗开心大笑的照片，上面写着大大的一行字："我们喜欢你，因为你很二！"在背面，木头人居然把我最喜欢的两位同事的照片也放了进去，还设计了好玩的对白。多罗最酷最大的"施瓦辛格"先生绝对不会想到，他被下属木头人给"P"进了我的生日卡，这会儿他正在卡片上憨憨地对我哀求："怪怪柴，嫁给我吧！"

在多罗难民营，一切都是简陋的，这张处处合我心的搞笑黑白生日卡简直是太奢侈的礼物，它瞬间便引爆了我的尖叫。

我捧着这张纸一整天傻兮兮地笑，走路也在转圈。队友们坐在树下看到我路过时，指着我摇头叹气："前几天刚大哭过，现在又笑成这样，这个女人已经疯掉啦！"

我想逃离家庭那“无比正确的人生”[①]

1

我以前看《老友记》的时候，最喜欢莫妮卡，她的性格特别好强，跟我妈妈很像。我妈年轻的时候就在单位做到了很好的位置，她不仅是自己事业上的强权者，也是我童年里的强权者。小时候她为了让我同别的小孩比较，逼迫我学琴，我很不情愿。

有一次，我看到叔叔家上小学的女儿因为文化课不好被要求去学琴，那时候突然意识到，我跟这个孩子之间隔了这么大的年龄差，却不可避免地有着相似的命运。

我读大学其实就是家里人的安排。我叔叔在某国企是个领导，觉得女孩子学个会计以后进国企就很好。我高考成绩

---

① 本文由F口述、宋小勺采写，写于2016年10月27日。

不理想，选专业的时候自己也没拿主意。真正读了会计以后，我就知道自己不喜欢，等到大四的时候，我发现自己想做与文字相关的事情，想考厦大比较文学的研究生，于是我就一鼓作气去了厦门，寄住在朋友家里。当时为这事和家里闹得不太愉快。幸好我在大学参加过国际象棋的社团，就去找了个兼职，在少年宫社区兴趣班教小孩子下象棋，收入还不错，足够我生活。

研究生没考上，我就投简历进了一家外企，大学毕业以后就来厦门上班了。教国际象棋毕竟只是个兼职，不能做职业发展，做会计还蛮好找工作。外企有很多国际贸易报关流程，我在公司里还学到挺多专业实践上的东西，就这样过了大半年，然后就被家里人来厦门把我给拎回去了。

的确是拎回去的。

被拎回家之后，我顺从家里人的安排，进了某国企的财务系统，在里面待了三年。其实在我去之前，他们就已经给我铺好路了，有什么问题就去找哪个叔叔，跟谁要打招呼，跟谁不用打招呼，都是有派系的，我要做什么，不能做什么，都被提前安排好了。

以前我觉得，那些特别狗血的事儿跟我真是一点儿关系也没有，但那段时间从公司的老会计那里能听到很多八卦，正发生在身边的事，跟生活隔了薄薄的一层。当时我就觉得，这里好乱啊，真的好乱，那些领导活得太累心了。

刚开始我在家乡的分公司工作，按照套路来说，新人都是先在基层做一两年，然后进总部。工作当然谈不上喜欢，但还能糊弄过去。但等进了总公司，那些领导气场都很强，让人好害怕。同事大都是系统子弟，他们从上学到工作的轨迹全都是一模一样的道路。平台的优越自然也有，即使是小喽啰，去银行办业务也会给你开金卡。我在那里扮演的角色就是“螺丝钉”，当时我去找HR谈自己的职业发展，被告知说，留在总部机会不多，大多数人培养几年都会被派去偏远的分公司做财务总监，我越发觉得，这都不是我想要的，我想离开。

辞职的时候是“裸辞”，没有想好自己以后要做什么。当时我对上司说的理由是：我想尝试去做生意，上司有些嗤之以鼻，尽管她没有表现出来，我还是感受到了那种轻蔑。她似乎觉得我应该去做一个高级金领，那才是体面的，做生意那么低贱。

我辞职那天就觉得，哇，我做得真对。再不走的话，我以后也只会用那种方式想问题。

我爷爷退休前也是干部，我家里人对国企这类的工作和体系都是认可的。但那一年因为政策原因，公司人员变动特别大，我家里那位叔叔也受到了一些影响，可以说受到职业上的重创，所以我和家里人后来慢慢地在“我从国企辞职”这件事上和解了。他们也感受到了，时代在变化。

2

在那之后，我就去了杭州做淘宝。

我姐姐和姐夫在2009年就开了一家淘宝店，做女装，现在生意做得挺大的，正好那时她那里缺财务算账，我就去帮忙了，相当于去救火。我一开始去做了一个报销系统，后来预算和库存那里又缺人，我就被填到那里去。经历了2014年的“双11”，那晚我很激动，一晚上走那么多货，要靠自己来做数据分析，看400多个SKU（最小存货单位），挨个算下来。第一次面对真实的市场，有种创业的感觉。

那时候我刚从按部就班的正统上班生活中走出来，对做网店之类的门道一窍不通。我当时还跟姐夫抱怨过：“你们连个例会都没有，怎么能行呢？我以前在国企恨不得天天开会的。”

之后的大半年时间，我都在适应新的环境，有焦虑，也有压力。创业的环境里不会有老师来带领你，督促你，就是直接扔给你一件事，然后问你，怎么还没有做完？节奏非常快。除此以外我仍旧觉得很兴奋，总是在想，哇，这些人怎么这么有活力，都这么有钱了还这么拼。

我姐姐对我来说是一个榜样。她起初一个人来杭州打拼，遇到我姐夫后，就一起做了淘宝的生意，三年就做到了金冠，赚了不少钱，买豪车别墅奢侈品，也时常出国旅行。我对金钱的启蒙认识就来源于她，网店看似迅速的盈利模式，让我对钱的欲望开始膨胀。淘宝里展示的卖家秀，模特穿的衣服可能就一两百元，但为了让衣服显得贵，配衣服的包啊车啊，都一定是真的奢侈品。有段时间我有些沉溺在“金钱的诱惑”中无法自拔，对这些奢侈品有着强烈的渴望，我姐有时也会给我买个包，但我知道，这些都不是我的，也不是一下子就能拥有的，我开始焦虑，想着自己要不要去创业。

在每天和钱打交道的焦虑中，我渐渐发现自己又回到了从前上班的日子，做淘宝店就是“网红经济”，店里有了新需求，要人顶上去，我就顶上去，很多新项目启动，做微博微信App，每周工作六天，每周都在上新，生活还是一串无限循环小数，没有变化，看不到尽头，人就在这个循环里麻木。

这份工作做了两年，最后还是决定辞职了。

3

在杭州工作生活期间，我加入了本地的一个民间剧团，负责举办关于戏剧美学的讲座。辞职之后我做的第一件正事儿就是去考了演出经纪人的资格证。刚辞职那半个月属于有事可做，目标非常明确，每天在家看书考证。考完试之后，我却突然有些懵了。

我毕业之后就一直在工作，从没有过空窗期，现在突然就不知道自己要干什么好了。我是处女座，习惯规划生活，列清单，细化到每一个时间段应该做什么。但那段时间我连清单都列不出来，无法再享受那种写一份清单，完成后再划去的快感了。

接下来的一个月我变得有些自闭，不想见人了，就一个人待在家里，自己有地方住，自己能做饭，一切都很OK，感觉自己过得特清净。上班的时候渴望的“自由”大概就是那个样子，自己想干什么都可以，谁都不能来烦我。就这样过了一个月，偶尔在网上听课，偶尔跟着话剧老师去喝茶，听他和朋友聊佛法。

幸好有在网店打工的这段经历。工作这些年，我的经济情况还不错，维持现在的生活没有问题。那一个月我基本跟家庭切断了交流的渠道，有点像是一个“迟来的叛逆期”。哪吒割肉还母，我那时真切地感受到，生平第一次开始过我自己的生活。

这个家庭不单指家里人，父母、叔叔还有姐姐，还有一套以家庭为单位联结的权利体系。这个体系里，有人有权，有人有钱，有人有人生的经验，他们都有着无比正确的人生，所以对我的人生，他们也似乎就有了更多的话语权。我说自己“不想上班”，其实真正渴望的是能从这套权利体系中逃出来。

我想要的不是夏天宅在家无所事事的那种“自由”，比起自由，我更想要的是控制，不是父母和家庭对我的控制，是自己对自己的掌控。其实没有什么失控的，而是要把自己交出去。我需要的是这种“可以上车”的感觉。

在俄罗斯旅行的时候，火车只有一个目的地，你知道自己会到哪里，火车会带你去，上了车你就可以把包卸下来。窗外是西伯利亚一望无际的大森林，看不到边，颜色也好看，早上的雾气啊，阳光啊，有水潭的时候树木和阳光都映在水潭里。

哇，是你根本都形容不出来的那种美。

至于找工作这事儿，我觉得一直以来都有误解。以前都是先分析自己有什么经历，准备简历，去找前辈或者猎头参谋一下，然后找几个好公司的职位。以前就是这么想的。

但人都是会变化的。我现在觉得要先去试验，了解自己，感兴趣就去试一下，先做再想。

和有趣的人一起做喜欢的事，能产生收益当然好，但我目前还是会找一份有资助性收入的活儿，其他再去发展，先不能让自己饿着。你要讲生活，那第一件事就是活下来啊。

如果要打个比方的话，我觉得生活是水，工作是蜂蜜。以前的我把生活和工作分得很开，喝一口水太淡了，吃一口蜂蜜又太甜。

现在我的理想状态是把蜂蜜倒在水里，做一杯蜂蜜水。不要因为逃避而不上班，而是知道自己要做什么。

第三章 流行狂欢

SNH48 粉丝的“偶像养成”游戏[①]

两年前，在 27 岁这个有些不合时宜的年龄，丹尼尔第一次成为一名狂热追星的粉丝。过去，他从未对任何明星偶像着迷，并且觉得“追星的人脑子都有病”。

他的“偶像”是一位出生于 1994 年、刚刚出道、身高不到 160 厘米的小姑娘，中国女子团体SNH48 的成员之一——鞠婧祎。

两个月前，鞠婧祎在SNH48 第三届偶像年度人气总选举中，以 23 万票获得冠军，超出第二名 6 万票。两年前的第一届，拿到这个冠军只需不到 2 万票。

按照SNH48 体系的游戏规则，票数的背后是粉丝的真金白银。电子票 0.1 票 5 元，实体票则需要购买专门用于投票的CD专辑，78 元至 1680 元不等，最贵的专辑可投 48 票，折合

① 本文作者李依蔓，写于 2016 年 9 月 28 日。

每张投票30~35元。以此估算，鞠婧祎的23万票，价值800多万元人民币。

这800多万元里，就有丹尼尔1/4的年收入。“每年我都有三个月为鞠婧祎打工。”今年的SNH48偶像年度人气总选举场地，是黄浦江边的上海梅赛德斯–奔驰文化中心，7月刚刚举办过周杰伦、李荣浩、徐佳莹的万人演唱会。

这场将近5个小时的歌舞演出，参演人员多达160余名，来自9支分队组合，一共29支曲目，甚至还请来了韩国“鸟叔”，串烧中韩两大广场舞曲《江南Style》和《倍儿爽》。

作为旁观者，我几乎找不到能够享受这场演出的充分理由：全程假唱，演员对不上口型、跑错位置、忘记动作的情况屡屡发生，没有一首能够让所有观众在“万人大合唱”中得到共鸣的歌曲。而更令人惊讶的是，所有观众对此毫无异议，因为他们最期待的是最后颁奖环节。整场演唱会的重头戏，是公布由粉丝票选出的、人气最高的前48名成员，名次将影响成员未来一年的曝光度和工作安排。光是念一遍160多名候选成员的名字，主持人就花了15分钟。

作为冠军，鞠婧祎最后一个出场。在特约嘉宾胡彦斌、陶喆念出23万的惊人票数时，全场尖叫“鞠婧祎！鞠婧祎！”的欢呼声不绝于耳。

我身边的男生激动得挥断了手里的荧光棒，在“鞠婧祎”

名字尾音的“Yi——”上喊劈了声。戴着皇冠、披着红色披风的女孩站在麦克风前，紧张得不断调整话筒的高度，努力让脸上保持甜美笑容，闭眼拍一拍胸口，长呼一口气。“谢谢大家，两年的等待和努力，我们做到了。”

女孩坐在装饰着巨型白色翅膀的红色宝座上，被绳索缓缓拉升至高空。“谢谢我的粉丝，希望你们能够陪伴我走向更新的高度。”

全场再次被“鞠婧祎”的声浪淹没。

男粉丝的“被需要感”

想象一下160余名妙龄少女，穿着相似款式的白色蓬蓬裙、在尖端深入观众席的三角形舞台上同时舞动的情景，相信距离再近的VIP，也很难在相似的发型、妆容、笑容的冲击下不犯脸盲。

她们之中年龄最大的26岁，最小的才13岁。“X和XII队的演出我几乎不看，一群十四五岁的女孩子，在台上又唱又跳用尽全力逗你开心，让我有种犯罪感。”大鱼说。

2013年8月，来自四川遂宁的鞠婧祎通过终审选拔，成为SNH48的第二期队员，几个月后成为NII队的正式成员。自2012年成立以来，SNH48已拥有SII、NII等5支分队，今年 4 月还新成立了北京 BEJ48 和广州 GNZ48 分团。

作为日本 AKB48[①] 偶像团体的中国姐妹团，二者不仅命名规则相同，SNH48 的运营模式、早期唱片、演出风格也都源于日本 AKB48。

为了加入这个在日本大红大紫的偶像团体的中国姐妹团，19 岁的鞠婧祎从四川音乐学院附中办了退学，搬进位于上海郊区的 SNH48 团员生活区，在略显破败的位于上海嘉兴路弄堂里的星梦剧院开始了自己的偶像养成之路。

大鱼成为鞠婧祎粉丝的时间并不长，第二届总选举前他才注意到这个女孩。那时大鱼喜欢了多年的女孩去了美国，和他的联系若隐若现。从青春期开始，大鱼便一直被漂亮、聪明、努力的女孩吸引，作为“最好的朋友”陪伴在她们身边。又一个女孩的离开，让大鱼情绪低落了很久。

2015 年上半年，偶然一次浏览网页时，大鱼注意到关于 SNH48 鞠婧祎的新闻，于是找来所有她的相关视频，看了几乎整个通宵。得知 7 月要举行第二届总选举，大鱼立刻做出从南方飞到上海看演唱会的决定，随后正式“入坑”，并加入官方应援会组织。

过去十年，大鱼对自己钟爱的姑娘的付出不一定能够得

---

① 由日本制作人秋元康在 2005 年创办、以剧场演出为基础的偶像团体，目前成员超过 450 人，唱片销售额连续数年在 100 亿元以上。

到回报，自己也没有足够的时间和机会，去对她们投入过多的关注和情感。和大鱼类似，许多男性粉丝喜欢鞠婧祎的心理之一，是填补情感空缺。

“谢谢大家的支持，我一定会努力成为更好的自己！希望大家继续陪我走下去！”“鞠婧祎们”在感言里都不断重复对粉丝的感谢和需要，这让“大鱼们”有足够的立场付出，每一分付出都有价值，成为让女孩感恩、成长的动力。

“被需要”的背后，是被关注、被认同、自己能够对某些事施加影响的“存在感”，这让大鱼在今年的总决选中投出了将近4万元，占年收入的1/3，这个比例让他自己都吓了一跳。大鱼很认同应援会QQ群中一位粉丝提出的“平行宇宙理论”，意思是，如果鞠婧祎今年没有拿到第一，粉丝的世界将截然不同，就像生活在一个灰色的平行宇宙中，“眼含热泪、心怀委屈”。

鞠婧祎的夺冠，让大鱼们的世界更完整了些，如愿生活在夺冠的平行世界里。

对鞠婧祎的关注，大鱼的敏感和细致，常常到了令人瞠目的程度。看一眼视频，听一句话，他就能知道鞠婧祎最近的状态是开心还是劳累过度。他记得这个女孩说过的一切关于自己的细节，知道退学加入SNH48的她向往校园生活，会担心她因为超高人气招致其他成员的嫉妒。远远超出传统偶像的信息量，让粉丝们获得了一种“全知”的幻象，他们相信自己的所见、所知，就是偶像最真实的样子。如果对此表示质疑，他们会用“人都是会成长和变化的”来辩证地宽慰自己，似乎没有任何事能动摇他们的决心。

7月30日，酷暑期间的上海体感温度接近40度，大鱼出发去往演唱会现场时，特意多带了一件T恤，以防自己因为汗湿的衣服变得不得体。几乎没有树荫的梅赛德斯–奔驰文化中心的广场上，接近一百家应援会的粉丝早早地在各家旗帜下聚集，3000多块地砖上承载着涌动的燥热和激情。

年轻的粉丝大多20岁上下的光景，双肩包、平头，衬衫的领口大剌剌地敞开，露出脖颈上被汗液浸湿的红绳。许多人不顾额头上冒出的大粒汗珠，模拟偶像外出的配套装束，戴上了黑色口罩，头上贴着用来退烧的“降温贴”。更多人脖子上挂着印有自家偶像logo的“应援围巾”，用来擦汗，毕竟大声呐喊的应援是一件十分耗费体力的事。

大鱼穿过这些小自己不少的年轻人，领到了属于自己的应援包，里面有一个印有“鞠”字的灯牌，却突然想起自己忘了提前购买需要装在灯牌上的电池。当匆匆赶到便利店时，店员无奈地表示，电池早在上午就卖空，现在便当也没了。

但排队付款的粉丝，依然回字形地塞满了整个空间。

女粉丝的“理想自我”

松鼠第一次在SNH48的视频中注意到鞠婧祎时，她只是站在边缘跳舞的不起眼的“人肉背景”。

第一年总选举位列第四，为鞠婧祎带来了更多的资源倾斜，除了剧场演出外，她还参演了微电影。第二年总选举排名第二，她获得了出演两部电视剧女配角、演唱插曲的机会，上了《最强大脑》等11档综艺节目。

快速增长的人气，让鞠婧祎在第三届总选举中顺利拿下冠军，得到出演一部48集电视剧女主角的机会，获得优于其他团员的薪资和住宿条件，第三届总决选结束后外滩上甚至为她亮起“鞠婧祎”名字的灯幕。

飞涨的名利，也为她招来许多负面争议，比如退学、整容、“四千年美女”。

“看到那些‘黑子’的诋毁，我都受不了，如果鞠婧祎看到呢？”支持鞠婧祎两年多的粉丝松鼠，曾经一边哭一边熬夜在微博上和骂她“脑残粉”的“黑子”解释，在鞠婧祎的微博下不停添加新评论，试图把不好的评论压下去。“她一个小姑娘，为SNH48挡了很多枪。”松鼠不无心疼。

当时和网友论战的松鼠还是“散粉”（单个独立的粉丝），第二届总选举结束后她才辗转加入了应援会组织。在组织里，松鼠找到了一群随时有共同话题、“三观一致”的伙伴，可以聊为鞠婧祎投票的策略、她的最新动态，也可以吐槽生活中的琐事。“不管你说什么，大家都会理解，想法都和你一致。”虽然不了解彼此的现实身份，但他们甚至算得上是松鼠最好的朋友。

这种感觉是松鼠在过去很少体验到的。初中就开始迷上追星的松鼠，会唱林俊杰的每一首歌，追台湾艺人吴映洁的综艺节目，高考前还迷上了日本AKB48。在松鼠长大的东北小城，周围同学都无法理解她的“追星”行为，这让她觉得很孤单。

到鞠婧祎这里，松鼠达到了追星的顶峰。在去年的第二届SNH48总选举中，鞠婧祎定下了想拿第一的目标，但最终以9000多票的差距排名第二。那时恰逢松鼠大学毕业，她把大四时攒下的零花钱4000多元全部用于投票，尽管自己当时没找到工作，住在破旧的出租房里。结果去年鞠婧祎没拿第一，松鼠一个人在电脑前看直播，眼泪哗哗往下掉，责备自己没能为鞠婧祎登顶贡献更多。

今年，粉丝都默认和鞠婧祎之间有一个“第一的约定”。为了这个约定，松鼠连续两个月没有好好吃饭，每天中午在单位食堂狂吃10元自助，那是她一天中唯一的正餐。7月到上海看第三届总选举演唱会时，松鼠身上只剩下300元现金。

工作一年的积蓄一万多元，几乎都用于投票。

演唱会结束后，松鼠参加了官方组织的“握手会”和“合影会”。第一天从上午9点排到下午4点，松鼠7小时滴水未进，“不知道靠什么支撑的，一点都不晕”。第二天为了避免排队，4点半就起床赶往会场，成为第7个见到鞠婧祎的粉丝。

第一次见到喜欢了两年的偶像，松鼠激动得不停念叨“你怎么能这么好看！你跳舞怎么那么好！”，语无伦次。

这些行为，已有些信徒般狂热的意味。但在松鼠看来，所有辛苦都不是牺牲。在得知鞠婧祎甩开第二名6万多票时，她闪过了一丝“早知道不用投那么多票”的念头，不是懊悔，而是那样就可以把多出来的钱用在明年的投票上。

虽然没有明确的统计数字，但松鼠感觉到，目前鞠婧祎粉丝的男女比例已接近5∶5。在团队中某些偶像成员那里，女粉丝的比例甚至高于男粉丝。

而相较男粉丝而言，女粉丝在应援上投入的时间、精力、金钱，往往都有些不计代价和歇斯底里的意味。面对这样狂热的“女饭”，身为应援会核心成员的丹尼尔往往不知所措，是该劝她们理智，还是感谢她们的付出？

松鼠觉得这个比自己小两岁的姑娘，美丽又有才华、认真努力、踏实乖巧，是真正“完美”的明星。她甚至觉得，鞠婧祎应该是高高在上、无法接近的。松鼠自己并没意识到，也许她迷恋的鞠婧祎身上的“完美”特质，是自己渴望，却没有足够自信抵达的“理想自我”。

现在的松鼠，在离家乡不远的城市做环保科研工作，经济并不宽裕。但她总觉得，只要和鞠婧祎一样默默努力，“未来就是一片光明的”。

现实生活中没有可以参照的“灯塔”，松鼠便选择在鞠婧祎们的身上寻找一份坚定的情感寄存处。而每一张用生活费投出的选票，都是松鼠向理想自我寻求的一份认同。

应援会政治与征战

按照传统的出道标准，偶像或艺人要么唱功过硬，要么演技出众，要么舞蹈功底了得。但SNH48 系的大部分女孩都是没有经过专业训练的素人，她们的表演常让人生出“这也可以?！”的惊诧。但 48 系的体制巧妙地改变了偶像和粉丝之间的关系，不以“完美”作为招徕粉丝的招牌，让粉丝为帮助“不完美”偶像走向“完美”而买单，为这个过程中产生的情感羁绊而买单。

这也是追随鞠婧祎两年的丹尼尔，最珍视的。比起完美，笨拙的青涩更能唤起共鸣。丹尼尔觉得鞠婧祎像妹妹，是和自己一样的普通人，一切小缺点在“努力变成更好自己”的光环下都显得格外可爱。看着她变得更漂亮、歌舞更出色、演技更纯熟，丹尼尔甚至有种父母看着儿女成才的满足感。

但更多的粉丝对自己的认知，是守护公主的骑士。这项守护的工作，大部分由各个女孩背后的应援会完成。应援会是一个更聚合的粉丝团体，以百度贴吧、微博、QQ群为主要阵地，鞠婧祎贴吧关注量超过23万人，QQ群每日活跃对话的就有几千人。

粉丝圈有自己的语言系统，粉丝群叫“饭圈”，贡献度最高、最核心的成员是“聚聚”“饭头”。粉丝间初次见面不熟悉时，会尊称对方为“聚聚”，默默无闻的粉丝自谦“小透明”。丹尼尔不愿透露在鞠婧祎身上投入的具体金额，但那足以让他接近“聚聚”的核心位置。

应援会就像一个小型的作战中心，粉丝按照投票票数划分不同的等级，从几百票到上千票不等。票数投得越多，说明贡献度、忠诚度更高，越接近应援会核心。最核心的“聚聚”们负责制订最高级别的应援方案，和其他成员的应援会开展“外交”，合纵连横，最大限度为鞠婧祎争取利益。

粉丝们能接触到的“核心信息”，按等级从高到低依次递减，他们更像是听令出征的战士，按已经制定好的策略行动。比如《ELLE世界时装之苑》杂志的9月刊发表了鞠婧祎的一篇访谈，应援会便号召粉丝们到ELLE官方淘宝店购买并留言。号召粉丝开展“净化行动”，在鞠婧祎微博下“笔芯”（比心表情，表示点赞）或聊天，不回复“黑子”，“安利路人”（向路人推销）时要谨记谦虚对事、礼貌对人，“掌握好方法，度过困难时期”。

和“散粉”个人投票不同，应援会以“募款”的形式征集资金，6~7名核心负责人对集资进行担保，承诺在投票结束后公开账目明细。粉丝在核心成员的淘宝店铺购买虚拟商品，或直接向指定支付宝、微信账号、银行卡号转账，海外粉丝甚至还开设专门的Tumblr（汤博乐，目前全球最大的轻博客网站）、脸谱网主页通过PayPal（支付软件）付款。在已经公开的应援会经手资金账目表中，前三名应援会集体投票占总票数的50%以上。

有投票，就有排名，有排名，就有竞争。在这场金钱和人心的游戏里，加上限时的条件，不免会有战火纷飞的江湖意味。

第三届总选举的投票时间是2016年6月10日—7月30日。6月17日，SNH48官方对外公布了实时投票进程的速报。这一天正好是鞠婧祎生日的前一天，应援会的粉丝们决定为她送上“速报第一”的生日礼物。

结果速报结果一出，所有“鞠骑”都傻了眼，第一名是对手李艺彤，拉开第二名的鞠婧祎2000多票。一时间流言四起，有人说有内鬼走漏了鞠婧祎应援会“送生日礼物”的消息，有人说这是李艺彤应援会故意制造热血气氛，提升自家士气，甚至还有阴谋论说这是两家商量好的结果，目的是告诉其他人，“今年第一名就是我们两家神仙打架，其他人离远点，别误伤了自己”。

不管真相如何，鞠婧祎应援会在6月18日鞠婧祎生日当天，定下了集资50万元的生日祝福目标。很快，官方指定淘宝店上架了“给鞠宝宝的庆生祝福！”的虚拟商品，应援会的主要QQ群内不停地“催肾”（催款），甚至炸出了群内许多万年潜水党。截至23点55分时，售出500018笔的惊人数字。有粉丝表示，“要的就是气势，让小鞠看到我们的力量与决心”。

7月11日，SNH48官方发布实时投票的中报，鞠婧祎应援会全力以赴，反超第二名李艺彤40000多票，相当于人民币140余万元。此间又有谣言，有人说“鞠婧祎家已经没钱了”。一位李艺彤的粉丝在知乎里慷慨陈词：“有人问我‘饭’偶像‘饭’到了什么，我想我现在知道答案了，矢志不渝……朝着第一的王座发起总攻。”

临近截止日期的每一天都充满变数。

7 月 29 日，鞠婧祎应援会集资的淘宝链接被查封，店内部分资金被冻结。应援会官方快速反应，发布微博称链接是遭到恶意举报而被封，但“这不会阻止我们必争第一的步伐”。

7 月 30 日中午 12 点截止时间前，应援会的成员蹲守在上海星梦剧场的门口，形成流水线，一边拆封刚买的 1680 元投票专辑，拆出投票券，录入投票信息。身后被遗弃的光盘一地狼藉，音轨里还刻录着鞠婧祎的声线。

在争夺冠军的战役里，应援会之间的博弈充满了硝烟味儿。核心集团吹响号角，麾下大军一呼百应，颇有些“权力的游戏”的味道。丹尼尔表示“小权利”对于自己而言无足轻重，他更在乎是否真正对鞠婧祎好。

面对金钱和权利的纠葛，不免有“有心人”混迹其中，各谋其利，几个月前就发生了某团员应援会卷款 3 万多元跑路的事件。

少女、粉丝与运营方的三角江湖

无论各家应援会在投票大战中是否达成目标，最终的赢家不是偶像，而是 SNH48 的运营方——上海丝芭文化传媒有限公司。

第三届总选举现场一万多张门票，在开票后的 1 分 24 秒内就被抢购一空。入选的48位成员得票总数达到175万多张，比去年的总决选增长252%，光投票一项的收益就超过5000万元。

SNH48的签约成员，必须严格遵守从日本AKB48复制而来的体系规则，比如禁止和粉丝有任何私下交集。官方不定期举办“握手会”“签名会”和“合影会”，粉丝可以购买不同功能的“券”，为和偶像之间任何的密切联系买单。

2016年6月，日本AKB48发布了一则宣布SNH48违约的公告。这个消息被解读为SNH48正式与母体决裂，团队演唱的曲目也由翻唱日本AKB48慢慢转型为原创。为了吸引更多不同的粉丝，部分曲目甚至一改日式的清新可爱，成员们穿上性感的服装，舞蹈也略带挑逗意味，许多“韩饭”纷纷倒戈投向SNH48的阵营。

对于脱离日本运营方支持的、中国式48偶像养成体系是否能够发展顺利，粉丝们反应不一。“中国SNH48以后肯定会超过AKB的，你不想想我们多少人口，日本才多少人口？”一位支持14岁新入团成员费沁源的女孩告诉我，家在嘉兴的她说起能看到现场演出的“剧场饭”，羡慕得直跺脚。

在第三届总选举前夕，第二届冠军赵嘉敏宣布退选，在此之前她以学业繁重为由，缺席大部分公司安排的演出。7月22日，拿到中戏录取通知书的赵嘉敏违反公司规定，开通新的私人微博与粉丝互动，这被解读为超人气成员要“单飞”的信号。当晚，应援会的粉丝们为她组织了生日会，特意包下播放SNH48第三届总选举广告牌隔壁的屏幕，为赵嘉敏送上生日祝福，来自同一个少女团体的两块广告牌形成了尴尬的对垒。

SNH48运营方丝芭文化对“单飞退团”消息的回应只有五个字：还在合约内。2015年刚拿到君联资本、创新工场的亿元人民币级别的B轮投资，丝芭文化在2016年又接受了华人文化入股，旗下孵化的丝芭影业拿到了多部网络文学IP[①]影视改编项目，这家公司的野心也许远远不止做一家艺人经纪公司。

SNH48的体系成就了这群少女，但对于鞠婧祎这样的超人气成员来说，规则本身亦是束缚，让粉丝们对运营方又爱又恨。一方面他们无法否认这套体制给偶像带来的机会、资源，另一方面又心疼偶像必须服从公司安排、成为“赚钱机器”的无奈。比如松鼠所在应援组织就认为，鞠婧祎不应该继续做剧场演出的“面对面偶像”，她应该接拍更多的电视剧、电影、广告，成为一名真正的艺人。

应援会和粉丝群体既是运营方的“金库”，也可能是某种

① IP剧，是指在有一定粉丝数量基础上的以国产原创网络小说、游戏、动漫为题材创作改编而成的影视剧。——编者注

威胁。在网络、现实中的日益壮大，让不在官方掌控下的他们，甚至慢慢有了和官方“制衡”的能力。“我们会买官方的产品，就是要让他们知道，鞠婧祎有人认，没有她我们就不认你。”说完，大鱼在应援会QQ群里发布了一条消息，愿意以3~5倍价格请“聚聚”代购鞠婧祎单人EP（专辑）。

少女、粉丝和运营方，形成了一个微妙的三角江湖。

只要有需求和欲望，便有人来满足。从这一点看，SNH48的风靡，和迷恋古玩、烟酒，本质上并无太大差别，是这个时代消解孤独的一剂药方。作为粉丝，可以决定自己支持哪位偶像，可以为她尽己所能地投入金钱和时间，也可以突然决定退出这场游戏。

但台上每一位签下八年合约的白裙少女，在“青春”“梦想”这些华丽辞藻的包裹下，必须用力吸引着粉丝们的关注，出演一场偶像养成的“楚门秀”。荣誉登顶、上演强势逆袭、获得“单飞”可能的成员，到底还是少数，更多的女孩沉默地成为跳动的人肉背景。

每个周末下班后，她都飞往韩国见偶像[①]

一个周六的早晨，KMM起床的时候已经超过了前一夜设定好的闹钟时间，从家里出发去机场的时间已经有些紧迫了，她必须要搭上下一班飞往韩国的飞机。她匆匆忙忙将车子从车库开出来，一辆黑色的运钞车正停在家门口不远处的银行门口。睡眼惺忪的她心想着前方的空间应该足够开过去，可是没想到刚靠近就蹭到了运钞车车厢。被惊动的保安大哥扛着枪走到她的车窗边，示意她先停一下。手握方向盘，呆坐在驾驶座的她此刻脑中同时响起的是时钟嘀嗒嘀嗒的走秒声和飞机引擎启动时巨大的轰鸣声。

KMM在某家国企从事着商务方面的工作，同时也是韩国流行音乐组合WINNER中的rapper（饶舌歌手）宋旻浩的粉丝站“Collapsar0330”的站长和唯一成员。

---

① 本文作者万千，写于2016年4月11日。

“为什么非要赶飞机去见离自己生活这么远的人呢”

KMM是在2013年看了宋旻浩的比赛开始喜欢上这个充满追梦勇气的小伙子，2014年第一次去演唱会看到了宋旻浩真人。“后来之所以会开后援站是因为我觉得他明明很好，却感觉没有什么人气，很想要帮他做点什么，让更多人知道他的好，喜欢他。我觉得自己是个没什么梦想的人，可以帮他实现梦想，我也很开心。”KMM说。

她自己也没有想到最初对于这个偶像的好感和喜欢会逐渐变成一个追着偶像跑的站长。她说这是她第一次追星。

所谓粉丝站，是指由某个铁杆粉丝牵头成立的粉丝后援站，会追踪偶像活动行程，参与活动应援，拍摄活动图片并修图上传至微博等社交平台上，为偶像积攒人气，吸引更多新粉丝加入。

一般站长在开站之后，还会寻找其他志同道合的粉丝一起协助运营站子。因为作为一个站子基本要做的事情——送礼物、追行程、拍图、修图、应援——都需要金钱和时间的投入。但是KMM比较特立独行，她一个人在做所有站子的工作，钱也全部由自己出。她说：“一个人做事情更方便省事，自己出钱出力，不用和别人讨论意见。”

追星在这个年代已经不是新鲜的话题了。在别的粉丝眼中，Collapsar0330的站长过着非常幸福的生活，可以经常飞去各地见偶像，参加各种行程活动。在“饭”圈，如果自己送的礼物被偶像用了，粉丝会兴奋地说自己被偶像“翻牌”了，或者说自己的礼物被“认证”了。而KMM送的衣服、鞋子都有被宋旻浩穿过拍照。

然而，在网上她也看到了一些有关于她的揣测，说她是富二代的比较多。

事实上，KMM的本职工作并不是一份闲职，充满了大大小小的会议。她尽量都选择去应援周末的活动。她印象中最匆忙的一次行程是，下班后坐半夜的飞机飞到韩国，然后第二天看演唱会，看完后坐当天最晚的飞机回国。也有过许多吃闷亏的情况，比如说，有一次周五下班前的工作会结束得晚了，一下班就急着开车去机场，路上不小心和其他车子碰撞了，也来不及等保险公司，被对方讹了1000元钱，就继续赶飞机了。

为什么非去参加偶像的应援活动不可？KMM自己有时候也会有某种错乱感，在首尔下飞机的时候，会突然间失去时间和空间的概念，好奇自己“我为什么会在这里？”。有时候，明明身体已经觉得很累了，“为什么非要赶这班飞机去见离自己生活这么远的人呢？要是这周不用乘飞机的话，我本来就可以直接下班回家睡觉了”。

还有一次夸张的经历是她飞去韩国参加活动，只为了看宋旻浩出场一分钟。她说那一次活动的意义比较特殊，因为宋旻浩所在的组合中间经历了一段一年半的空白期，其间，很多粉丝后援站都关掉了。所以那次他们重新回归舞台的那期节目，她觉得一定要飞过去，哪怕最后只看到他一分钟，只要把礼物和信转交给经纪人也不觉得遗憾。

2015年，宋旻浩参加了一个比赛，一开始遭受到许多恶评，压力很大。她觉得没有其他可以帮上忙的，只能在那段时间里，每场录制都去现场应援。因为那场节目的录制是在工作日，所以她就用了大概一百个理由请假：感冒、发烧、拔牙、家里有急事、买房要办手续之类。

在和偶像一起度过了那段艰难的时期之后，她就又恢复到正常的生活节奏，有选择性地参加活动，尽量不影响自己工作。基本上，只要宋旻浩的活动安排在周末她都会去参加。

“这就是爱豆（偶像）和粉丝之间的关系，让他知道有人来支持他就好了。”KMM说，随后她补了一句“很奇怪吧……”

KMM很淡然地介绍这些经历，“在被别人说我是‘真爱粉’的时候才发觉自己好像是挺拼的，但我觉得我只是在时间、经济允许的条件下去看看偶像。”她说。

追星的金钱账

“我赚的钱追星，家里给的钱养我。”KMM直截了当地抛出了这么一句话。所以她没觉得为了追星一定要节衣缩食，或者通过自己的粉丝站多赚点收入，她就想这样不上进地安心被养着。当然，因为就在自己的家乡工作，所以KMM所说的“养”指的更多是每天吃家里的，用家里的，住家里的，少了很多生活开销。

KMM想象如果自己没有追星的话，可能也就是在家里蹲着，平时上班回家就看看电视，周末和朋友出门逛逛街，有喜欢的东西发了工资就可以买。每年休两次长假，去没去过的地方旅行。但是现在跑来跑去，自己并没有特别需要紧衣缩食，可能护肤品用完了，在机场免税店随便买一个就赶到登机口了。在韩国逛街的时候，因为晚点要去看彩排，看到衣服来不及试，拿了就去结账。

事实上，粉丝站长其实是有生财之道的。

有一些粉丝的站长会帮忙从韩国代购专辑，向粉丝售卖周边，通过这些项目收入还可以补贴一些追星的开销。在贴吧上也会有一些运营经验丰富的站长会发布经验帖子，讲述站长应该怎么通过粉丝集资将一个后援站发展得更为强大。但是KMM并不想发起什么粉丝集资，“如果合伙建站的朋友要一起出钱的话，就不得不考虑对方的意见和感受，事情就会变得更复杂了，就有可能把喜欢变得不那么单纯了”。

KMM曾经从韩国代购了近两千张专辑，但KMM作为一个新手站长，因为对于行情不够了解，只是按照销售价格汇率折算成人民币，还抹掉了零头售卖。其他粉丝站的专辑代购价在85~100元之间，她卖80元一张，也是想贡献些自己的力量，帮助偶像提高一些销量。没想到因为低价吸引了很多粉丝找她代购，最终只能自己倒贴了两万多元钱的邮费寄回国内。

她也有做过台历和手机壳的周边。全程都是她自己设计，联系工厂，确认质量，跟进工厂生产状况。这些周边制作的数量不大，而且是独家定制，最后成本比想象中高，但是销售价格卖得还是太便宜了。

KMM后来想想，自己的本意是想要支持偶像，所以只要自己不赔钱就好了。至于投入了多少钱在后援站上，她说“不要提钱，我觉得无论追不追星，无论月收入多少，钱对于每个人来说都是不够花吧”。

在宋旻浩生日的时候，除了生日礼物应援，KMM还自己设计了庆生广告牌，自掏腰包花了2万人民币在韩国某个繁华地段的地铁站投放。因为韩国追星产业很发达，明星生日的时候打出地铁广告一点都不新鲜。KMM很有创意地把广告特意做成了Instagram（一款分享图片的应用程序）的样子，巧妙地透露了偶像的Instagram名称和站子名称，又分别写了中文和英文的“生日快乐”，还有一些不经意间透露的小细节，如左上角还看得到“VPN”的标记。她说这个形式比较有趣、好玩、吸睛，可以宣传偶像的Instagram，帮他增加人气。

但是她也认同“追星不一定要花钱”这个观点。KMM说：“每个粉丝只要做自己力所能及的事情就好了，在什么年纪什么身份就做什么事情，可以在网上投票，也可以和朋友推荐他的歌，这些都不需要花钱的。”

因为追星，KMM自学了一整套的“一个站长的自我修养”，包括应援、拍图、修图、追行程，看到不错的logo也会多留意，开始更多关注旅游和时尚、设计的相关资讯，看时装周、买手店和年轻设计师品牌。有时候，一个人鼓捣站子的事情忙到晚上两三点。她说追星让她变成了十项全能，在追星之前，一点设计基础没有的她，现在在微博上收到了好几封设计公司的私信和offer。Collapsar0330这个宋旻浩粉丝后援网站也是她通过看网络教程自学建起来的。

当KMM的妈妈看到女儿自己做出了一个漂亮的网站出来，惊奇又自豪，仿佛在自己女儿身上看到了与以往相比与众不同的光环。从那开始，妈妈还会时不时夸KMM的照片拍得好看，偶尔也还会问起站子新涨了多少粉丝。

其实能够这么自由地去追星，KMM知道自己离不开家里的支持。用来给偶像拍照片的单反相机是妈妈给买的。有时候着急回公司，也是爸爸去机场接的。

爸爸问过她，“你喜欢的这个小子，唱歌唱得很好听吗？”

KMM一脸认真地说：“爸爸，他是个rapper。”

“离太近明星也没那么美好”

KMM不会韩语，也没时间学，所以很少在社交平台上和偶像直接沟通。“我追星只是想要表达支持就好了。有时候离太近看也没那么美好，或许自己喜欢的根本就是舞台上的那个人。每个人看到的那个舞台上的他都不一样。”

很多狂热的女粉丝会把男明星视作自己的假想男友、哥哥或弟弟，直接昵称自己的偶像为“老公”或者“宝宝”。KMM说她一般都称呼宋旻浩为“豆豆”或者就叫他的英文名Mino。她并没有什么更亲密的念头：想要接近偶像或者期待着有一天能走进偶像的生活。

KMM说，也有不少站长会被艺人的经纪公司挖走。她自己倒并不期待站长的身份能为她找到一份更好的工作。

比起外围粉丝，KMM有很多机会见到宋旻浩，甚至已经在宋旻浩的经纪人和保安面前混成了“熟脸”。在WINNER

某次录影的时候，因为天气很冷，工作人员也要在外面等候，KMM给经纪人和保安买了咖啡。结果交给经纪人之后，他说会好好传达的。她当时有点愣住了。反应过来之后，又多买了几杯，说是给工作人员的，不是给组合成员的。这时候，轮到经纪人有些愣住了，但随即又表现得很开心。

当偶像照进生活之后，KMM感觉自己的需求就变小了。在逛街的时候，看到当季新品的时候，会不自觉地从女装区逛到男装区，美滋滋地想着可以买哪件衣服送给宋旻浩穿。

但是粉丝也并不是完全不管不顾自己形象的。KMM说了一个很有趣的词：粉丝包袱。“偶像有偶像包袱，粉丝也有粉丝包袱。”粉丝会为了去见自己的偶像，精心打扮自己，去做头发，买新衣服，买新化妆品。活动前一天，几个女生粉丝一起敷着面膜，试着明天要穿的衣服，虽然第二天偶像不一定能够看到自己，但是粉丝们都是顾及自己在偶像面前的形象的。KMM笑说自己还曾经因为参加活动没有贴假睫毛，结果被朋友批判不重视活动。

粉丝包袱只会出现在要去见偶像的场合。在平时生活中，KMM宁可多睡一会懒觉，不化妆就出门上班。其实，说到底，粉丝包袱完全就是“想要在喜欢的人面前呈现出最好的自己”的那种心情。有的粉丝参加每场活动都会准备不一样的衣服，也有人会一直穿一样的衣服，为了让偶像记住自己。

2016年的清明假期，KMM第一天早上就要坐飞机到首尔转乘KTX（韩国高速铁路）到大邱去看晚上6点钟开始的演唱会，然后第二天下午还要参加一个偶像的签名活动，第三天早上要赶回家和家人一起扫墓。而下周的周末，她已经安排好了去日本应援的行程。

当KMM发现自己又在去机场的路上的时候，她脑中同时响起时钟走秒声和飞机轰鸣声。她说自己是个有工作，有生活，也追星，什么都想要兼顾的一个人。

她知道自己有点贪心，也有点疲惫，但还好没有失去乐趣。

“断舍离”的整理术，已经成为她们的新事业[①]

在生活节奏快速的城市里，做早餐是一件非常奢侈的“小确幸”，有时候手忙脚乱地在厨房忙活一圈，不仅浪费了早晨的时间，也很容易败坏一天的好心情。然而，曾旅居日本十年、现在是一名5岁孩子妈妈的闫妍有个雷打不动的习惯，每天早上都会为家人做早餐。

在她的厨房里，每件物品都是有固定位置的，无论是频繁使用的油盐酱醋的瓶子，还是偶尔使用的为孩子做饭团的动物模具。她会准确而利落地将各件厨房用品从原本的位置上拿出来，用完之后，立即物归原位。

遵循整理和收纳法则为闫妍一整天好心情开了个好头，仿佛在整理和收纳的背后有某种神奇的魔法存在。

---

① 本文作者万千，写于2016年5月24日。

“明晰的收纳整理法则提高了物品的使用效率和时间效率，我可以很快找到每样餐具的位置，不会浪费早上的黄金时间。在享用完一顿幸福的早餐后，我可以感觉我和我的家人的精气神都有所提升，而且这种做事有效率的自信会带进接下来一天的工作或学习当中。”

喜欢保持低调的闫妍在某个知识技能分享平台上面的简介是整理收纳咨询师、收纳空间规划师。在她的工作中有很大一部分比例是需要和客户对谈，在了解客户的实际情况后，提供整理与收纳的咨询服务。当你和闫妍面对面交流的时候，你会发现她神采奕奕，似乎时刻都有和你对话的热情，而脑后束得高高的马尾也显得整个人干净利落。

对于更多人而言，关于整理与收纳所能想到的最文艺和艰涩的词语就是那句“不明觉厉”的“断舍离”。但是，究竟断什么，舍什么，离什么，很多人并不清楚。

我“近麻理”了我的家

整理与收纳的概念起源于日本，但是现在越来越多中国女性开始讨论着山下英子的“断舍离”和近藤麻理惠的“怦然心动的整理术”，也尝试将日本的整理、收纳概念运用到自己的生活，甚至是工作中来。

最早在中国形成大规模传播，并累积了许多理念追随者的整理与收纳术是山下英子提出的“断舍离”。在2013年，看上去亲切、温柔，散发着主妇气质的山下英子的著作《断舍离》的版权引进中国之后，她所倡导的一种积极做减法的生活方式受到了许多中国粉丝的追捧。

而在短短一年之后，另一位外形娇小柔美的日本女生近藤麻理惠，因为一本《怦然心动的人生整理魔法》而迅速走红，几乎坐上了收纳整理界的“教主”宝座。

30岁的近藤麻理惠因为“特别会整理家务”而入选美国《时代》杂志公布的“2015年全球最具影响力的100人”，与美国总统奥巴马、苹果公司CEO（首席执行官）蒂姆·库克等政坛领袖、商界巨子并列上榜。

比起“断舍离”带些禅宗和修行哲学的思想而言，近藤麻理惠的整理法则似乎更好传达一些，她认为“一生只需要有一次整理”。

收纳微信大号“第1整理术”出品人、收纳爱好者一朵以自己转变的经历现身说法。她说她以前生活也过得比较随性自由。因为工作的关系，每次回到家都觉得很累，会随手把衣服扔在床上或椅子上。于是在她的房间中永远都有一座衣服山。如果人在床上睡觉，那么那座一堆山一样的衣服就堆在旁边的椅子上。如果人在椅子上看电脑，那么那堆山一样的衣服就堆在床上。

在接触到山下英子的“断舍离”理论之后，一朵逐渐开始留意收纳整理这件事，用断舍离的标准筛选自己的物品，去除自己不必要的物品。

2014 年的某天夜晚，一朵第一次读完《怦然心动的人生整理魔法》，“读完之后，真的有种心潮澎湃的感觉，当机立断从晚上七八点开始整理房间到凌晨两点多。之后就一直遵从物品摆放的原则，自己的空间再也没有复乱过”。

近藤麻理惠的整理是按一定物品分类和顺序，将家中同一类物品集中在一起。每一件都拿在手里，根据物品是否让自己“怦然心动”来决定物品的去留。最终的理想情况中，家中只留下让自己怦然心动的物品。而且近藤在书中详细地介绍了各类衣物的折叠方法，可以说，即使是之前完全对整理、收纳不感兴趣的人在看了她的书籍之后，也能够直接实践她的整理、收纳法则，得其门而入。所以不光是在亚洲地区，在欧美国家，近藤麻理惠也成了一个非常独特的现象。2016 年，英国《每日邮报》特约撰稿人汉娜·贝茨在她的报道中曾经写道：“在过去的几个星期，我认识的女性朋友，都会在网上“抔”（post，上传）出她们家的垃圾山，然后炫耀说，我‘近麻理’了我的家。”

当然，在业内并不只有“断舍离”和“怦然心动”两个流派，还有许多骨灰级整理、收纳达人提出的主张。比如说最近大热的日剧《我的家里空无一物》的故事原型是另一大流派“空空如也”的代表人物——缓莉舞。而缓莉舞的整理术更极致地追求一种收纳、整理之后给居住环境带来的结果——家中空无一物。

但是无论怎么说，这些日本收纳、整理达人们的主张将一件原本中国人以为只是一件再普通不过的家务事的行为上升到一个生活观以及精神的层面。懂得如何整理、收纳似乎暗示了一个人的生活品位已经脱离了芜杂与低级，进入了精神追求的阶段。这和正在进行消费升级和生活品位建设的中国中产阶层所追求的互相应和。

虽然山下英子和近藤麻理惠的整理收纳学说是许多中国整理收纳爱好者和达人们最早的入门教材，但是在真正的生活实践中，还是遇到了不少“本土化”过程中不可避免的问题。因为日本在房屋结构、家庭成员关系、收纳产品标准化程度上和中国目前收纳、整理界的现况对比，存在着很多差异，因而很多中国的收纳整理师在吸收了日本收纳整理大师的理论之后，还需要在更多的中国的实际案例中，不断总结更适合中国人的收纳、整理法则，其中已经开始在业内小有名气的中国收纳整理术有韩艺恩的“空气动能整理法”、朱佳亮的“近动整理法”等。

整理收纳咨询师闫妍对这点感触也很深，她以玄关为例说道："在日本，玄关是非常重要的。但是在中国的风水学中，玄关就是可有可无的地方。因此很多房屋都是弱化玄关的设计的。因此我在给客户提供解决方案的时候，需要把玄关的功能结合或延伸至临近空间中。这种设计改变就非常中国化。"

入门者的疑惑：收纳后会反弹吗？

在非收纳入门者的眼中，掌握系统而全面的收纳知识似乎是一件门槛特别高的事情。在几年前，收纳整理还是与室内设计相关的空间储存方法论，在假想中，每天都和好多平面设计图纸打交道。

很多人还担心，突然一时兴起，将家里打扫整理了个底儿朝天的冲动过后，没过几天，家里又恢复到之前杂乱的状态。当看到收纳达人家里没有摆放任何杂物的台面或者井然整洁得如同一个假象的衣柜，又会给他们贴上一个"强迫症"或者"处女座"的标签，感觉混乱才是生活的常态。

在闫妍看来，学会正确的整理收纳方法后，生活的惊喜改变是超出预期的。"在我服务过的每一个国内案例中都可以看到这种改变。比如我在为两位年轻的设计师夫妻做完咨询后，家里的长辈看到他们居住环境的大改变，感叹说‘你们终于离开狗窝，过上正常人的生活了’。”

“还有一个印象深刻的案例是给一个三代同堂的家庭做咨询。最初女主人与妈妈相处得很不愉快，长辈们很排斥外人来整理自己的家，认为‘自己家怎么需要外人来整理？这还像话吗？’。随后我多次上门进行咨询服务，随着全家人观察到家庭环境的实际改变，她妈妈的态度也变了。女主人和我反馈说她妈妈竟然愿意和她一起去逛家居店，而且还会积极地参与到规划当中。当咨询服务结束的时候，最难忘老人说过的一句话，‘我没想到生活还可以这样过’。”

对闫妍自己来说，成为一名“整理收纳咨询师”是受到家庭教育的影响，她的母亲是位很爱整洁的人，使得她始终对物品和居住环境的整洁度有着自己的要求。在日本工作期间，日本公司的5S管理制度以及各类物品管理规划都带给她许多潜移默化的影响，于是她会自然而然地把自己对于整理、收纳的理解应用在自己的生活和工作中。

闫妍家的装修都是她自己亲自参与、亲力亲为设计的。几乎每位朋友来她的家里参观的时候，都惊讶于房屋中教科书般的整理、收纳的规划系统，仿佛在参观样板房似的。而闫妍也会在朋友询问的时候，大方分享自己的收纳心得和巧思，帮朋友做收纳空间规划。

受到朋友的好评和宣传后，来找闫妍咨询的陌生朋友越来越多。她的包里永远放着卷尺，随时取用。而她也经过慎重考虑，将整理、收纳从“人生整理术”变成自己的职业。现在的闫妍是“CHOOCI收纳专家”团队的“大管家”，她的团队为企业和个人客户提供空间规划和物品整理收纳咨询服务。

就整理收纳所带来的人生魔法，第1整理术的创始人一朵也举了一个她自己的例子。“自己以前是做记者的，出差特别多。打包的状态特别乱，看到朋友行李箱里面衣服、袜子都收拾得特别好，会很羡慕，我觉得我永远做不到，但是我学会收纳之后，发现自己也可以成为别人羡慕的对象。”

除了给个人生活、职业发展、家庭生活带来的积极影响之外，整理与收纳魔法还会影响到一个人的感情观。一朵说：“自己之前的生活过得比较混沌随性。之所以想要学习收纳整理体系，有一部分原因也是希望自己能以更好的判断力、更好的生活来迎接另一半。”

当收纳成为一种产业

“五一”假期期间，第1整理术微信群的管理员宁宁细心地发现有一条豆腐块大小的新闻，被不同网友反复“扔”进群里三次，每次都还引发了一波群友们的新讨论。

那条新闻来自国内知名的门户网站，标题云“成都90后美女为懒人整理衣柜，月入近万”。

其实，虽然以闫妍为代表之一的整理收纳咨询师们在国内已经为数不少，但是大众对于整理收纳的认知一直处于非常模糊的阶段。

一朵介绍，第1整理术的微信群中，成员一般粗略地分为整理师、收纳爱好者、粉丝。而在行业没有统一大标准的情况下，如何去判断一个人的收纳、整理能力是否能够成为整理师，一朵给出的答案是：“依据这个人是否曾经做过5次以上收费的收纳、整理咨询服务。”

“CHOOCI收纳专家”公司CEO雷畅举了一个很生动的例子，“就拿十年前月嫂这个职业和现在育儿员这个职业的区别来说，不可能你说你带过五个孩子，你就能称为育儿员了。”已经取得日本房屋整洁协会（House Keeping）颁发的整理收纳咨询师认证的闫妍说：“国内关于整理师的鉴定标准还不明晰，这个鉴定标准的制定是需要整个行业一起推动发展的。”

另外，在普通粉丝和整理、收纳达人交流的时候，有时候整理和收纳这两个基础的概念也会有混淆，引发许多不愉快。有一部分达人自称为整理师，一部分达人自称为收纳师，而且双方都认为自己所选择的词语包括了更高级的含义。整理师们认为自己所做的事情不光是物品的收纳摆放，更是一种心灵整理术。而收纳师们则认为整理更多是一种体力活，而收纳则是为了提高生活效率，针对目前生活方案的优化所提出的具有全局观和整体性的规划，因此如果错叫了“收纳师”为“整理师”，对方会感觉自己的工作内容被轻视了，而产生被冒犯的感觉，反之亦然。

被同行评价“很低调”的闫妍并不为哪种流派站台。但是她说就她目前的观察而言，“很多中国中产阶层以上的家庭，并没有完全达到一种空间有效利用的状态，更别提做到真正的断舍离了。当大部分中国人还无法真正实现断舍离，能够去摒弃物欲，整理身心，那么如何安置好所拥有的物品，达到能够在日后的使用中更快速方便地拿到物品，而且能够方便于用后归位，合理的规划会是一个必要的前提”。或许，在这种情况下，先做到“收纳”会更应景些。

不过，即使行业标准还没有完全确定、清晰的情况下，甚至说职业市场都还不稳定的情况下，这群算是中国整理、收纳领域先行者的达人们的工作量已经不少了。闫妍将自己今年某月的工作做了一次简单的数据总结：为个人客户上门诊断及整理收纳服务 5 次，完成家装二次改造规划案例 2 个，手画储物空间立面图约 44.2 平方米，远程指导家装案例 1 个，陪逛宜家、尼达利等家居店 3 次，陪某宝购物累计时间约 10

个小时。

雷畅认为，目前在中国，收纳、整理行业的市场仍然属于蓝海。“据我了解，目前每个整理工作室的档期都是排到爆满，但是彼此之间的竞争还无从谈起，因为行业规则尚未制定。”

日本，作为目前整理收纳行业发展得较为成熟的国家，有两个制定了整理收纳师考核标准的协会。一个是非营利组织——房屋整洁协会，另一个则是近藤麻理惠的学员和粉丝们组织成立的“怦然心动整理协会”。协会往往通过定期举办整理、收纳的课程和讲座来吸引更多同好者的加入，并逐渐完善这个新兴行业的产业链。

怦然心动整理协会的讲座并不仅仅在日本受到热捧，2016年5月7日、8日，近藤麻理惠的大弟子安藤贡来中国办讲座，500人的大场，每张门票可以卖到高达680元，几乎可以比得上BIGBANG演唱会的门票了。

一朵最早运营“第1整理术”这个平台的初心也是希望能够像怦然心动整理协会看齐，借由社群影响力的不断壮大，也能成为一个整理收纳行业内专业的协会，为行业制定标准。从商业的角度看，整理、收纳领域还是一片蓝海。咨询服务、课程、讲座、收纳产品，甚至IP都极有可能是这个行业的聚宝盆。以日本收纳师缓莉舞为原型拍摄的电视剧《我的家里空无一物》就广受欢迎。

一些消极的想象也会出现在部分已经踏入这条行业河流中的人的脑海中：或许 10 年、20 年后，整理、收纳的技巧被证明是可以普及教育的，那么这个行业的潜在商业价值就会大大降低。所以，现在反而是加速发展的好时机。

“从最根本上来讲，整理、收纳都是为了让人生活得舒服、简单点，在相应的时间、地点找到你想要的东西。”雷畅笑道，“但现在大多数中国家庭还达不到。”

那些掉入“手帐坑”的年轻人[1]

2014年5月3日，身为设计师的阿怪租下了手帐[2] EVENT活动的第七个摊位，用来展示和售卖自己设计的福尔摩斯主题本册。这场活动在上海延安中路的一家咖啡厅举行，这是上海，甚至大陆地区的第一场手帐主题线下活动。距离咖啡馆不远的全家便利店，货架上的便当被参加活动的几百名手帐爱好者“洗劫一空”。

为了这次活动，阿怪特地把女儿寄放在父母家一天。她第一次知道，原来除了本子，还有胶带、贴纸和各种新奇的文具周边产品，原来还有这么多和她一样热爱用纸、笔记录生活的伙伴。活动规模不大，但却特别温馨，阿怪有种找到组织的感觉。她把这天算作自己真正进入“手帐圈”的日子。

---

① 本文作者李依蔓，写于2016年5月4日。

② 手帐，指用于生活记事、日程规划、贴纸及胶带拼贴的本子。手帐EVENT是手帐爱好者的小型市集。——编者注

手帐EVENT的发起人叫马畅，微博账号“我们爱手帐_主编君”，拥有18万粉丝。她和阿怪因为这场活动成了好朋友，之后常一起发起手帐推广工作坊。2014年12月26日，全球最大的无印良品旗舰店落户上海淮海路，马畅和阿怪作为开业系列活动的手帐主题嘉宾，教大家如何制作手帐。被钟爱的品牌邀请开办手帐活动，马畅既兴奋又紧张，准备了整整三个月。

同年11月，关注日本文化的杂志《知日》制作了“手帐最高”特集，用22万字介绍了日本的手帐文化历史和发展现状。“手帐”二字源于日本，原本是“笔记”的意思。对于日本民众而言，手帐是小型备忘录，也是行程规划本、心情记录本。日本老牌文具商高桥书店甚至从1996年起，每年举办全国“手帐大赏”比赛。很难想象，一件文具竟可以得到如此高的关注。

在外人看来，所谓手帐不过是设计感更强的笔记本罢了，并没什么特别。但对于“手帐圈”内的使用者而言，手帐和其他周边文具早已不是简单的物件，更代表着一种特别的生活态度和生活方式。

在提倡“无纸化”的今天，越来越多的年轻人开始使用手帐，像旧日文人般，回归灯下的纸笔书写。在中文语境里，“手帐”二字被重新解构——用手写的方式，将生活和思绪在纸面上安营扎“帐”。

梦想写在纸上更容易实现?

在许多手帐宣传里，都能看到日本商人熊谷正寿“用手帐达成梦想”的故事。他从 21 岁开始利用手帐规划日程，成功实现在 35 岁前创立自己的公司并上市的目标。2011 年，他出版了《记事本圆梦计划》，为读者总结出实现梦想的四大要素——第一条，也是最重要的一条，就是“将梦想写在纸上”。

随便翻开最受爱好者欢迎的日本Hobonichi（行事历品牌）A5 手帐，最前面是年行事历，每页分成两列，每列一月。再翻过来，是月行事历，每月一页，日期被拆解为略大的方格，能容纳比年行事历更多的内容。再往后，是日行事历，左侧是 24 小时时间轴，每三小时一个刻度，从早 6 点到次日凌晨 3 点，虚线连接，嵌在细密的方格纸上。排版清晰，条理分明。

现代意识中的时间是线性的，不可逆的，指向未来的——工业时代以来的科学发展，不仅从物理上改变生活，也深刻地影响着我们看待世界的方式。生命不是悠远绵延的轮回循环，是单向的、一次性的、独一无二的。手帐的时间轴将无形的时间留在了有形的纸面上，一定程度上消解着不可控的焦虑。

在每个人身上，也许同时存在着儿女、下属、学生、恋人、父母多重身份标签，在有限时间和纷杂事务之间博弈，是每一个现代人必须面临的问题。因此，时间管理和日程管理是许多人使用手帐的重要诉求——管好时间和达成目标之间似乎存在着必然联系。

85 后的时继锋是手帐圈里少见的男生，“如果没有手帐的陪伴，会感觉很不自在，像失去左膀右臂一样”。2013 年开始使用手帐的他，每天出门包里都会放着两本手帐，一本来自英国的 fiLoFAX 用来记录工作日程，这个被简称为“FF”的品牌据说是世界上最好用的活页记事本，也是最受欢迎的商务记事本。

除了朝九晚五上班族，手帐对自由职业者而言更有帮助。插画师 Xixi 的工作很难简单概括，除了接插画项目、创作漫画，还自己设计和制作服装，大部分工作都宅在家里完成，没有上下班的清晰分界。手帐对她而言，是让她理清思路的事项管理工具，更是情绪调节站。当压力水阀报警时，她会立刻停下手里的工作，翻开手帐本，等待心情平复后再投入新的日程。

“手帐带来的感官刺激是多元的”

和手机、电脑互动时，我们只能听到敲击键盘、点击鼠标的嗒嗒声，看着文字和图片以数据形式储存在硬盘中，这种记录方式快捷却不太稳定，一个差错，所有信息便可能消失不见。冰冷的屏幕在暗夜里荧荧发光，映照得人更加孤独。

而记录手帐带来的感官刺激是多元的。不同材质的手帐封皮和不同类型纸的触感千差万别。而钢笔和纸面的接触，因用笔力道、笔尖形状、墨水颜色，以及笔尖和不同纸面摩擦力的细微差别，在使用者那里都能被清晰感知。

"书写本身是自我情感的可视化，一笔一画都透露出书写者当下的心境与情绪，它是有温度的"，Magicmore说，身为晨光文具设计师的她，觉得手帐是电子设备无法替代的好助手、好伴侣。"好记性不如烂笔头嘛"，纸笔的实体媒介，让思绪和体验有了实在的载体。书写本身不仅仅是记录，更能帮助思考的横向、纵向延展。

偏好甜美风格的淘宝店主蓝仔，把手帐当作自己的私人杂志来设计，她有一本空白手帐，只用来练习用胶带和贴纸设计更好看的版式。翻阅到让人眼前一亮的杂志时，脑子里忍不住会开始想，如何改进自己的手帐版面。"记手帐这件事，让我更珍惜生活里美好但容易忽视的点滴"，以往随手丢弃的电影票根、景点门票，都会有意识地留下，成为当日手帐的一部分。

在日企上班的古古同时在使用9本手帐，从不同角度记录着她的生活和喜好，分别涵盖日记、工作笔记、日程安排、电影台词、旅行、下厨等方面。最开始她有些担心无事可写怎么办，手帐空着太可惜。但“什么也没写的一页，也就是这样的一天”，这句手帐广告语让她豁然开朗，开始尝试坚持一日一记。

Lisa是在一家软件公司工作的白领，手帐唤起了她小时候记日记做摘抄的回忆，“都是写写画画，但当时还没有手帐的说法”。擅长运用拍立得照片和拼贴装饰手帐的她，甚至成了富士Checky（拍立得）自媒体的签约作者，喜欢画画的她也因为坚持记录手帐而更有动力。

手帐让生活不再是划过水面，让记录者不再觉得孤单，在回归自身时有了可以回溯的温暖陪伴。无论是坚持记录、创作出精美的设计，或是和手帐相关的心得体会，都可以成为在社交媒体上分享的内容，获得其他爱好者的评论和鼓励——手帐中的复古气息，不仅体现在形式上，也体现在人际交往上——把人带回简单纯粹、温情脉脉的旧时光，是现代都市生活中难得的“小确幸”。

你“入坑”了吗？手帐的买买买

对于手帐爱好者来说，有纸有笔不就行了？事情远没有那么简单。手帐光品牌就多达几十甚至上百种，每家品牌每年又推出不同款式，仅Hobonichi一家2016年新款便多达82款。每人每年最多同时记录数本手帐，在浩瀚选择中，应该依据怎样的标准买到心仪的那本？封皮、纸张、设计，有太多值得考量的因素。

以纸张的质量举例，因为手帐多用钢笔书写，还可能使用水彩等颜料绘图，因此对纸张的质量有更高要求。比如日本巴川制纸所研发了许多手帐爱用的巴川纸，每平方米重量达到52克，比起一般的笔记本100克左右的标准轻薄许多，几百页的手帐拿在手里也不会觉得厚重，同时兼具很好的韧性，不易透墨和晕染，能够获得更好的书写体验。当然，更好的技术，意味着更高的价格，一本高端手帐，价格有可能是一本普通图书的10倍，尽管空无一字。

除了手帐本身，其他书写和装饰相关的周边文具，也进入“不愿将就”的范畴。比如钢笔，2013年，最低一两百元一支的德国进口Lamy（凌美）钢笔，是手帐钢笔的一般配置，“到了2014年，我们发现Lamy钢笔竟然成了最低配置，身边使用几千元一支钢笔的人越来越多”。而为了保养好优质钢笔，又必须使用更高质量的墨水，魔都手帐集市发起人萨摩谈到这个变化时，也是惊讶不已。

许多爱好者愿意为更好的质量和体验付费，“委曲求全”

无法被容忍，在文具上的消费就毫无意外地水涨船高。插画师Xixi曾因为心仪的手帐本太贵，转而买了便宜些的款式凑合，“结果后来还是受不了，买了之前看上的那本”，而“退而求其次”的那本手帐再也提不起兴趣使用。

除了对品质的苛刻追求，也有部分爱好者，为满足难以控制的“收藏满足感”而买买买。胶带爱好者蓝仔几乎每周都会在淘宝上下新的订单，“每一卷胶带我都记得，绝对不会搞混或买重”。2013年至今，她共收藏了将近500卷胶带，按照平均每卷胶带10米的长度计算，连起来长达5公里。“有一种小时候集齐卡通贴纸的满足感。”蓝仔说。

用于装饰手帐的胶带，也早已和传统认知中的透明胶相去甚远。目前最著名的胶带品牌，是来自日本的MT。原本这只是家生产工业施工胶带的公司，2008年开始和设计师合作，生产出带有漂亮纹案色彩、特殊纸面、反复撕下不留痕迹的新型胶带，没想到广受欢迎。现在，MT公司的胶带生意，发展到每年在世界各地举办胶带主题展会的规模，每次发售的展会主题限量款胶带都成为爱好者们抢购的产品，几十元甚至上百元的单价并不能阻挡爱好者的收藏决心。

当价格不再起决定性作用时，对品质的追求或满足内心渴望成为优先的考量，体验的升级换代，总是在追求“更好”的路上。手帐爱好者们将陷入某个品类的热爱称为“入坑”，而“入坑”的爱好者，并不太愿意面对为“爱坑”付出多少金钱这个问题。

从社群到手帐市集

“我为了一卷胶带办了个集市，讲出来你信吗？”2015年3月，萨摩为了买到一卷只允许在实体集市上售卖的台湾限量版胶带——原本十几元的胶带被炒到了好几百元，还不一定能买到——萨摩委托摊主联系了胶带设计师本人，拿到了30卷在上海的手帐集市上售卖，这是这卷胶带第一次出现在大陆的手帐集市上。

2015年12月5日，魔都手帐集市举办了年内第四场集市。那天天气不太好，上海入冬以来第一次飘起小雪。然而预计10点开始的活动，5点半就有人在会场外排队，为了买一支叫“可乐糖”的限量版钢笔。出售这支钢笔的摊主是在日本留学的中国学生，特地为了参加集市飞回上海。

手帐相关文创产品的火爆，让国产品牌也纷纷试图加入占领市场。相比国外产品而言，国产品牌更低廉的价格，吸引了许多囊中羞涩的学生群体。许多优秀的国内设计师也纷纷成立工作室，出品自己的手帐、胶带、贴纸产品。

“集市活动隔几个月举办一次，每次都会新增十几个国产品牌来寻求合作。”萨摩说。在手帐EVENT和魔都手帐集市这样较为大型的手帐活动上，国内文具品牌或工作室的身影越来越多。但不可否认的是，与进口文具相比，国产文具在设计感和总体质量上还有较大的进步空间。

一个本子，一支钢笔，一瓶墨水，一卷胶带，一板贴纸，对于手帐爱好者而言，这些曾在童年时陪伴他们认识世界的物件，让他们坐上穿梭回到过去、回到自身的时光机。网络时代将厚重的东西变轻盈，手帐将飘散的微光变得可见可触，在这个文字价值被普遍低估的时代，新潮而又复古的手帐，让人重新珍视那些生活里真正重要的东西。

古古因为工作关系，常有机会在上海和东京间往返。每次到日本，她都一定会留出时间逛文具店，最夸张的一次，早上8点多出门一直逛到了晚上商场关门，中途专程回酒店放下实在拿不动的文具，“那感觉就像是兔子掉进了胡萝卜堆”。如果实在没时间逛，她会在网上买好快递到日本朋友家，自己再背回来，“想要的东西，如果能自己买就尽量自己买”。

但现在的古古在买买买时多了许多理智，“其实用的多贵的本子，有多少卷胶带，买没买到热门的墨水，画得好不好看，都没什么大不了，知道什么适合自己，才会有所取舍。”她也希望周边的朋友不被手帐的“花花世界”所拘束，更关注自己的思考和沉淀。

“我希望通过更多的体验而非售卖活动，让大家更少地购买。”手帐EVENT发起人马畅，努力做出更多推广“手帐改变生活”理念的尝试，打破外界对手帐爱好者疯狂买买买的刻板印象。前不久，她受邀在一家门户网站直播手帐主题活动，同时有6万人在线观看。从事金融数据的她，正在利用业余时间，筹备即将到来的新一场手帐EVENT，有意向参展的品牌多达96个，好朋友阿怪为她设计了活动专属主题胶带。

回想起第一次举办手帐EVENT的那天，马畅依然印象深刻——人群不断涌入，她紧张地关照着各个摊位的情况，有梦想成真的兴奋，也有害怕出错的紧张，小心翼翼地观察每个人脸上的表情，一天如梦一般地过去。

和Airbnb房客同住一屋，中国房东会不会锁门？①

两年前，作为游戏设计师的Ruby在跟男友一起去美国旅行的时候住了三次Airbnb，那是他们第一次使用这项服务。她还记得，身为加州大学伯克利分校老师的男房东因为担心他俩不会用咖啡机，还亲自帮他们泡好了咖啡。洛杉矶的单身妈妈看他俩没零钱洗衣服，便爽快地抓了一把硬币塞到她的手里。人与人之间互相给予的小小善意，给她留下了非常美好的印象。回到上海后不久，她和男友就换了间两室一厅的房子，一个房间自住，另一间拿来做起了自己的Airbnb生意。

Airbnb起源于美国，作为一个在线服务平台，它旨在鼓励手头有空余房间或房屋的人将自己的私人住所分享给过路

---

① 本文作者黄紫薇，写于2016年9月5日。

的游客，赚取租金，同时也让旅行者得以了解当地人的生活。在西方很多国家，房主往往会对住客保持较大程度的开放，即使自己不在家，卧室房门也打开着，一点不担心隐私问题。那么，在讲究隐私和出现信任危机的中国社会，房东们是怎么看待这个问题的呢？

在这个缺乏安全感的时代，勇敢地打开房门，对素未谋面的人说一句“欢迎回家”，对这些选择成为Airbnb房东的中国年轻人来说，就像一场为了重新感受人和人之间的信任而开展的冒险。

锁还是不锁，这不是个问题

出了上海虹桥路地铁站，沿着花花绿绿的一排门面房走上5分钟，往楼房之间突然出现的一个路口一转，便钻进一个小院子。院子里每栋楼都是一模一样的老式公寓，装着锈迹斑斑的黑色大铁门。考虑到初次来访的客人可能比较难找到准确方位，Ruby几乎每次都会到地铁站去接他们。

老房子没有电梯，楼道间里有股灰扑扑的味道。带着大件行李的客人总要哼哧哼哧地挣扎一番，才能把箱子拖上她位于四楼的小家。推开崭新的防盗门，扑入眼帘的是一墙色彩斑斓的塑料蝴蝶，那是餐桌正上方的装饰。原木色的小桌子上，摆着两大桶农夫山泉矿泉水，一瓶橙汁和一些小零食，房客可以任意取用。客房在进门后的左手边，小小的一间房里只有一张床和一张书桌。蓝色的床单上，整齐地叠放着一条浴巾和一条毛巾。书桌上也是干干净净的。书架上放着两个火影忍者主人公的手办（收藏性人物模型），显示出主人的个性。相比起来，走道对面的主人房显得宽敞得多。中间一张大床，两边都放着书桌，桌上散乱放置着Ruby和她男朋友的东西，包括书、笔记，甚至主人的名片。抽屉没有锁，一拉开就可见主人的医保卡和其他一些文件。

她们家的门，从租来的时候就都是密码锁，但她也不会一直都给自己的房间上锁。她说："这也是一个变化的过程，接待前三个房客的时候我都会锁的，我觉得就是不信任。但是后来有了长住的房客之后，有了比较好的信任的体验之后，我们就不锁了。"

"都让人住进来了还防着，很奇怪的。"同样是在上海做Airbnb的自灵，在有房客在的时候，也不会给自己的房间上锁。在她看来，房东对房客的信任，也是居住体验中很重要的一部分。

"要是我觉得不放心，一开始就不接这个房客。"她说。在许多房东看来，正是Airbnb允许房东挑选房客的这个机制，给他们的信心奠定了基石。

接还是不接?

住Airbnb的都是好人吗?对于这一点,手下有着三套房源、不跟房客住在一起的职业房东Eric有不同意见。在他的经历里,房客的素质“有好有坏”,不能一概而论。

“好的就是走了以后都很干净,坏的就是走了以后都很脏啊、闯别人家的门啊……”曾经有房客半夜喝醉酒闯到邻居家里,给他造成过不小的困扰。

在2011年美国的一位房东遭到洗劫后,Airbnb推出了一系列的机制,声称保障房东的权益。比如房东可以要求房客在入住时缴纳保证金,相当于酒店的押金,以支付任何可能给房东造成的损失。除此之外,他们还推出了房东保障金计划,以应对保证金无法解决的更严重的情况。

但是,跟Airbnb申诉,是一件旷日旷久的事情,不是很方便,“要打很多电话,还得国际电话来回”。而对于看起来赔付金额很高的房东保障金计划,有房东的体验是:“有很多条件细节,都是英文而且要翻无数页。”

今年24岁的自灵,在2016年1月开始做Airbnb房东之前,曾经在欧洲当过多次的沙发客。她说自己“不太容易对人设防”,但“不是那种傻乎乎没有防范意识的”。不论是做房东还是沙发客,她都“会在之前排除掉危险因素,然后在相信的时候选择完全相信”。

在Airbnb上，房客要显得可信，就必须通过一系列的身份验证。验证的内容包括电子邮件地址、电话号码、微博、护照等身份信息。已经使用过Airbnb的房客，页面上也会有来自之前房东的评价。为了提高通过率，房客往往还需要在预订前通过Airbnb平台提前联系房东，向房东做简单的自我介绍并解释为什么自己造访当地。只有当这些信息得到了房东的认可，房客的预订才会被通过。

以Ruby为例，她首先要看申请的房客有没有各种认证。“有的人他不验的话，我就不能接受。”她说。然后她会看这个房客历来的评论，并且读他们在申请时发来的消息。她说这样的信息让她有安全感，她会考虑接受真正有需要的客人。但如果一个人在家的话，她“应该不会考虑接待异性”。

这样的情况，住在南京的墨楠和树就碰到过。作为一对“拉拉”情侣，她们两个女生在接待男生的问题上会更加谨慎。如果接待一个单独来访的男生，她们就会考虑锁门。

树还记得，她们刚开始做Airbnb的时候，第一个来申请的就是个男生。“他的那个头像还有点吓人，是一个大头，轮廓也还比较清晰，我看到一个男生这样会比较害怕。”她描述道。但是后来，因为看到对方介绍说自己是跟女朋友一起来南京玩，她们也就放下了戒心。

其实在开始做Airbnb之前，墨楠早就通过CouchSurfing这个沙发客平台，免费给旅人们提供过住宿。比较之后她发现，CouchSurfing由于经营时间较长，上面关于客人的个人信息比Airbnb还多很多。

在Ruby的经验里，有时外国客人第一次来中国，页面上没有评论，她就只能通过看对方的身份验证信息来确认其可信度。社交平台方面，脸谱网、谷歌和领英在中国大陆都乏人问津。房东除了能看到一个代表通过验证的绿色的小钩外，最多也只能看到这个人脸谱网上有多少好友，获取不到更多的有效信息。这种情况下，房东只能相信Airbnb平台对这些信息真实性的判断。

“我觉得我是比较信任、比较认可那种国际型大公司。”出于对这个平台的好感，Ruby并不是特别在意这个问题。

墨楠和树甚至开放了“即时预订”，即房客无须征得她们的同意即可入住。在Airbnb上，开放这一选项的房源在搜索时会被排在比较靠前的位置。“过去这半年来，只有两个人直接订了而没有提前联系我们。”

对于她们在个人页面公开这是一对“拉拉”情侣的居所，客人会不会有看法？墨楠认为，来住的客人接受度还是挺高的。“比如昨天退房的是一对母女，妈妈大概是40岁出头。我还在奇怪她对她女儿订我们家怎么一点意见也没有。相处过程很愉快。这个妈妈对孩子的教育很不错，这么多客人里面只有她们在淋浴后帮忙把卫生间的地拖干了。”

同一个屋檐下，可以不可以？

如果是有孩子的家庭，在接待Airbnb客人方面，会不会更加有所顾忌呢？已经做了一年半Airbnb的露露觉得，像她这样跟客人住在一起的人，倒不容易碰到职业房东所遇到的这些问题。“你人不在那儿，他会更加随心所欲一点。你人在那儿，是有一定约束作用的。”她说。

露露是在成为全职妈妈之后开始做Airbnb的。热爱交际的她，希望即使是每天待在家里，也可以交到来自世界各地的朋友。这些日子以来，她已经迎来送往了将近40位房客，并没有人给她留下特别负面的印象。即使孩子还不到2岁，她也会放手让她去接触形形色色的人，并不会对陌生人有太多顾忌。

“因为宝宝四五个月大的时候，长辈都不方便带孩子，我就辞职带孩子，但是不甘于只是带孩子，我很喜欢交朋友，所以就开始做Airbnb。孩子现在还小，用不到自己的房间。”露露说。

露露和家人也会和客人一起吃饭聊天，虽然带孩子已经蛮累了，但是露露觉得做Airbnb会得到精神、自我生活以及物质上的多重收获。在她参加的房东群里，每天也能听到各式各样的抱怨，但这并没能动摇她对房客的信任。她发现，那些发出埋怨声音的，大多是职业房东。

“因为职业房东要赚钱，租来的房子，要顾及成本，所以这些房东没有像我这样可以对房客有所选择。事实上，客人发现和房东住在一起，会对房间的物品更爱惜。”对于精挑细选出来的房客，露露甚至有时在全家人外出旅行的时候，都会把房子交给他们保管。不过这种时候，她还是会锁上自己房间的房门。

“我还是相信大多数人的人品，但自己防范意识要有的。”她说。

在这点上，Ruby就显得更大大咧咧一点。今年春节的时候，她甚至在自己和男友双双不在家的情况下，把主人房腾了出来，留给前来拜访的房客的父母使用。

“年轻人也没有什么很丰厚的财产，也没有什么财产上的顾虑。”她用这句话来解释他们作为房东对房客的宽容态度。而且住在主人家里的客人还是会有闯入了别人私人空间的意识，在她看来房客“还是比较拘谨的”。

“我们回来时很惊喜地发现，他们收拾得比我们更干净。我们走的时候什么样，回来还是什么样。床单铺得特别整齐，桌上还有一个卡片，说谢谢我们，然后让我们去意大利玩之类的。”正是这样的感动，给了许多房东继续做Airbnb的信心。

如果说年轻人因为是租来的房子，对私人空间没有特别的占有欲和保护欲的话，住在自己家房子里的主妇露露，对于可能遇到的偷窃和窥私问题也显得很坦然。她说，重要的东西自己放好，其他的东西房客要翻就翻好了。她还反问：“你有多少东西不能暴露在人的面前？除了你身体上的、财务上的，其他到底有什么不可以？”

看上去，陌生人之间的信任机制，也正渐渐在中国建立，尽管步履缓慢，因人而异。

在上海闹市街区，开地下摇滚排练室的老板们[1]

我记得去拜访地下摇滚排练房JUJU Studio的那天，天气预报说会有暴雨。当我来到和大悲乐队小魏约定的地点（上海淮海西路和华山路交叉口）时，天气阴沉，大块乌黑的云朵层层涌动，时不时落下一阵雨点。我心想，这天气也颇有点地下摇滚的味道。而我此行的目的就是为了去采访上海目前为数不多的几家地下摇滚排练房的经营者们。

摇滚音乐排练过程中制造出来的噪声很大，而且乐队集中排练的时间往往会安排在晚上。如果排练房开在地面建筑的某层楼里，除非投入大量的资金进行隔音处理，否则免不了要遭到附近居民的抗议。

因而，防空洞、地下车库、地下仓库是这些摇滚音乐排

---

① 本文作者万千，写于2016年7月。

练房的最佳选址。“地下音乐”这个名字或多或少也是因为排练场地多在地下空间进行而得名。目前，上海摇滚音乐排练房大概在10家左右，分布在不同区。

JUJU Studio就是一间由防空洞改建而成的排练房。在网络上，关于JUJU Studio的信息不多。他们的豆瓣小组在几年前还挺活跃的，但是最新的回帖所显示的时间还停留在2015年。而他们最后一条微博也是2014年发布的。在约见面之前，我和小魏说：“你把具体地址发给我，我可以直接来排练厅找你们。”小魏冷静地回复我说：“你找不到那个地方的。”

JUJU Studio的入口在一个小区里面，是一个非常不起眼的通往地下的入口。有位外卖小哥提着外卖，站在入口处踯躅，不愿进去，他对着电话那头说：“我在地下室门口，你出来拿吧。”

小魏没说话，转过头示意了我一下，就走进了地下室入口。身上背着吉他的小魏脚程很快，熟练地跳过了地下的积水，而我则走得小心翼翼，甚至跟掉了队，一时不知道要往左转还是右转。等到大悲乐队其他成员从后面走上来，给我指明了方向，我才找到JUJU Studio。

在这个地下空间里面，除了JUJU之外还有很多房间。门上张贴着乐队海报的房间大多是乐手们直接向物业长期租用下来的专属排练房。JUJU Studio是这里唯一一间经营性的排练房，房间里乐器设备一应俱全，乐队可以向老板预约使用场地。

JUJU的老板本人给人一种其貌不扬的感觉。那天，他一身牛仔打扮，牛仔衣，牛仔裤，头上还戴着一顶牛仔样式的棒球帽，帽檐压得很低。人长得瘦瘦高高，拾掇得很干净，只有脑后扎成马尾的长发让人感觉他和摇滚这个词有些沾边。

在我表明了我的采访意图时，他直接转过了身，说："之前也有媒体来找过我，但我不接受采访的。"

大悲乐队关上门开始排练之后，他开始继续忙活他的事情，去隔壁的录音室看看情况，和对面来录音的乐队寒暄几句。等过了片刻，看到我还在那里，才和我聊了几句。那天我走出防空洞的时候，天气预报所说的那场暴雨已经落下，路上行人很少。JUJU的老板始终没有向我做自我介绍，我是看到一张钉在告示板上的名片后才知道了他的名字——李巍。

李巍：他似乎从不着急时间这回事

在JUJU排练房里，四处可见放烟头的罐子，有放在桌子上的，有放在搁板上的，有放在过道墙面的水管上的。罐子里满满都是烟头，不知道是从什么时候积起来的，但是地上很干净。

摆着李巍的办公桌的房间在排练室的正对面。办公桌上一台台式电脑占据了大部分空间。在房间另一侧的铁架子上，摆放着很多零零散散的乐器零件。

在中间过道的一处低矮的桌子上，有一台半自动的咖啡机。乐队关上门排练之后，李巍开始给自己做一杯意式浓缩。从机器上卸下手柄，把里面的咖啡粉末倒入一个罐子里，李巍的每个动作都很仔细、小心，没有一粒粉末落在外面。然后他装入新的咖啡粉，按下按键，等着棕色的液体缓缓流出。他给贝斯换琴弦的动作也是很慢。每根琴弦剪断后，他要看一会儿，再取出一根新弦装上。他似乎从不着急时间这回事儿。在那个周日的下午，只有大悲乐队这一个乐队来JUJU排练。

李巍给人的感觉很温煦，在他身上看不出太多叛逆的感觉，可以感觉得出他是一位热情、好心肠的老板，但似乎对于排练房的生存情况以及音乐市场并不太有信心。

大悲乐队的排练在里间，排练室四面墙上铺着厚厚的锥形隔音棉。空间不大，主唱和鼓手面对面排练。排练房的门有两道，全部关上之后，还能隐隐约约听到一些音乐声。李巍在和我聊天的时候，问我：“你喜欢他们的音乐吗？”然后他自己接了下去：“现在听摇滚音乐的年轻人越来越少了。”

2009年的时候，在JUJU的豆瓣小组上有个帖子，列了五十来位常来JUJU排练的“老朋友”，名单里还能看到参加过上海卫视举办的音乐选拔赛《我型我秀》的俞思远和王啸坤的乐队，但是现在来排练的乐手渐渐变少了，发展得不错的几支乐队后来都开始租用自己专属的排练房。

李巍一般在有乐队预约使用排练房的情况下才会过来。排练房的运营模式都是按小时租赁，JUJU的价格是每小时100元，在业内并不算低。

“肯定不能光靠开排练厅养活自己和家庭。”李巍已经结婚了，还生了一个女儿。现在他除了在做排练房生意之外，还经营乐器租赁的业务。

他对JUJU的未来发展没有太多规划，最大的不安定因素在于万一被居民投诉太多，就面临不得不搬走的境况。在进入JUJU排练室的过道里面，我看到一张盖着物业公章的告示，上面规定“10点以后不得发出噪声”。

摇滚音乐排练室的生意并不好做。李巍在无意间提起在他年轻时，乐队在人民广场附近排练，“但是现在哪敢想象在那附近排练呢？”

磊子：我只是一个铁杆摇滚乐迷

不过，扰民并不是所有地下摇滚排练房的经营者们面临的最大问题。Rolling Studio位于打浦桥附近一幢商务楼的地下室，排练房发出声音的时间和商务楼上班的时间正好交错，所以从2013年成立以来，在“噪声”方面几乎是零投诉。自称为这家排练房“看门人”的磊子留着一头脏辫，戴着一顶黑帽子和一副黑框眼镜，体形宽厚，声音浑厚。在聊起排练房运营状况的时候，他和旁边的一位小兄弟打趣说：“这时候是不是要来点悲伤的背景音乐？”

Rolling Studio是由地下仓库改建的，排练房占地约500平方米，里边有8间排练房和一个很大的公共休息区域。排练房位置也算上海黄浦区市中心。虽然磊子没有明确透露金额，但是房租肯定是躲不了的压力。

另外，乐器的损耗对于排练房而言也是一笔重大的支出。有些新手乐队来排练，使用乐器不太爱惜，用“大力出奇迹”的方式打鼓，也有时候会出现乐手不小心把水洒在音响上的情况，造成音响散热器的损耗。Rolling Studio的设备虽然称不上是最好的，但是每次乐器维修仍然要花费很多钱。

最早开始经营Rolling Studio的时候，还有一个朋友和磊子一起做事。他们大概计算过每天要来几支乐队、排练几个小时，才能收支相抵。后来这位朋友退出了，就磊子和他老婆二人继续坚持着，还有些兄弟会来帮忙。他老婆自己在外面经营了一家公司，小夫妻俩常常拆东墙补西墙。

磊子在开排练房之前，做着销售相关的工作。他曾经学过乐器，但是中途放弃了，所以自己并没有乐队演出和排练的相关经历。只是他从中学开始听摇滚后，生活就一直没有离开过音乐，他认为自己是非常忠实的摇滚歌迷。当朋友来问他，要不要在上海开一家排练厅，磊子当时就心动了，“觉得要把自己喜欢的事情做下去”。

来排练室的乐队也并非全是本地人，有台湾朋友、香港朋友，还有外国朋友，除了摇滚乐之外，还有唱诗班、民歌乐团来Rolling Studio排练。

不同朋友的需求不一样，磊子都尽量去满足，他认为这和服务业的道理是一样的。比如说外国朋友习惯晚上排练的时候喝咖啡，磊子就进了一台咖啡机，在公共休息区域提供咖啡。因为很多朋友都是下班之后直接赶来排练，晚饭都没有时间吃，磊子正在考虑要不要提供订餐服务。

或许和北方人的性格有关，磊子对待所有来Rolling Studio排练的乐手都特别真诚、实在。很多来这里的乐手一开始称磊子为“老板”，后来也渐渐以兄弟、朋友相称。

每次无论乐手们排练到多晚，磊子就会陪到多晚。虽然听起来很辛苦，但是他依旧觉得很开心。对于他而言，开排练房最令他兴奋的事情是可以结交很多有相同音乐爱好的朋友，甚至是圈内的“明星”。而且，他可以有机会成为很多他非常喜欢的摇滚乐队的第一听众。

磊子对于音乐的态度是全然崇拜的。他总说“每一个乐手都太不容易了”。磊子现在也在考虑怎么创造更多的发展机会，比如帮乐队接洽商演机会、开放网络预订渠道等。“我真的很想给乐手带来更多机会。”但是这并不是只要有心就可以办到的事情。

有一天夜里，等到最后一个乐队结束排练，磊子离开Rolling Studio的时候已经是凌晨两点多。搭车回家的路上，磊子听到收音机里在放朴树的《平凡之路》——“我曾经失落失望失掉所有方向，直到看见平凡才是唯一的答案。”

他说不知道为什么，那一刻特别想流泪。

刘晓：想要把排练房商业化的贝斯手

刘晓是我采访的三个地下音乐排练室的经营者里面看起来最像商人的，说起话来很有商业逻辑。去年10月从外企离职的他，目前对于自己的定位是“彻头彻尾的创业者”。他的Slow Jam Studio离上海马戏城地铁站很近，出站步行没几步路即可抵达。我在确认了门牌号之后，才从贴着辅导班海报的门进到地下室。是的，我下楼之后才发现，紧邻着Slow Jam Studio排练室的是一间中小学课外辅导班，学生下课后会来这里上课。但是音乐排练声对他们并没有多少影响。

Slow Jam Studio并不是地下摇滚专属的排练室。比起摇滚，到这里排练流行音乐、民谣音乐的乐队和歌手似乎还多些。这或许和刘晓自己所在的乐队风格有关系。刘晓是唐趣乐队的贝斯手。这支乐队的标签是复古、布鲁斯和放克。

我到的时候，刘晓正在其中一间排练房开会。另一个工作人员引我参观了Slow Jam Studio的房间。和前两家不同的是，这里的墙上没有涂鸦的元素和各式各样的贴纸，看起来整洁、明亮许多。在三间房中一间是录音室，一间是排练室加摄影棚，还有一间是排练加录音。

后来，刘晓和我介绍他工作室的业务线时，透露他一开始只是想做一个录音棚，并没有计划做排练房。“因为排练房的利润空间很小。但是这个业务可以吸引很多乐手来到我们工作室，也会相应带来录音、乐器等业务。”现在他们工作室的业务主要分为五大板块，排练、录音、乐器销售、音乐视频拍摄、音乐制作。他认为如果是良性发展的话，之后排练房所占的比例会越来越小。

刘晓去年10月份从外企公司的市场部门辞职，那时候工作正好满10年。他之前的生活是一边上班，一边组乐队。

刘晓带着绩优生般的语气，不经意地说：“即使在半职业做音乐的时候，我也没有经历特别苦的日子。”

“以前我们乐队曾经在曹杨路附近租过一间排练房。每次排练完回到家，身上一股霉味。后来我们实在受不了，就退掉了。结果我们一个朋友去租了那间排练房，用来写歌。租了大概三四个月吧，到医院检查出身体坏了。”

Slow Jam Studio现在在团购网站上面可以预约排练和录音，但是被归类在KTV类别。排练房要走市场、商业化，就和这个分类的情况一样，总让人觉得有点尴尬。但带来的效益还不错，有不少顾客因为这个优惠活动才第一次接触到这间音乐工作室。

当我问到，目前100元每小时的排练费对于初入门的，或者是经济状况并不乐观的乐手而言是不是一个门槛的时候。刘晓认为在音乐上的付出是有必要的，“如果连这些钱都不愿出，那也不必继续做音乐了”。

刘晓现在还在找投资方，希望在将来可以发展更多的项目。最近他在考虑建一个全国排练房预约系统，可以打通乐手和排练房之间的联系。因为目前上海音乐排练房的经营者们之间并不抱团，彼此还是比较独立的状态，而乐手寻找排练房基本上也都是通过熟人介绍。刘晓说：“在日本，已经有类似的音乐排练房的预约系统了，而且非常规范。”

和李巍、磊子一样，刘晓也认为“只有音乐市场好起来，地下排练房的生意才会好”。自从《江南Style》出来之后，时不时就会有人找到刘晓，请他帮忙制作一首“神曲”。每每遇到这样的请求，他都很无奈。不过他认为现在中国的音乐市场虽然很浮躁，但绝对不是小众的市场。

“所有排练房的老板都是好人。因为你不管怎么算账，单做排练房都是不赚钱的。只有对音乐真正热爱的人才会坚持做这一行。”刘晓说。

刘晓回忆起他刚从军校毕业、自主择业的时候，他决定不做音乐了，回上海好好上班。结果当年一起演出的一个鼓手撺掇他，天天和他讨论音乐，常给他发些乐器照片。他忍不住心痒痒，咬咬牙继续做起乐队了。

“现在想来，我从来没有后悔过这个决定。”

当表情包变成聊天必备工具，她画下一只海豹[1]

因为画海豹的插画而受到很多人喜爱的插画师王凡乔（别名王××），在粉丝的催促下向微信投了第一组海豹表情。

没过几天，她收到了一条通知。

“总体驳回理由：大部分表情图单看图像本身比较难理解所要表达的含义，需要丰富的角色造型和动作，尽量避免或减少文字使用。”

但是，这并没能阻碍这套表情的传播。她把这套表情发布在了自己的公众平台。在很短时间内，这篇文章的阅读数量突破了5000，还收到了60多人的打赏。粉丝们说：“每个海豹的表情都想保存下来！”

微信表情已经成了每个人聊天的必备工具。在微信刚刚

---

① 本文作者万千，写于2016年5月3日。

推出表情功能的时候，“咔咔还没长大”这套表情还需要花6元钱购买才能使用。当我好不容易等到某天限免把它下载下来之后，发现微信表情商店突然井喷似的多了好多更有趣的新表情，每一个新下载的表情都自动位列在旧表情之前，而那套曾经苦等限免的“咔咔还没长大”不知什么时候已经仅仅排在微信表情元老“兔斯基”的前面一格。因为需要翻页寻找，太不方便，而长期受到冷落。

而这个时代，“自定义表情”也经常成为聊天的标配。朋友间有时候并不是为了寒暄而发送表情符号，而是为了互相交换自定义表情而寒暄。因此常常聊着聊着，没有文字对话，只剩下各种新奇的表情包来来往往。尤其在GIF（图像互换格式）的制作变得简单容易之后，各种电视剧的鬼畜表情截图，草根自制表情甚至中老年表情包等没有流派的各式各样的表情疯狂来袭。

在我身边已经有朋友抗议微信设置的150个自定义表情的上限太不合理。她的自定义表情库里面永远都是满额状态，每次想要收藏一个新表情，就必须要忍痛剔除掉一个旧表情。为此，她非常希望微信能够让自定义表情数量设置为无上限。

正是有像王凡乔这样的表情设计师存在，所以重度聊天表情依赖者们和狂热的表情收藏者永远都不会感到厌倦，因为新的表情层出不穷。

在一个晴朗的下午，插画师王凡乔和我分享了设计微信表情的经历。

被微信拒稿的插画师

在王凡乔和我发微信的时候，我觉得她是一个感叹号。

因为她给我的信息总是“我是画海豹的王凡乔！”“好的！”“别忘了今天中午的约定！”

而当她坐在我面前的时候，我觉得她更像一个句号。

齐刘海、黑长直的她无论是在说最喜欢的电视剧，还是聊她在欧洲曾经觉得迷茫的工作经历，语气中总有几分波澜不惊、气定神闲的意味。有时候还会从她的口中冒出一两个文绉绉的词汇，比如说“解构”“人格”和“欧美现代风格”。

王凡乔的个人简介上写着两个名词：自由职业插画师、海豹爱好者。

很多人认识她都是因为她画的海豹。早在2011年的时候，王凡乔就曾经上传过一组她自己画的海豹图片到豆瓣相册上，意外地收获了2000多个赞。但是那个时候，王凡乔并没有意识到海豹对她的重要性，因为海豹最初只是她床头的一只每晚陪她睡觉的毛绒玩偶。而她插画中经常出现的海牛、小章鱼的形象也都是她的玩偶。

2012年初，刚毕业不久的王凡乔去了意大利，在*COLORS*

杂志担任插画师。其间她也陆陆续续创造了一些海豹的形象，但都是独立的创作品，海豹并没有作为一个有人格的形象而立体起来。离开*COLORS*，在伦敦旅居三个月后，她回到国内，成了一名自由职业插画师。在她的海豹漫画《低潮期》发布后，微博和微信公众号都涨了好多粉丝，海豹得到越来越多人的关注和喜欢。

在王凡乔看来，海豹是一个以柔克刚的形象。虽然看上去柔软缓慢，但是却很坚韧，能够化解生活中很多困难。可以说，王凡乔的海豹漫画让一个冷门的十八线开外的生物一跃成为插画界冉冉升起的网红。

在开始有了一些人气之后，就有很多粉丝问她，海豹什么时候会出周边，什么时候能够出表情？粉丝的热情鼓励是她开始计划制作海豹的微信表情的第一个主要动因。

王凡乔说吸引她制作微信表情的另一原因是她看到在微信表情商店里面，有些表情设计师们已经收到了好几万人的打赏。粗略一算，觉得这也是一笔可观的收入。

微信最早开放表情商店的时候，表情设计师是没有艺术家主页的。之后不仅有艺术家主页的介绍，当用户在聊天过程中使用表情包的时候，系统还会自动在表情下方提示一行小字：为表情打赏。

所以很多插画师在发现这个机会之后，早早地将自己的插画形象制作成表情，进驻微信表情商店。而王凡乔在粉丝的几番催促下，才不疾不徐地画了第一组海豹表情并投稿给了微信团队。表情包里有“快安慰我”“好幸福”“不要嘛”等日常对话情景下需要用到的表情。

在被微信团队拒稿之后，王凡乔在公众号上推送了一篇文章《海豹表情丨第一弹》，解释了每个表情设计的逻辑。比如说“饭”这个表情，王凡乔认为流口水的海豹配上一个“饭”字直截了当地传递了一种直击要害的欲望。

在这套表情当中还有一幅配字为“我太屌了”的表情，被微信团队特意提出“‘屌’为不适合发布的词汇，需要替换为其他词”。王凡乔对粉丝说：“是的，这个表情应该不会出现在任何官方的平台上，所以你要做的就是：把它收藏好！”

在她那些一本正经的逻辑背后，我看到这个1989年出生的南京女孩脑洞清奇的一面。

虽然没有通过微信的审核，但是这套海豹表情还是受到了粉丝们的热捧。没有入选这件事情并没有带给王凡乔很强的失落感，反而还有一丝新鲜，因为这样也算是或多或少摸着了表情设计的一些“规则”。

如此看来，被拒并不是悲剧。王凡乔说：“和粉丝互动真的很有趣，有粉丝说看到海豹心情就好了，我也一样！”

表情设计只是设计师作品中的一个截面

除了被微信团队拒掉的那套静态表情外，王凡乔也开始做些动态的表情图。

“海豹不会有那种打个滚、跑三圈的表情，因为做起来太复杂，我不想做。还好海豹本身也是行动比较缓慢的动物。”

在制作微信表情的过程中，王凡乔为了给自己更多表情设计的灵感，清空了自己微信自定义表情中的所有表情。在她和朋友聊天的过程中，如果想要发一个表情给对方，但是找不到合适的，她就会记录下来，然后自己去画一个符合当时语境和心情的表情，“所以目前我的自定义表情栏里只有海豹”。

其实很多像王凡乔一样的插画师，在微信表情商店里的表情包还没有那么泛滥的时候，就把自己设计的卡通形象制作成表情。一开始是在朋友之间的聊天中互相使用，表情的传播是一种自然扩散的状态。到后来，他们可以直接投稿给微信表情商店，让所有用户都可以下载使用，任意打赏。其中有一部分插画师，他们设计的卡通形象的表情早已比原本的漫画故事还红了。

但是王凡乔一直将表情制作视为一个副业，就好像是一根树枝上非常小的一个枝丫的分叉。她很在意形象的故事性和人格化，认为“表情只是设计师或插画师创作过程中的很小的截面。如果这个形象是没有人格的，那么即使它的动作再可爱也是很苍白的。因此表情虽然看上去简单，但是能够持续得到传播的表情一定是需要故事积淀的。”

王凡乔很坚持地说：“海豹的人格是非常重要的。”

这或许和她的个人经历有关，她花了很多时间来寻找海豹这个形象以及这个形象背后的精神支撑。她一个人在意大利曾经工作了三年，在国外的生活让她突然意识到寻找自我是一件非常必要而且迫切的事情。因为没有文化习俗、价值观或其他群体压力的约束让独居国外的她产生依赖，所以必须找到自己的信仰。

在*COLORS*工作期间，王凡乔觉得自己学习到很多，认为自己画风的形成也或多或少受到了欧洲同事的影响，包括现在能够成为一名自由插画师，也得益于自己的能力在当初受到了严格的训练。

只是居住在国外的时候，王凡乔常常觉得自己的内心很迷茫。“在欧洲的时候，我开始喜欢上简洁的艺术风格。因为你会发现别人复杂的东西，你根本理解不了。”王凡乔这种失落投射在海豹漫画中就是海豹会经常说“我好挫啊”。这种挫败感的来源并不是真的遭遇了巨大的失败，有时候只是源于对自己的不满，没来由地悲伤。

而海豹也是迷失的心绪下的一种产物。从欧洲回国半年后，王凡乔才把海豹的形象画下来，并且开始坚持每天都要画一幅海豹漫画的习惯，并慢慢找到了感觉。“我从小就很喜欢海豹，有很多海豹的玩具，也会时不时关注各种海豹的信息。海豹是在我生命中反复出现的东西，但是在相当长的时间里，我并没有意识到它那么重要。”

王凡乔最喜欢的几篇海豹漫画是《低潮期》《好累》《孤单》《艰难的决定》，大多是在低落的情绪下画的。“这几组漫画最直接地表达了我的消极心态，并且以不大伤害别人的方式呈现了出来。画出来之后，就好像在和大家一起分享这一份低落的心情，之后反而觉得不那么消极了。”

有读者回复王凡乔说有段时间她和她妈妈吵架，就把《低潮期》拿出来给她妈妈看。她妈妈这才知道原来她并不是在针对她，而是处于低潮期。最后她妈妈还和她说：“女儿，我是你的老章鱼。”

王凡乔觉得在海豹找到人格了之后，她的创作也找到了意义。她可以通过海豹让大家感受到温柔和温暖，而她自己也能够因为大家对海豹的喜爱而收获到很多的爱。

许多人在第一眼看到海豹漫画的时候，即使还没有对这个生物建立深厚的情感，也都会觉得“天哪，这只海豹和我好像”。这也和王凡乔常从生活细节中寻找灵感有关联。她曾经把自己在上海找中介租房子的经历画进了海豹漫画里，结果有粉丝认出了漫画里面的那家中介，还因此推测出了王凡乔的居住地点范围。

“以前总是画很多海豹在家的故事，现在我自己也会多出去走走，找找灵感。”有时候，在公园散步看到一棵很美的树的时候，她会马上拿出笔记本，站着就把草稿画了出来。

王凡乔给我分享了她还没有投稿给微信的海豹的动态表情图。她说她最喜欢的是其中两个表情：一个是海豹抱着海牛，另一个是海豹捧着一颗爱心。

我问王凡乔：“你有没有觉得有时候表情在聊天环境下是一种掩饰？比如说有时候一个人明明感到很失落的时候，但是在和朋友聊天的时候还是会发一个非常积极向上的表情给对方，比如说你画的这一个‘振作’的海豹表情。”

王凡乔说：“我觉得你可以把表情理解为一种伪装，也可以理解为对自己心情的暗示。每个人都希望自己勇敢、善良、积极，我们不希望自己消极、邪恶、狭隘。用乐观的表情激励自己，暗示自己，在聊天中也是一种有意义的交流。”

那时，我们坐在店门口聊天，看到一旁有个还在学步的孩子抱住一块圆滚滚的黑色大理石，还试图爬上去。王凡乔若有所思地说：“嗯，躺在黑色的石头上面晒太阳，很像是海豹会做的事情。”然后她就在随身携带的小本子上画了起来。

等她画完，也到了该说再见的时候。王凡乔对我举起了手掌，没有挥动，语气平静而郑重地说道："就此别过。"

我觉得眼前的情景有些恍惚，竟有丝古道仙风、英雄侠气的味道。

转身才刚走了几步，我回头一看，发现刚才站立着的身影不见了。在视野内慌张地搜寻了一下，赫然发现，就在这条还有很多行人经过的热闹商业街区的一角，王凡乔正躺在她刚刚观察过的黑色石头上面，闭着眼睛，感受着阳光。

那一刻，我好像看到她画中的那只海豹正躺在石头上面舒舒服服地晒着太阳。

第四章

三明治人物

金玟岐：她把城市的焦虑和孤独写成歌[①]

能够握紧的就别放了

能够拥抱的就别拉扯

时间着急地冲刷着

剩下了什么

——金玟岐《岁月神偷》

北京的夏天，炎热而灰色。有很多人计算着逃离的日子。我在苹果社区的一家live house见到了金玟岐。白天的live house，有些疲惫和不真实。

我见到的金玟岐脸上打着厚厚的粉底，仿佛要遮盖一些工作带来的疲惫。这让我一开始就感觉不真实，但是很快，我找到我喜欢的歌声里的那个金玟岐。

一个普通女生，她的音乐正通过网络音乐平台和新出的

① 本文作者李梓新，写于2016年8月2日。

专辑被更多人听到。这个时代，那么多人想通过唱歌出名，拥有自己的一席之地并不容易。

金玟岐是一个对抗压力感和孤独感方式独特的人。压力大的时候，她会跑到北京交通最拥挤的国贸桥上，看着CBD的高楼，以及如蝼蚁般蠕动的汽车和人群。听着鸣笛声，城市的焦虑和忙碌让她感到真实，这种真实使她的心情反而会平静下来。

“人们总是说诗与远方，对我来说，活在和我有关的城市里反而感觉安全和自在。”

有时晚上九十点钟，趁交通好一些，金玟岐会开车到首都机场T3航站楼，看飞机一架架地起降。有时还会买杯咖啡坐在机场大厅，看来来往往的情侣，从他们的表情和动作猜测他们是不是即将分离。

她给出的答案是，手牵得紧紧的，就是一会要分别的。不牵手的，就是要一起去往某个地方的。因为她经常观察城市里的小人物各自忙碌的生活，于是，她写了一首歌叫《城市背后》。

我猜想她有点孤独。

“孤独感挺好的，是要保持的。”她说。

她的孤独感几乎与生俱来。5岁半的时候，由于父母离异，金玟岐随妈妈从出生地江西回到妈妈的老家——黑龙江省牡丹江市。在那里，她被放进一所寄宿艺术小学，和20多个小伙伴住在一起，学钢琴。长年经商的妈妈没有多少时间陪她。

从生活几乎不能自理，到所有事情都自己拿主意，那是一个少女的独立成长史。到了初中，随妈妈迁到沈阳之后一年，她决定暂时离开艺校，到普通中学学习文化课，因为她觉得艺校的文化课不够好。

“我从小都是一个自作主张的人，因为和妈妈很少见面，没有人可以商量。”金玟岐说。她曾经花一个暑假在沈阳家里的阳台上孤独观察着楼下每一个行人。

高三那年，她自己决定来到北京，想报考音乐学院。老师说，大学留在北京有难度，但可以考虑去西安音乐学院，那里作曲系好。金玟岐从小学三年级就开始写歌，觉得会作曲还挺酷的。于是，2005年，金玟岐就去了西安上大学。

高中时，金玟岐很想去安静的夜店唱歌，去了西安这个愿望还真实现了，在那里她经常翻唱“羊毛衫”乐队等的外文歌曲，也唱爵士。中文歌则喜欢陈奕迅，去年，她在广州、深圳开演唱会时，翻唱了粤语版《富士山下》。

很快来到了大三，家人希望她和其他同学一样去意大利或者德国学美声。“我和我妈说，我要做流行音乐，她说我疯了，她觉得通俗没什么可学的，很不开心。”做流行音乐要回北京。

一贯独立的金玟岐挥别西安，回到了北京，一待便是8年。

我们来自才华有限公司
每天上班下班打卡要准时
老板承诺年底加薪升职
有几个同事又离职

——金玟岐《才华有限公司》

北京，它看似机会密集而又毫不留情。它是每一个音乐人必去之地，却也让他们必先尝试尘埃的味道。

不高兴的妈妈切断了金玟岐的经济来源，准备让她吃点苦，等着她回头。当别人问金妈妈，你女儿音乐学院毕业了在做什么，她总是很难堪，不知如何答起。金玟岐却很自信，对妈妈说："我会靠写歌养活自己的！"

经济来源中断的第一年，金玟岐一直在闷头写歌，平均一周一首，一年积累了50多首歌，却一首也没卖出去。和朋友在"通利福尼亚"（北京通州）租了房子，偶尔到朝阳区的录音棚里打打零工。唱和声反而能获得一些经济来源。

回头看，"那些歌有点像日记，每首歌都能让我自己听到过去的生活"，尽管这些歌没有一首被选进她后来的第一张个人专辑《完美世界》。

把歌卖出去，要主动接近制作人，也要揣摩歌手的风格，金玟岐的性格却不知道该怎么说服别人，别人说不OK就认了，只能默默调整自己。

一年多之后的2010年，她终于卖出第一首歌，在《快乐大本营》的专辑里，主持人谢娜、吴昕唱的《为你歌唱》。那首歌之后，她的“卖歌”事业突然时来运转，母女关系也慢慢融化冰雪。

卖歌顺利之后，金玟岐感觉自己像一个“做音乐的白领”，不断为歌手、影视剧做音乐，包括胡歌、姚贝娜、陈楚生等名歌手。虽然生活状况好转，也凭自己的能力买了车，但她也开始产生了自我怀疑，觉得写歌的时候不太开心，“那些歌是‘别人’，不是‘我’”。但如果就写自己想写的，唱自己想唱的，会不会没饭吃？

2012年底，金玟岐在一次朋友聚会上见到了李宗盛，向“大哥”谈起自己的苦恼。李宗盛给她的意见是，年纪轻的时候，不要太考虑市场。

于是，金玟岐开始在豆瓣音乐发自己唱的歌的demo（样本唱片）。没想到，2012年底到2013年初，有半年时间她在豆瓣音乐排行第一，也开始拥有了自己的粉丝。而且，第一次把自己唱的歌卖给了剧组。

第一首令金玟岐火起来的歌是《才华有限公司》，这个名字好到让我想跑到工商局把它注册成公司名。

金玟岐说她写这首歌的起因，是2014年的一天晚上，她陪一位影视公司的朋友加班，他们公司的艺人入围了香港电影金像奖最佳女主角的角逐。朋友一边关注颁奖的进展，一边联络国内各媒体，独当一面。深夜的建外SOHO办公室只剩下他们和一位拖地的大叔，她忽然觉得很有感触。

“才华有限”是一种调侃。大学同学60多个人一个班，现在只有5个人在做音乐相关了。大家都会面对未来前景上的无奈。

“选一份自己不想做的工作，和选一份自己想做的工作，其实难度系数差不多。为自己喜欢的事情解决问题，会觉得开心。解决不喜欢的事情的难题，只会觉得疲惫吧。”金玟岐说。

因为这首《才华有限公司》，2014年夏的一天，金玟岐突然接到虾米音乐的电话，要把这首歌收到他们所出的《寻光集》专辑里，专辑里收录的是李荣浩、莫西子诗、痛仰、逃跑计划等的作品，这些人都比她有名。可是，最后整个专辑的点播排行，金玟岐的歌排名最高。

虾米又和她合作，在2015年推出了她个人第一张专辑《完美世界》，并在下半年做了全国巡回演出。

历时7年，金玟岐终于从幕后走到了台前。

有志的青年啊
不敢负流年啊
别说梦听来荒唐
我们啊多寻常
撞南墙不回望
愚公山外有没有天堂

——金玟岐《有志青年》

很多幕后音乐人想走到台前，一步之遥却往往走过很多年，往往还需要通过《中国好声音》等真人秀节目来获得关注、改变命运。

金玟岐也去参加了2014年的第一届《中国好歌曲》，唱了一首她为一部电影写的《爱呀》，被导师周华健选中，但是阴差阳错，节目播出时她的片段却被删了。

“删了才好，当时我太紧张了！”金玟岐回忆起当时的窘境，以及因为表现太烂不想被选中但也有所期盼的复杂心理。

“音乐响起，我一直闭着眼睛唱，不敢看台下。但是能够知道有导师推杆了，因为观众的声音变大了。后来，周华健老师一直对我说，‘你为什么这么不自信？’”

那个时候，刚出道的金玟岐觉得自己处在“蒙”的状态。周华健还传授她练肺活量的方式：边做仰卧起坐边唱歌，会把气息变稳、变长。金玟岐回家试了，觉得真的很累。

后来《完美世界》专辑出来后，金玟岐也递了一盒给周华健。

真人秀没有改变命运，但另一首歌却带来了转机。她看完电影《北京爱情故事》后写的歌《岁月神偷》被导演兼主演陈思诚选中，作为电影宣传时的主题歌。

陈思诚说："金玟岐的歌让我深感创作的意义，不是票房而是回音，我们是同路人。我愿静静坐在演唱会的角落里再一次聆听那首让我落泪的《岁月神偷》，我也相信玟岐的歌一定会出现在我未来的某部电影中。"

通过这首《岁月神偷》，金玟岐被更多人听到了。

金玟岐的歌保留了自己的创作风格，比如用一些看起来非常中性、普通的词语作为歌名，和当下的流行可谓反其道而行。比如一首叫《装修》的歌，讲的是一个失恋的女生，用装修来排遣，整年装修，"可是她的爱已经年久失修"。这首歌的灵感其实是来自她邻居中热爱装修的一对中年夫妇。

还有一首歌叫《十三》，写的是金玟岐的朋友异地恋的故事。"两个人不在一个地方，年龄也有差距，这看着无望的爱情，却没有一方愿意放弃工作，去往对方的城市，现在大家都活得太自我了。所以只能'住在二月十三'，永远到不了二月十四情人节。"金玟岐说。

她也用其中的一些歌，告别了她 9 年的一段感情。

她妈妈听到她写同龄人的那首《有志青年》后哭了，问女儿这么多年是不是吃了很多苦。“你的歌不快乐。”她说，又害怕《装修》里面写的是金玟岐自己。

金玟岐觉得自己内心拒绝成长，想让自己活得像个孩子，就像歌里唱的，“我们自诩不一样，其实都一样……撞南墙不回望”。虽然她时常觉得力不从心，但还是要尽力，还勤奋地通过夜跑锻炼自己。

今年 34 岁的汇鑫曾经在天津打拼，后来到北京做了一段时间的夜店驻唱，觉得不适合自己，就开始专注做音乐人的推广，后来加入了百度音乐。他在 2009 年就认识了金玟岐，后来，当金玟岐决定成立自己的工作室时，汇鑫合伙加入。

虽然工作室只有他俩及另外一个小伙伴，但金玟岐已经感觉到压力和责任。

今年下半年，金玟岐将会推出个人第二张专辑，这次是讲述“大人世界”的故事。“里面有首歌叫《大人》，有首叫《孩子》，会有一些半自传体的表达。”

她还将继续表达，比如全民娱乐化，还有手机中毒症等。

她也很期待第二张专辑出来之后，能到全国做更多的巡演。2015 年底第一次巡演时，有一位叫魏俊的公务员，从深圳一路一场场跟过来，他们成了朋友。她的歌迷会也已经成立了，歌迷会把她在网上的demo做成有模有样的CD，作为礼物送给她。

并不是所有人都认为她唱得很好。她的《完美世界》专辑在豆瓣音乐上的评分为7.8分，算是不错的成绩。有一些歌迷认为她唱功需要提高，也有很多歌迷觉得金玟岐的风格像早年的孙燕姿。而孙燕姿居然刚好和金玟岐同一天生日。

不管睡得多晚，金玟岐每天早上七八点都会起床。城市随着阳光一点点打开，像非洲草原一样，动物又要开始奔跑了。

安来宁：平衡的世界，有没有尽头？[①]

1

我原本不认识安来宁。某一天突然收到他的来信：

我叫安来宁，1984年生，是普华永道税务部的一个小经理，也是一个即将在2014年8月发表创作专辑的音乐人。

我的创新在于工作和音乐之间的平衡，而且两个都必须做到自己满意。如果工作不能做到出色，那么收入将不能支撑稳定的生活和音乐；如果音乐不能做到满意，则没有自我实现，没有动力做好工作……我的表演和修炼就在于每天的平衡。

---

① 本文作者李梓新，写于2015年4月3日。

信里附了他的音乐人豆瓣小站。当我听到“横躺在淮海路上，上面的星，和头顶的光”（《北大荒》）这句歌词时，我觉得这是一个必须见的人。在上海，能把现实生活写入歌中，并唱得这么好的歌手，并不多见。

然后我在上海乌鲁木齐中路的一家湖南菜馆见到了安来宁。那是中午饭点，安来宁从新天地的公司匆匆赶来。在我的第一印象里，他穿了一件略显平庸的西装，配上白衬衣。在炎热的夏天，这仍然是他的工装。

我自己不穿西装的日子已经很久了，自从我在三年前离开那个跨国财经公关公司的所谓VP（副总裁）职位之后。我有时把西装当作一种身份的区隔标志，它和近几年风起云涌的创新者们似乎格格不入。

我还记得在我将要做“中国三明治”之前，有人推荐张向东采访我，我们约在三里屯的新元素。他到了之后，找不到我，尽管餐厅里那时只有一两个顾客。因为他不敢确认一个“创新者”居然还穿着西装——那时我还未从公关公司离职，到北京商务出差。

而当了创业公司老板的张向东自己穿着休闲棉布格子衬衣。他略有点为难地说：“好吧，我们还是采访一下吧。”

当我自己全职出来做中国三明治之后，我也脱掉了西装。对那些经常穿西装的人也有了一些距离感。但是安来宁却颇覆了我的想法。

我们见面的两个月后，在他的第一张个人专辑《我的名字叫安》的首发式上，在上海延安西路那个逼仄而光线昏暗的live house“育音堂”里，安来宁穿着一件黑色立领丝绸衬衫——我曾经想象，作为一个摇滚乐队主唱，他会穿一件汪峰式的圆领T恤，上面印些愤怒的标语或者口号。

但，那不是安来宁。他说他已经不愿意穿着简单表达的T恤，“衬衫是选过的，可以明显区别于办公室的身份，又不像T恤衫那样显得没有仪式感”。

普华永道个人税务经理，和一位出版个人专辑的摇滚唱作歌手之间的距离究竟有多大？安来宁用一件衬衫就把两者统一了。

2

安来宁每天早上从上海西站附近的家中出发，坐11号线到交通大学站转乘10号线到高大上的新天地湖滨路企业天地普华永道公司上班。巧的是，换乘站交通大学站正是他和乐队小伙伴多年来在周末排练摇滚乐的地方。那条通往郊区的11号线，像骨感现实的生活，而东西走向的10号线，则像是繁华无边的蔓延，直通往这个国际都市的金领所在地。

这是他工作的第八个年头。他是这座世界金融都市里的一位金融服务业的白领。他们通常埋头于高大上的办公楼里，企业名称的几个英文字缩写好像就是他们所有人的共同名字。里面每个个体似乎都面目模糊，没有具体的名字，或者也不需要个人名字。这是以标准化、严谨和专业服务著称的行业公司，个人色彩显然不是排在第一位的。

而乐手不是。从高中时开始听披头士、涅槃乐队、枪炮与玫瑰乐队的安来宁，自然明白一个乐队灵魂的气质所带来的决定性作用。

但这是在上海，一座正常人也有正常欲望的城市，和北京摇滚圈的草莽气质不同，乐队的每个成员都是和安来宁一样在上海西南郊松江大学城毕业进入职场的白领。鼓手是前拜耳工程师，打击乐手在一家法国广告公司做视频剪辑，吉他手是室内设计师，他设计的上海嘉定图书馆项目得到过室内设计大奖。他们在贯穿松江大学城的文汇路为青春而歌的日子已经四散。2006 年毕业的时候，安来宁写下了自己的一首重要作品《再见文汇路》，是一首英文歌。歌里唱道：

If you are traveling to Wenhui Road
where the sunshine is blue and wind is light
Tell her that I'll kiss her once again

with her long hair blowing, blowing in the wind

他后来用文字回忆道："2006 年，我带着这首歌告别文汇路，被地铁、公交送到茫茫人海，开始盘算着租房开始憧憬职场。那年你茫然无助却又装得老成，因为你满怀期待。2006 年的你告诉自己，总有一天你会有属于你的远方和心碎。"

幸好这么多年下来，尽管有人经常出差，有人生了小孩家庭责任重，有人事业上有了新方向，安来宁还能找到志同道合的小伙伴，维持一支乐队的日常排练。他们通常在周日下午，在上海华山路一个居民小区的地下室排练，避免噪声扰民。排练完毕，他们会在门口的小饭馆撮一顿。

也有些朋友放弃了。有个乐队成员刚毕业做广告行业，每月只有 3000 元的收入，租一个小破房子，生活特别苦。有一次安来宁去找他，他做饭招待了安来宁，饭后聊天的时候，他指着一个扁扁的枕头说，我就是用这个练鼓的。

四五年后，这位朋友发达了，有一栋别墅，有专门的房间，摆满自己的乐器。但是他不做音乐了，偶尔会晒一些照片，自己偶尔玩一下。"其实我想他的心境应该是落寞的。"安来宁说。

安来宁能理解这些不做音乐了的朋友："就像一起登山的队伍一样，有些人觉得太远，体力不支，有的人找到了更好的风景，他们都离开了。但是我觉得我继续走，不是因为有山顶的那个目标，不是因为大家以为的‘意志坚定’。心中默念着信仰，一边泪流满面朝着山顶一直不停地走——这条路其实不是大家脑补的电视剧剧情。”

也因为坚持下来，他在工作数年后和颜旸在音乐中重新相遇。

颜旸是安来宁在大学城时一起玩音乐的小伙伴，曾经是一名出色的鼓手。毕业后他在嘉定区的汽车配件公司工作了两年，还是觉得自己喜欢音乐，便加入了音乐演出经纪公司，还在上海最有名的live house“Mao”担任店长。后来他专注经营自己的音乐厂牌“竹露荷风”——这个名字来自他在中学时创办的文学刊物。

在经历了合伙投资live house失败之后，竹露荷风却日有起色。颜旸在音乐演出公司和Mao积累的音乐人资源，使他能满足上海众多商业演出的需求。同时，他签约经营了一批小众的独立的音乐艺人，像曾经参加过《中国好歌曲》选秀的蛤小蟆。安来宁也加入了竹露荷风。

他们决定把安来宁从大学期间到毕业工作几年内的歌曲汇总，作为安来宁的个人第一张专辑发表，起名为《我的名字叫作安》。歌名来自专辑里的一句歌词：“我的名字叫作安，在这个不安的世界。”

安来宁自己做这张专辑的产品经理，在专辑的文案中他写道：

> 想把歌做成一张专辑，可是，我们有多久没有像过去一样安静地听完一整张专辑，对着歌词纸热泪盈眶？……在刷完朋友圈关掉屏幕的瞬间你是否有过，至少是一秒钟的失落？

3

这样的文案，出自一位本科学金融、毕业后在会计师事务所工作的年轻人，文字好得有些让人意外。实际上，安来宁从小就是文科生，物理、化学都不及格，数学也不行，从没想过自己工作后会专门和数字打交道。

安来宁出生于天津市宝坻区的一个医生家庭。小时候学美术、练竖笛，跟着表哥听各种磁带。父母双休日经常要上班，很多个周末他一个人在家就是这样在听歌和练习中度过的。

高一时，安来宁有个发小在组乐队，把吉他放在安来宁家，教了他几个和弦。安来宁从那时开始接触摇滚。

“后来开始听朋克，听重金属，听更有冲击性的，其中特别喜欢歌词更有内涵的。会去研究、深挖涅槃乐队的歌词里的意思，是在什么背景下写的，枪炮与玫瑰乐队的*Civil War*前面是谁说的一句话、反映了什么样的思潮等。”

高中时生活比较压抑，每天都有朦胧的向往。安来宁写的第一首歌叫《一颗自由的心》，第二首叫《黑天鹅》：“闭上吧，你的眼，因为黑暗里没有遥远或短浅。”那是一个少年闭塞在心里的一些冲突。

高中毕业，安来宁没有成为一个美术特长生，因为成绩好，他自然而然地选择了“正常”的升学路线，考上了在天津只录取四个专业的上海外国语大学，并阴差阳错地读上了金融。

大学里面，安来宁上课睡觉，下午5点钟回到寝室第一件事就是打开CD机，接上吉他，一首一首地去扒披头士，扒涅槃，扒滚石乐队的歌练习。“那个时候我的课程才正式开始，所以我说自己是摇滚系的。”安来宁回忆道。

松江大学城是在踏入2000年之后逐步建设起来的远郊大学校园，是当时众多高校为了缓解校园面积不足，抓住“基建热”顺势而为的一种流行做法。这也让高校里的大学生生态发生了较大的变化。他们往往远离富有历史文化传统的原校区，在钢筋水泥林立的崭新校区开展他们的象牙塔生活。由于周边配套设施尚未完善和交通不便，学生们的课余生活更多是自娱自乐。

安来宁来到松江大学城的那年，只有两届学生。整个大学城只有一支乐队，而且配置也满员了。所以安来宁刚开始自己练习，慢慢地才组建起自己的乐队。每周骑 40 分钟自行车去和乐队会合，一起排练、喝酒、演出。

毕业的时候，找工作形势不好。大家各自的挫折遭遇也为安来宁的创作提供了灵感素材。安来宁自己也是从一家小会计事务所起步。刚毕业的那一两年，安来宁觉得自己面对很大的生活压力，音乐上也很迷茫，刚走上社会遇到很多冲突。

那时偶尔也会和朋友买醉。在东北菜小饭馆里，一个潦倒的摇滚歌手，和同样潦倒的吉他手喝大了，躺在淮海路复兴路路口数星星，仿佛看见了北大荒。

于是，他和朋友写下了这首广受欢迎的《北大荒》：

我们都是贪婪懦弱的豺狼
吃着我们的心的是那只心上的羔羊
现在唯有酒精才能够 麻醉咱们的心脏
唯一的愿望就是能回到当初 喝醉的地方
喝北大荒 七个隆咚锵

安来宁也想过参加选秀节目，但放弃了。朋友和他说，到新天地的酒吧驻唱，一个月可以赚 9000 多元，他又有些犹豫。到了 2008 年的时候，安来宁觉得乐队已经把美式音乐做得很好了，就去找了棉花俱乐部（Cotton Club）的老板。他提议我们可以在酒吧的非黄金时间段来表演试试。“来的都是老外，我们就给他们唱乡村、布鲁斯、R&B（节奏布鲁斯）音乐。”

但是朋友的反馈是，一线酒吧的乐队都是白人乐队，不能是亚洲人，甚至都不能是黑人，不管什么风格，都是以白人为主导。因为顾客是西方人，他们对“自己的脸”比较容易认同。大家看到的是一个环境、一个整体的形象。

安来宁听了感觉特别受打击。自己即使唱得再好，人家打心眼里也是不认可我们的。他开始思考，我们自己的根是什么，源自我们生活的音乐是什么？

“大家都在听西方乐队，于是就有一种生活在西方环境的错觉。仿佛每一天生活就是街边飘着面包、咖啡的香味，耳边萦绕着约翰·梅尔（John Mayer）的节奏布鲁斯调调。但实际上我们所过的生活是，每年过年还是回到老家，面对你的亲戚，每晚回到家吃的还是素浇面、排骨年糕，这才是我们的生活。”

2008年底，外部的环境也发生了剧烈的变化。受金融危机的影响，许多生活在上海的老外都回国了，上海的酒吧倒了一批，安来宁的乐队也没活可接了，乐队也只剩下了三个人。“也正是这个客观事实迫使我们回归当初的兴趣，在地下室开始进行音乐创作。”他的作品从这个时期开始转向了中文，而且更专注描写自己的生活。

2011 年，安来宁换工作到普华永道，做个人税务方面的工作。那一年，他买房、结婚，终于开始过上稳定一些的生活。他才明白其实自己想要的就是一个平衡的生活，像一个民间艺人，做出自己想要做的音乐形式。

他越来越融入自己的工作，升任部门经理，经常同时管着几个项目，却也经常在埋头财报的时候，忽然一串旋律就闪过脑海，马上把它记下来，甚至有过立即请假打车回家写歌的经历。他的歌也更多描写了在这个社会中为数众多却面目模糊的中产白领阶层的生活状态。

上班也混混 上学也混
上网也混混 上床也混
混就是生活在别处啊
……
混就是生活迷了路

——安来宁《混》

还有父母这一关要过。有一次安来宁放假回家。父母对他说，不要搞乐队了，建议把精力放在工作上。

2012 年，安来宁的父亲在网上搜《再见文汇路》的歌，听着听着就哭了。到了2014年中，正值普华永道年会，安来宁在3000多名同事面前表演《混》，还把歌词改成对应财务工作的版本。到家已经11点多了，回家发觉来照料孙子的老爸拿着两瓶啤酒在等他。“那个时候，我知道爸爸是真理解我了。”安来宁说。

审计工作也慢慢改变了安来宁的性格。五年前他刚工作的时候，好朋友说他不适合这工作。五年后，安来宁做了一个权威性格测试，结果居然说他的性格最适合做的工作就是咨询。

“我似乎在和工作的肉搏中被改变了。但每天醒来最怕的还是变成自己曾经不喜欢的人。”安来宁面对测试结果这样说。

4

2014年12月初的这一天，我约安来宁在新天地见面，也是想看看他工作中的状态，顺便多了解一些他的工作。

安来宁穿着一件商务型的羽绒服，里面是一件正式的白衬衣，看上去是一位有为的商业人士。

我们在新天地附近的一家闹中取静的小餐馆见面。他说这里比较安静，适合聊天。他对新天地很熟悉，每天看着这里林立的高楼，来来去去的西装革履、举止小心翼翼的优秀大脑，以及日益壮大的商业圈、不断新开张的奢侈品店和购物广场。“普华永道新的办公楼在这里，把原来在陆家嘴办公的那部分同事也迁了过来。”

我一直对安来宁在普华永道工作的具体内容不甚了解，以为个人税务经理这个有些乏味的头衔背后是大量的报表和数据。但听他细说，才知道这个工作其实很有意思。

他帮助外企高管处理高额工资、奖金的税务问题，涉及在不同的国家地区的政策下怎么计算、是否需要双重征税等等。他从高管薪酬的变化也看出跨国公司行业重心的变化。他也遇到过艺术家、运动员、电影制片人收入的税务问题。他最近正在研究创业公司的股权结构以及股权激励方案安排等问题。

这些在我看来都是非常专业的技能和知识，而且在我看来，在这个彰显个人能量的时代，个人的财务税收比公司财务更加有意思。我甚至能看到安来宁在将来为高净值人群提供独立的财务管理咨询的可能性。

无疑，安来宁是我见过的最能平衡白领和音乐人两种角色的年轻人。在这两条道路上，安来宁都正处在方兴未艾、蓬勃发展的阶段。命运让这两种技能神奇地交汇在他身上，而他正努力保持两者的平衡。

颜旸则觉得这种平衡迟早会有被打破的一天。他说，只要安来宁有一首歌红了，像宋冬野的《董小姐》那样，他就会面临做出终极选择的时刻。“想把两个东西都做好，反过来讲可能会两个东西都做不好。”

在《我的名字叫作安》专辑发表之后，颜旸也帮其中的歌曲做了一些宣传推广。比如进入了供全国各地广播电台选用的歌库，也参加了“东方音乐风云榜”等音乐榜单的打榜，一度排名还不错。但是颜旸觉得专辑本身还没有做到极致，追求平衡的安来宁还是有点“收”，没有锋芒毕露。

安来宁承认专辑出来之后的宣传期让他一度有些迷失。“经常会去关心自己的歌在榜单的位置，而实际上，出这张专辑就是想让自己和过去几年告别，重新出发。”

歌迷的呼唤也让他心动，他在2014年晚秋初冬之际，到华东各地做了巡回演出。答应巡演是因为他觉得利用这个机会可以让乐队在路上排练新歌。

事实证明这只是美好的愿望。乐队成员在周中结束工作之后，周末一早开着乐队吉他手的大众途安汽车出发，赶到演出地点。远一些的城市比如黄山和温州，要开上五六个小时。路上也很难排练，回到上海通常已是深夜，还让安来宁多了一份周末不能陪孩子的愧疚。于是他决定2015年不再参加巡演，开始整理排练新歌。

安来宁的新唱片已经准备了近十首歌，却还一直在打磨着。他不是处女座，却有处女座的细致。筹备了一年的第一张专辑的设计稿和文案，在最后一刻还被他推翻重做，最后做成了白纸黑字的极简包装方案。

他现在的歌曲比以前描写大学校园青春岁月的歌有了更多的社会性。他用手机翻出一首诗给我看，说这是他朋友的作品，最近正在将它谱曲。

我一看，诗的名字叫《被春天枪决的花朵》。

> 我知道你就坐在那里
> 等着春风把石头吹开
> ……

颜旸认为安来宁的歌有味道，比一般的年轻歌手有内涵。“事实上，我们现在签的新歌手都断档了。90后不会花那么多工夫练琴、写歌，很多人是为了‘红’，而不是为了自己去创作。他们没有足够的积淀让我们觉得要签他们。安来宁代表的是典型的80后一代的特点，他是入世的，和社会保持接触，我觉得这是比较好的。我和他就特别有共鸣，每首歌我都能听出里面的故事来。”他认为现在安来宁的歌正在变得越来越犀利。

现在，安来宁做一场商演的价格大概是5000元，而出一张专辑要花上六七万元，竹露荷风在贴补这些独立歌手的发展。颜旸对这位老朋友的发展还是很宽容的。“有打破平衡的机会是好的，如果没有机会打破，就说明安来宁没有大红大紫。”他们都清楚在上海这样的音乐环境里，要有足够的耐心。

“北京是100个歌手里面选10个，上海是10个歌手里面选1个，差不多是这个情况。”颜旸对上海的音乐市场有清晰的认识。

我觉得安来宁以后可以一边做独立咨询，一边做独立音乐。他却说：“我家人不希望我太出名，踏入太多的名利场。我更想成为中产阶层的一员，去影响我身边的、这个社会上的同龄人。”

他和他的乐队伙伴大抵都是如此的心态。或许这是北京和上海两座不同城市的气质对玩音乐的人的影响。我希望他们以后到了快退休的时候，还能像老鹰乐队那些老家伙再开个巡回演唱会。

（文章部分综合了三明治报道者边勋、陆莹斐之前对安来宁的访谈）

口水军团：用杭州话说唱了 15 年[①]

聚义

1997 年，高一辍学的董磊（阿董）在杭州舟山东路上开了一家小服装店，那时候他认识了初中同学、邻居吴琼，俩人天天混在一起，听各式各样的音乐。

两年后，19 岁的冯飞也辍学了，他也待在舟山东路，在一家琴行里帮忙。有一天，一个瘦高个来琴行租排练室，他比冯飞高出一个头，两人坐下聊天，聊激流金属、死亡金属、黏合，音乐风格全是实验性质的。两人一拍即合，拉来另外两个朋友，组了个乐队叫"精体毒虫"。瘦高个名叫汪洋。

阿董不是做生意的料，冯飞和汪洋相遇的时候，他的服装店已关门一年有余了，做起了酒吧"东部小镇"的驻唱歌

① 本文作者李虹亭，写于 2015 年 10 月 10 日。

手。那时候的卡拉OK是前台点歌，后台有人放碟片，放碟片的服务员叫老严。有天下了班，阿董看到老严他们在玩乐队、排练，其中，鼓手的节奏感不强，排练不是很顺畅。阿董说："我来试试吧。"福尔马林乐队就这么组起来了。

15年前的杭州，玩地下乐队的可能就那么几十号人。这群人组了十几支乐队，一个人常常在好几支乐队里分饰不同的角色，来捧场的也是别的乐队，圈子基本属于自嗨型。当时有个论坛叫"声音网站"，乐手们把歌上传，供大家分享，混迹这个论坛的，几乎都是圈里的人。

当时，杭州玩地下乐队的，主要是做摇滚。说唱风（饶舌、Rap）并不是那么流行。但阿董和吴琼听了很多英文说唱音乐。他俩常常捧着一部英文字典，听到不懂的词儿，就翻开字典看看，一看，阿董说："居然是这么垃圾、这么水的词，老黑也没什么高深的内容嘛，他们就是flow（说唱的发音方式）好。"阿董和吴琼想试试自己来写说唱的歌，他们先试了用普通话写，发现怎么唱怎么难听，想想，阿董说："要不我们用方言试试。"他们最后选择用杭州话来做说唱。

都是一个圈里的人，圈子又不大，里面的人怎么都能碰着。阿董和吴琼有天碰到玩实验性质音乐的冯飞、汪洋，大家索性一起玩儿，风格就定在说唱。第一首歌出来，叫《人儿登》（杭州话：这人很糊涂、搞不清楚）。

歌是在阿董家里录的，对着一台电脑，中间一个话筒，旁边两台音响，所有伴奏、延声都这么录进去，根本没人戴耳机。半夜一两点录完，上传到论坛，几个人再勾肩搭背出去吃顿夜宵。一个星期之后，他们的第一首歌，火了。

明明那时候是浙大音乐系钢琴班的学生，20 岁，刚读大一。他每天混迹音乐论坛，对饶舌、说唱风格尤其痴迷。十多年前，互联网才刚刚在杭州流行起来，有的家里还是拨号网，龟速，网上下载的歌也是储存在软盘里，一个传给另一个听。

听到《人儿登》，明明眼睛直了，“哇，杭州话还能唱 Rap！”他立马给阿董留言，说：“我要加入你们！”他做了一首歌的小样，传给阿董，这首歌就是后来很多人能跟着唱的《贱儿饭》(杭州话：白吃白喝)。五个人见面，给自己的乐队起名：口水军团。

当时，杭州另一拨人是玩街头文化的，涂鸦、滑板、说唱，苍蝇是其中一个。20 岁的苍蝇，刚从中专美术系毕业，听过很多国外的说唱，所以，听到口水军团的歌，苍蝇的第一反应是“新鲜、好玩，但从说唱角度讲，这些歌更像 demo，还不成熟”。有朋友把苍蝇在街头玩的东西拍下来，传到论坛，被明明看见了。再一次，他主动联系了苍蝇，大家一起玩儿。

火了

六个人里，除了明明的爸爸是警察，妈妈是小学教师，冯飞家里是做生意的，其他人的父母大多是工人，过着朝九晚五的生活。阿董的外婆当时还在杭州缝纫机制造厂工作，生产的缝纫机是中国七八十年代的结婚三大件之一，另外两样是自行车和手表。

阿董的爸妈都在杭州延安路的齐心里长大，一个住齐心里 28 号，一个住 27 号。齐心里被夹在两条大马路——延安路和东坡路的中间。以前这儿属于杭州的中城区，现在变成了上城区。从齐心里走路去西湖只要 5 分钟。巷子出来，右手边是“浙江老字号”——浙江胜利剧院，对面是龙翔服饰城。阿董的外婆住在沿街的老房子里，窗户紧闭都能听到外面的汽车声、嘈杂的人声，服装店门口的高分贝音乐从窗户缝往屋里钻。幸好，阿董的外婆耳背。

这栋老屋有 80 多年历史了，阿董的外婆是 1958 年搬进去的，屋里没有厕所，白天要去公共卫生间，晚上就先尿在夜壶里，清早再去倒。内衣、裤都晾在屋檐下。巷子四四方方的，小孩常在里面玩追赶的游戏。巷子里阴凉通风，坐在家门口的竹椅上，听不到外面的车马声，只有老风扇“吱吱吱吱”地转。吃了饭，洗碗，间或听到用水刷锅的声音，刷锅的水倒在门口的下水道里。

谁家有什么事儿，街坊都知道。谁家孩子辍学了，文个“左青龙、右白虎”，天天半夜里出去。开始还见得着人，慢慢地，也不怎么看得到这小子了。

突然间，杭州的大街小巷都开始放口水军团的歌，连齐心里的汪婶说起《贱儿饭》，也指指齐心里 27 号，说：“喏，老董家的孩子。”电视台、报纸都开始采访他们，“忙到没时间写歌了”。连中央电视台也联系他们，来拍纪录片，记录青年人的生活状态。

汪洋还记得当时他骑着摩托车去滨江，摄像在后面跟拍。2002 年，杭州在国庆期间做“西湖啤酒节”，乐队阵容是这么安排的：10 月 2 日唐朝乐队演出，10 月 3 日是汪峰+鲍家街 43 号，10 月 4 日是阿凡提乐队，接下来，5 日、6 日，都是杭州口水军团演出。

出走

但说唱玩久了，阿董腻了，“这么多好音乐，干吗非玩 Rap？”。明明那时热爱 Rap 的自由风格，两人僵持不下，吵过、骂过。阿董是个对艺术审美有洁癖的人，他觉得口水的歌像“七言绝句”，flow 做得很烂，人们喜欢听是因为他们不懂真正的好音乐。汪洋觉得口水的歌正经做，做不好，大家玩一玩，做出来的歌，别人听过一两遍就能跟着唱，简单、草根、通俗易懂。

从口水军团开始，阿董想认真做音乐，他心里有个自己划的标准，达不到，就在心里骂狗屎。明明坚持乐队继续做这种风格的说唱。汪洋看重兄弟间的感情，大家平时“泡妞在一起，吃饭在一起，睡觉也在一起，想出来就出来，想回家就回家”，兄弟们这么吵，他觉得很累。

冯飞性格比较闷，觉得很多事没必要争，有想法也不太会说出来。吴琼最舍不得口水军团，他说：“我们口水很牛的。”他的心愿就是把口水军团做好。

但阿董还是从口水军团出走了。

阿董走了以后，做音乐的担子落在了明明身上，但他当时对数字音乐的操作没有那么好的基础。其他乐队成员，有的开始忙工作，有的琢磨自己开公司，按汪洋的话说，“从一群男人的生活，回归到正常人类生活（谈恋爱、结婚）”。不久，团队就散了。

散了以后，吴琼、冯飞在同一家酒吧做事，几乎天天见面。汪洋转去做能挣钱的广告公司。明明开始做嘻哈风的DJ（打碟手）。而阿董另组了一个乐队，叫聚阵堂。

2003 年 3 月 23 日，星期天，吴琼和朋友约了汪洋一块儿去飙车。汪洋当时感觉太困了，没去。第二天，《都市快报》9版刊登了这样一则消息：3月23日中午，04省道余杭区百丈镇泗溪村公路出口处，一群杭州青年高速驾驶摩托赛车飙车至此，其中一名青年在拐弯时不幸撞向公路旁的护栏，飞跌沟渠，当场死亡，摩托车出于惯性还往前飞出200多米。

吴琼就这样没了。

冯飞说："毫无征兆的，兄弟不见了。"那个时候他意识到，人肯定会死，哪怕是两年多来每天都在一起的"亲兄弟"。为了纪念吴琼，明明、冯飞、汪洋，把阿董找回来，也叫来了苍蝇，他们一起做了口水军团的最后一首歌《Made In 杭州》，里面有句歌词："虽然我还不是毛懂撒个HIP-HOP music，但是我会好觉听他们到底表达撒西。"苍蝇说，其实HIP-HOP就是单纯把自己内心的东西表达出来，一瞬间的想法，也可以做成作品。

唱完最后一首歌，口水军团再次解散。

在聚阵堂，阿董不甘心，想用更好的音乐做说唱，那时候，国外的说唱已经进来，其他城市也兴起方言说唱这种形式，人们对口水军团的热度开始降低。阿董认认真真做出来的音乐，反而没有当初那么火，他自嘲，"大家都不care（在乎）"。

2005年，他成立了自己的公司"聚阵音乐"，接很多商业音乐的活儿。他说那感觉就好像“老是在被人家强奸”，需要考虑的不是好的音乐创作，而是琢磨客户说的每句话。有时候，广告公司一句“这个不是我要的”，阿董就得琢磨到底哪个东西不是对方想要的，“你要研究的不是你的技术，而是他妈的心理学，神经病嘛这，你到底在做音乐还是在猜人啊？”

明明做过生意，卖过一两年服装，因为淘宝的冲击，也做不下去了。2009年，他去上海待了四五个月，做DJ。在上海时，明明出门买东西，发现上海人不太看得起外地人，他心里也有身为杭州人的骄傲，这份落差感，把他带回了杭州。

杭州这些年，城区扩建，大量外地人涌入杭州，道路开始拥堵，要有一份稳定的工作，也没有以前容易。冯飞先是开了一家自己的摄影工作室，因为同行业的竞争，工作室倒闭，从此，他做着自由摄影师的工作，拍人像，也拍产品。汪洋先是带着几个人做自己的广告公司，后来团队一并加入了太太的家族企业——百合新娘。

苍蝇在电视台干过四年方言节目主持，做过三年娱乐主持，2012年，苍蝇“牙一咬，眼一闭，脚一跺”，从台里出来，跟合伙人办起了公关公司。头一个月，他的工资是在台里时候的一半，公司起步还需要大量贷款，而那时候，他小孩刚刚出生。

这十多年，除了业务上的联系，除了阿董的老婆、小孩儿，跟汪洋的老婆、小孩儿常常玩到一块儿，口水军团的其他成员，几乎都没怎么见面。直到微信出来，直到一个叫“众筹”的东西出来。

演唱会

2015 年，从公司到个人，很多人把“众筹”挂在嘴边。阿董当时帮杭州本土的“开始众筹”这家公司策划“创造力”系列，一个 25 岁的年轻员工说了一句，“要不口水军团来一个（众筹）吧”。一屋子的人像被点着了一般，七嘴八舌的，在阿董耳边煽风点火。

阿董不是没动过心思，2013 年、2014 年，口水军团解散快 10 年的时候，他找过苍蝇，苍蝇也找过他，两人商量着把口水军团召集起来，再办一次演出。可是问了很多朋友，大家都说：“你们影响力不如从前了，这事儿搞不起来的。”自己花钱搞专场演出，他也担心票收不回来。没人支持那就算了，就不搞了嘛。

2015 年，“开始众筹”紧锣密鼓地帮口水军团策划了一场演唱会的众筹。晚上 10 点左右，口水军团的众筹页面挂上去，不到 24 小时，筹到了七八万元。口水军团自己拉了一个微信群，五个人在里面特兴奋，所有人到凌晨 3 点还在发信息。

到众筹截止日，2015年6月17日，口水军团筹到204 133元，超过了他们的目标金额，但实际办一场演唱会的花销远远不止这个数。阿董和苍蝇到处拉赞助，又筹到了近20万元，加上演唱会合作方以成本价助阵，这场演唱会的举办才成为可能。

2015年8月22日下午，距离演出开场还有几个小时，明明和汪洋在后台吃饭，很长时间，两人一句话都不说。他们突然同时抬头，问对方："你是不是很紧张？"距离口水军团的演出还有一个半小时的时候，汪洋戴上一顶鸭舌帽，从后台溜到检票口，看现场到了多少人。"人家不来怎么办？会不会有人买了票也不来？我们在台上会不会怯场？会不会表现得很做作？"他坐立不安。

站上台的那一刻，汪洋觉得"好久没这么开心了"。他已过了而立之年，迎来中年的焦虑。从前五个人一起吃、喝、睡，一起写歌、唱歌、玩闹的场景，像电影胶片一样从眼前划过，"那种生活像是和自己脱节了"。

80后的任攀是歌迷的一员。他跟现场其他戴棒球帽、穿背心短裤和大头鞋的歌迷不同，作为杭州人毕业之后去了上海工作，周末带着妻子和3岁的女儿赶了过来，还穿着工作时的衬衫西裤，女儿坐在母亲的肩膀上，她已经听不懂杭州话了。

而当五个人出现在台上时，离舞台最近的众筹区的歌迷攀上了栏杆，身子靠在上面，跟着台上的口水军团一起唱那些无比熟悉的杭州饶舌。相机在拍，手机也在录，任攀的女儿也像旁边的歌迷一样，对着台上比出了“我爱你”的手势。

演出结束，合完影的歌迷也都离开了，蓝色的卡车倒进现场，围栏被收了起来，工作人员开始爬上爬下拆台子。“当了一天明星，第二天又要回归普通人了。”汪洋说。

在杭州的G+酒吧，他们喝到了凌晨两点。董磊在朋友圈更新了一条状态：吴琼！今天我们是最牛的！明明在下面跟帖：我真的爱你们。汪洋又回复明明：我们也都爱你的。几个中年男人说着类似的话，就好像这十多年什么都没有改变。

汪洋以为之前是口水军团把舞台丢掉了。在台上看台下攒动的人头、歌迷们挥动的手臂，听许多人一起唱口水的歌，他明白，这是一场对青春的祭奠。

而阿董在那个晚上做了个决定，以后不做商业音乐了，他要做自己真正喜欢的音乐。

上官喆：作为一名时装设计师，生活在体制之外[①]

厦门故宫路上是没有宫殿的，颇有“皇后大道东上为何无皇宫”[②]的意韵，街口却有个楼盘叫“故宫裕景”。这条不宽的旧马路上有十足的闽南生活气氛：一些散淡的小吃店，几家看起来即将倒闭却岁月绵长的杂货店，卖着塑料桶、长竹竿等民间物事，再加上两家随着游客潮应运而生的小文艺咖啡吧。它们试图深藏在每个周末被游客雷暴般奔袭的厦门的角落街巷，宛如潮湿而神秘的腋下。

但我要拜访的这位近年来声名鹊起的服装设计师却藏在这条路上一处更奇怪的所在。就在“故宫裕景”对面，高达20多层的建设大厦散发着20世纪90年代国企的浓重气味。进入宽敞的大堂，那些申请住房保障的人们，那些写着标语

---

① 本文作者李梓新，写于2015年1月30日。

② 语出自林夕作词、罗大佑作曲并演唱的歌曲《皇后大道东》。——编者注

和规定的窗口，让人和时装设计一时联系不起来。

然而，只要搭乘电梯来到24层，你便魔幻般地进入一个服装工场。到处是堆积如山的布料，墙板上有设计草图和潮流设计元素图纸。这像是我们这个时代的最好写照：生活在体制的根基上，却思考在云端。

1

我认为上官喆在厦门明显更接地气，尽管他其实不是闽南人，而是来自福建长汀的客家人。他在厦门有放松亲切的笑容，半年前在上海连卡佛商城办公楼里，面对我的访谈，他却显得小心翼翼而略带防备。

这一次，他穿着白T恤、麻布裤和白球鞋，放松而精神。两只胳膊的西藏文化符号文身闪耀着，靠近手肘的部分，文着“沐川”两个字。“这是我孩子的名字，文的时候发现就这里有空了。”他大笑。

在当今中国众多的独立设计师之中，上官喆以自己的奇诡风格著称，他喜欢在自己的衣服上表现青年文化，用夸张的图案或者聪明的文字进行表达，从而达到某种隐喻（尽管他自己从未承认有故意的隐喻）的目的。

拥挤的工作室里摆满了藏文化的书籍，白板上贴着各种青年文化图腾。如果从上官喆之前发布的作品来说，你会判断他对神秘主义或者政治表达有兴趣，但他总是否认。

“只是觉得这个比较酷。我们选择的东西很多都是‘自下而上’的，从底层往上影响的。我不太喜欢‘自上而下’的东西、普世价值观的东西。民族的东西或是街头文化是能够感动到我的。”

对于街头文化的定义，他特别喜欢汪民安在《街头的面孔》的提法。里面写道：街道白天是马路，晚上是别人的家，“这其实就是街头文化，而不仅仅是滑板，或者街头运动。”

在过去的一年里，上官喆作为一名独立时装设计师的名气又继续上扬了。2014 年 6 月，他第一次在伦敦男装周首发自己的作品，生猛的模特们戴着 1/4 人长的木雕手套，踩着《我爱北京天安门》的音乐出场，其中有些手套竖起了长长的中指。7 月初，他在“一席”做了题为《机缘巧合》的演讲，少有地公开地谈到了自己从高中到设计师的来时路。而在 6 月底，《纽约时报》中文网发表了《厦门：中国的安特卫普》一文，引起了社会的广泛关注。人们把越来越多的赞美词汇抛给了上官喆、万一方等厦门设计师群体。

但上官喆却认为自己恐惧成为众人瞩目的中心。他宁愿安静地待在厦门，每天吃相似的食物。

“我是一个吃东西很随意的人，如果喜欢吃一种菜，就会一直点那个，直到把自己吃到吐为止。记得之前我最喜欢的是鸡腿饭，吃了一年多。”上官喆说。

2

比起他在饮食上的专一，上官喆每天要面对各种繁复的布料、材质、款式。办公桌和地上都堆满了成品、半成品，为Vans（范斯）设计的滑板鞋有一只放在桌上，两三只散落在地上。它们中的两只写着“Fucking”和“Tourists”。

一开始，Vans对这个设计没有意见，可是在最后时刻，他们还是放弃了这个有点生猛的设计。生活在一个旅游经济日益成为支柱的沿海城市，上官喆说自己对游客并没有恶意。“我们每个人都是游客。”他补充说。

这是一个曾经在白T恤上印自己创造的插画图案，印各种喜欢的语句，甚至印上“反对PX”[①]运动文案的青年人的进化史。他从小受摇滚影响的冲劲和反体制的奇思妙想在青年文化中找到了更广阔且肥沃的平原，而且也和商业更好地结合了。

上官喆所处的独立时装设计师圈子是一个高度商品化、

① PX是英文P-Xylene的缩写，意思是对二甲苯。PX项目即二甲苯化工项目。——编者注

工业化却又相对小众的领域。这批80后特别是85后中国设计师，是挑战世界时装设计秩序的新生力量。就像日本战后经济发展在20世纪70年代为山本耀司和川久保玲这样的40年代出生的设计师提供社会基础一样，在上官喆们的30岁之际，他们发现自己站到了世界的门口。

“整个中国的状态已经很国际化，没有时间差了。独特是大家愿意接受的前提，复制没有生命力。”把自己的商业重心放在海外的上官喆有这样的观察。

上官喆从来没有一点反商业的因子，他希望入世而独立，在2008年他甚至开了个淘宝店，卖一个自己做的“Ze by Sankuanz”平价服装设计品牌。这个业务的商业收入足够支持他在时装领域天马行空地创作。他开始频繁地和艺术家合作，比如从英国回来的陈天灼。他们从博客时代的网络认识，但直到2011年才见上面，随后便开始了紧密的合作。

2013年4月，他和陈天灼在上海时装周推出了饱含西藏密宗文化密码的秋冬系列，惊艳全场。这也奠定了上官喆明确的风格：强烈的视觉冲击力，加上青年文化与传统文化的重新构建，配合考究的现场音乐搭配。

从2014年6月开始，上官喆将自己的首发都放在伦敦男装周上，他对国际化很看重。他不掩饰自己对伦敦的偏爱：“伦敦不代表高级，它代表年轻、新的东西。巴黎是old money

（指传统贵族）的感觉。巴黎的国际化和伦敦不一样，巴黎只有巴黎人和游客。伦敦是全世界的人住在那里融合。”说起他最喜欢的伦敦的地方，是红砖巷（Brick Lane）附近的肖尔迪奇酒店（Shoreditch）。每次发布会前后，他都会在伦敦待一两个月。

春夏和秋冬，每年两次的首发式是设计师们的重要时刻。他们通常需要提前将近一年发布下季的产品。这也决定了他们和团队一切的时间表都围绕着时装周而转。

我拜访上官喆工作室的时候，他即将动身，在2015年1月到伦敦准备2015秋冬系列的发布。这次他和艺术家金宁宁合作，主题是“海豚宾馆”，故事从一只海豚和一个女饲养员谈恋爱开始，充满了梦境和现实的迷幻气息。工作室里有一丝加班加点的氛围，东西越堆越乱，牯岭街的校服和迪卡侬Kipstar的衣服都挂在衣架上提供灵感。再过一个月工作室又要搬家。但上官喆依旧气定神闲，白T恤、麻布裤、白球鞋，语气平静。

“走秀，做一次是发布，做第二次就是表演，表演在我看来是毫无意义的。走秀对我来说就是一场演出，我不能接受在走秀时跳舞，我还是喜欢这是一件以严肃的方式进行的事。我不能接受秀本身的娱乐化，我的极限是接受一个乐队在后面现场演出。”

这一次在伦敦，上官喆的作品依旧出位，模特的衣着比以往鲜艳，他们的妆容也很有意思，像是被攻击过一样，有人的眼窝留着瘀青，有人的嘴角挂着伤痕。

上官喆觉得伤痕是和鲜艳的服装很好的陪衬。当被问及他的作品是否适合普通人穿着时，他说，你是指哪里的普通人呢？在中国未必，可是在东京、伦敦，普通人这样穿是很正常的。

尽管国外业务日益扩展，占到总量的2/3，上官喆的英语还不是很灵光。“我非常希望把英语学好，但感觉一直学不好。这非常重要。”他坦承。说这句话的时候，他像一个还在读书的中学生。

3

回到十几年前，上官喆还是一个期待踏进大学校园的高中生，留短发，穿着规矩。他说自己高中时有两个心愿，留长发，以及去北京玩摇滚乐。但直到父母觉得他可能考不上大学，放他到福州备考美术学校时，他才有机会接触到更多的打口碟（即国外正版碟）。

生于1984年的他和我回忆起压抑的长汀县城。“在小县城里部落族群和家庭观念都特别强，所以基本上所有人你都会认识，整个文化都会比较封闭。除了体制内教育以外，真正开始了解能够称得上是文化的东西是在接触了互联网以后，那应该是在 2000 年之后了。有互联网和电脑这些东西，我开始接触摇滚乐。唐朝、黑豹、张楚，还有各种杂志。在高中时期，才发现世界不是你想象的样子。”

结果他高考时超常发挥，考上了厦门大学的广告学专业。他到各个系的课堂听课，他觉得大学里的知识帮助不大，却又对我说出一句有些禅意的话：“对于原创工作者来说，知识不在于在某一方面深耕，而是打消对于某些事物的执念。”

临近毕业的时候，上官喆先尝试了广告公司的生活，觉得“无聊透了”，他来到厦门的本地潮流杂志《M时代》实习，对时装潮流产生了强烈兴趣。这本后来倒掉了的杂志，以及他参与的创意市集活动，帮助他接触了一批日后对他帮助巨大的达人，像《M时代》的主编、后来也成为设计师的Cotton，设计鞋子的Kim和做音乐的Dave，摄影师许晓东，滑板少年Tata，等等，这些人都在他日后的创业中提供了无数的帮助和灵感。厦门这个小岛上当时仅有的一些喜欢创意的灵魂在日后相互抱团，构造了厦门从 2006 年开始发酵的创意文化生态圈。

2007 年，上官喆的服装设计生涯从简单的白T恤起步。他在上面印上一些恶搞插画，“卖得还不错”。积累了资金开始做衬衣，Cotton还给他当了服装模特。

性格内向的上官喆敢于毕业即创业，源自他毕业前参加的一场大学生创业比赛，他的团队获得了二等奖。这使他对创业有了清晰的认识，于是毕业后花3000元成立了自己的工作室，还起了个文艺的名字，叫“苦楝树之屋”。

他的时装设计是和一条淘宝品牌线“Ze by Sankuanz”一起发展的，后者为前者提供输血功能。尽管上官喆也觉得淘宝品牌不是很高大上，但对于这位白手起家的年轻人和他的团队来说，淘宝让他们安度2008—2010年的金融危机，并为团队积累了经验。

用上官喆的话说，“在那段时间里，我是在期待自己的成长，找到自己未来的方向。对我来说，我特别讨厌做重复别人的事情。好与坏都无所谓，我就想要尝试别人没有做过的事情”。很少有时装设计师做淘宝品牌，但是少年童心的上官喆却无所谓，他甚至不认为淘宝品牌是过渡，而是另一方面的实验而已。

而对于名声这种东西，他认为最大的意义，就是能吸引到很多志同道合的人。“比如没有知名度，就很难和Vans合作。有知名度就能让我和喜欢的人站在一起，其他就无所谓了。”

4

2012年，为了避免“世界末日”到来还没有看够世界的遗憾，上官喆开始出国旅行，随即养成了自己的旅行习惯。他也成了Airbnb的拥趸。

但是，相比宁静的个人生活，他有时会为一些邀约的公关活动头疼。所以，他一直努力为他的团队找到一名合适的公关人才，以帮助他应付国内的各种合作。他之前已经在巴黎签约了一家公关公司，为他拓展海外市场以及处理和全球各买手店之间的关系。但在国内风起云涌的各种活动邀约中，他自己仍然没有什么经验，很多商业合作会被导向自己不希望的结果，因此可能会停掉所有的商业合作。

“比起借衣服给明星，我可能更喜欢借给他们Vans的滑板手。”他希望通过自己的喜好选择商业合作，而不是商业本身。

我问他，管理团队是否让他头疼。他笑言整个公司接近于没有管理的状态，只有简单的制度，没有严格的管理。他认为品质比效率更重要。当然，厦门当地流行的中秋节“博饼”抽奖团队文化也是少不了的，但也就是奖励些“卫生纸、洗发水什么的”，不会和那些动辄拿出游艇或者巨款的土豪比较。

现在，上官喆的团队已经有30多个人，还在持续招人。Sankuanz品牌的设计师就是上官喆自己，所以他需要的是能执行他思路的人。而且他更倾向于招本地人，至少是在厦门读大学，这样稳定性更高。

由于团队不断壮大，加上上官喆自己所说的“租房运”实在不好，经常碰上纠纷，于是团队即将在七年里搬到第七个地方，到厦门思明区一片较为偏僻的地方，那里有一个1500平方米的工作室，团队也有更大的空间大展拳脚。但这也打破了上官喆“家就在公司对面”的生活圈模式。

现在，上官喆一般早上起床后陪陪小孩，11点才到公司，晚上要工作到12点、1点。这样的作息时间表，等过两年孩子上了幼儿园，陪孩子的时间会更少。“长久来看，这真的是一个问题，真的很难，太太也有她的工作，对孩子的教育也是一个问题。”

上官喆想玩的事业仍然在不断地扩大。4月底，他会在厦门游客最多的中山路步行街旁边开出自己的线下门店，卖自己的作品，也卖其他设计师的作品，像一个设计师买手店，却也包括画廊等其他模块。

“我们想把整栋房子变成一个都市景观。一层会做小东西，让游客购买的。另一层会做昂贵的衣服，游客可能兴趣不大。我还想做个严肃的画廊，因为我长期与艺术家合作，会做展览。”

设计师跳出来做买手店，上官喆估计是国内的第一个。他觉得身份多重是件好事。“成为买手去订设计师朋友的衣服，可能会很尴尬，但我觉得无所谓，这让我能从另外一个角度去经历这个世界。这是我系统内的一部分。”

上官喆很强调自己的系统，他觉得任何东西都有一个体制，但希望Sankuanz是一个独立于体制之外的东西。“我希望是入世，却在体制外的。我希望有一套自己的系统。”

这个系统经常和他喜爱的“岛屿意象”连接在一起。“欧洲品牌很少有自己的体制，日本就有很多拥有独立的世界观的品牌，比如Undercover（一家以超现实，唯美、诡异风格闻名的服饰品牌），所有的品牌都像是一个城市，但Undercover是城市之外的岛屿，有它的世界。”

现在，他自己住在厦门这座岛屿上，也想把自己的系统打造成岛屿，甚至是岛链。即将开幕的买手店，就叫“群岛”。

他还想到要办“群岛”的出版物，就像川久保玲办杂志*Six*一样。尽管他还是传统的阅读者，喜欢读长篇的文字，但他毫不犹豫地选择拥抱新的时代。他用了川久保玲和山本耀司做比喻。

“山本耀司是做高级女装的，痛恨快时尚。川久保玲取得成功之后，还是做了自己的快时尚品牌，一个是在抱怨这件事，一个根据新的趋势去做新的东西。我觉得抱怨是自身的问题，要顺应时代变化去做新的东西，这就像媒体现在的形态。”他毫不掩饰对川久保玲的热爱。“像我们设计T恤，印花总要放在前面，如果印在后面就没人看，这就是这个时代。”他适应得并不费力，而且更愿意冲到前头，构筑自己的岛屿，让其他人隔岸观火，却不明就里。

在我们接下来的谈话里，他提到自己对VICE①这个青年亚文化媒体的喜爱；谈到“杀马特”文化，他认为其实很帅；提到自己读东野圭吾的小说，“社科类的图书会让他昏昏欲睡”。他不开车，也不怎么运动，却认为自己会永葆青春。

我起身告别的时候，他活力四射地提出送我。我们一起穿过那阴暗的带有国企味道的楼道，他的白衬衫在前头晃动。

我们的同龄人中的一部分，已经日益成为一个文化符号，且鲜活地存在于生活之中。我不知道当我们这代人年老之时，看着他们，审视自身，会不会为自己年轻时的生活选择打个问号。

“年轻不是年龄，而是心态。”上官喆觉得40岁时的自己也不会有多大变化。24层楼下面的厦门街市，好像从未年轻，却也从未老去。

---

① VICE是一家专门为年轻人制作高品质内容的全球化新锐媒体集团，创立于1994年，总部位于纽约。——编者注

大蒋：和“妥瑞氏”症在一起 32 年[①]

“来，试试，别眨眼睛，别眨，对，差不多就是这种感觉。”当被孩子们问到患有妥瑞氏症，却要拼命抑制住自己不发作，是一种什么样的感觉时，英国妥瑞氏症网站 Touretteshero 创办人杰斯（Jess）用不眨眼睛来做比喻。

妥瑞氏症，不传染、不致命，也不影响妥友（妥瑞氏症患者）的情商、智商，只是会让患者不由自主地抽动。一种表现在动作上，比如抽搐、摇头晃脑、挤眼、耸肩、抖手、跺脚、做鬼脸等，另外一种是声音上的，包括清喉咙、大叫或发出类似“干”的怪声，声音较大，也较频繁。妥瑞氏症在国内又被称作“抽动症”或“秽语综合征”。到目前为止，尚未有任何药物可以治愈妥瑞氏症。

据估计，在英国有超过 30 万成年人和儿童患有妥瑞氏

---

① 本文作者李虹亭，写于 2015 年 8 月 13 日。

症。在中国台湾，几乎每两百人中就有一人患妥瑞氏症。在中国大陆，因为没有妥瑞氏症协会，所以没有一个官方的准确数字，若根据中国台湾和英国的比例，中国大陆的妥友人数应超过百万。

中国人蒋云生，人称“大蒋”，1983 年生人，患有轻度妥瑞氏症，他说自己“生不逢时”。小时候医生也不知道大蒋是什么病症，扎过针、吃过中药，都不见效，最后大夫没招了，家里只能默默放弃。2006 年，大蒋来到上海，从事平面摄影、设计、动漫工作，也接一些拍视频的业务。2010 年，一次，他去酒吧参加外国人的派对，有外国人拍他肩膀，问他是不是有妥瑞氏症，这是大蒋第一次听到这个词，上网一查，症状全符合。活到 27 岁，他终于知道自己得的是什么病，为什么会有这样的症状。

妥瑞氏症，归神经内科，跟人脑里多巴胺分泌过多有关。妥瑞氏跟遗传或别的莫名因素也有关，比如，大蒋的父母没有妥瑞氏症，但是他的姑姑有轻度的妥瑞氏症，只是症状不明显。据资料显示，妥瑞氏症的病症通常在 17 岁以前出现，在 7 岁半左右发作，有的妥友在成年后，其症状会减轻或消失。按照叶启斌医师的说法是：三分之一的妥友到了青春期症状会消失，三分之一的妥友会残留部分症状，另有三分之一会持续到成人。妥瑞氏症患者的男女比例是 3∶1。

更衣室里的“青蛙叫”

杰斯说自己在游泳或画画的时候，抽动症状会减轻。对大蒋来说，是游泳或者打鼓。有一次游完泳，大蒋在更衣室里换衣服，他发出的声音，引来旁人一句，“有青蛙在叫唤”。大蒋说：“嗨，我有妥瑞氏症。”那人立马对大蒋道歉。走在路上，大蒋也时常遇到路人在背后对他指指点点，他常常利用这些机会，坦诚地去告诉别人自己有妥瑞氏症，他说：“你说一个，也许你就让一个人知道了妥瑞氏症。”

美国电影《叫我第一名》的主人公，是一个在动作和声音上都有明显抽动表现的男孩，电影改编自布莱德·科恩（Brad Cohen）的真实故事。在成长、受教育、求职、谈恋爱方面，科恩遇到重重阻力。上小学时，小科恩常常要拼命咬住铅笔，以免自己不受控制地发出怪声。即便如此，他依然常常被老师拎到讲台前，向同学们道歉，并且承诺不再在课堂上“搞怪”。小科恩的父亲不理解儿子的病症，他常常在任何场合，比如棒球场、车里、家门口，指着儿子，命令他不要发出怪声。长大后的科恩申请研究所的考试，需要自己一人一间房，并且因为抽动的干扰，他需要比别人多得多的时间来完成考试。

在梦想成为一名老师的路上，科恩遇到无数次拒绝，都因为妈妈电话里的一句“不要让妥瑞氏胜过你”而选择继续努力，最终，科恩获得机会进入课堂，教低年级的学生，并被选为年度最受欢迎教师。

而大蒋，在2014年选择裸辞，离开公司单干。一段时间之后，他产生了为妥友们拍一部纪录片的想法。

一部非传统意义的纪录片

大蒋开拍的这部片子，是纪录片的形式，但是，他想把片子一半的内容当作一味“药”来帮助人。在众筹到58002元之后，大蒋于2015年9月开拍这部名为《天使的鬼脸》的纪录片。纪录片的三位主人公锁定在杭州、广州、台湾，分别是一位11岁的患儿、一位18岁的女生，以及一名35岁的台湾花艺大师。另外还会有一集特别版，将会讲述一位来自民间的、关于妥瑞氏症少年儿童患者护理与关爱方面的博主的故事。

经过一段很长时间的思索和在妥友群里的互动讨论，大蒋在开拍前，给片子定了积极的主调。身为妥友之一，大蒋熟悉妥友们的痛点，他不希望看到，很多年后，当妥瑞氏症患者在网络上搜索妥瑞氏症，并且好不容易找到一部大陆拍摄的片子时，片子还是以悲剧结尾。大蒋说：“对病友来说，他们在网络上搜寻妥瑞氏相关影片，最终目的是寻求帮助和鼓励。”

大蒋拍片子还有一点：以不给被拍摄人的生活或者家庭带来不便为前提。为此，大蒋舍弃了最初预想的在中国二、三线城市取景拍摄的想法，因为这部分人往往愿意跟大蒋“私信”，但是不愿意被拍，即使有的愿意被拍，大蒋也在考虑片子出来，患者的邻居会不会对患者指指点点。比如，参加一次酒席，一个传一个，所有人都知道了这人有妥瑞氏症，会不会导致被拍的人最终觉得，自己有妥瑞氏症被别人知道是一件很丢人的事情。

有家长在大蒋的微信平台留言说：“我希望你在这个片子里，不要说儿童有这个病，你就说他们有这个习惯。”大蒋纠正这位家长，他说，“你要承认这个确实是病，叫症候群，它就是身体上的小缺陷，不可怕。习惯是可以扳过来的，而这个症状是治不好的，医生只能帮你诊断。最好的良药是家长的关爱。病人自己心理的调节也是一种药。”

因为患妥瑞氏症的小孩，不能遭受打骂和恐吓，他们需要一个身心舒适的环境。身体越舒适，妥瑞氏症状越轻，身体的紧张、不适、难受会加重症状。正如片中的这位 11 岁小男孩，父母选择了对他“散养”的方式，小孩出去玩泥，弄脏裤子，母亲也不过是一句“回家去把裤子换了”。大蒋目睹这一幕，很感动，他觉得这个小男孩，虽然得了妥瑞氏症，却换来了童年的幸福和天性的释放。

帮成年妥友解决就业的问题

在妥瑞氏患儿家长圈里，许多人都知道一个名字——海夫人，她是一位妥瑞氏患者的母亲。海夫人在新浪开微博，就叫“海夫人的博客”，数年里，她一直致力于对妥瑞氏患儿和青少年的关爱。大蒋说自己没有孩子，也不是儿童教育家，所以，片子拍出来之后，他希望和志愿者们创建一个平台，关注成年妥瑞氏患者，其中，就业占很大一部分。

大蒋收到很多妥友来信，说求职被拒的事儿，其中有一位上海的女病友，已经换了十几份工作了。大蒋希望和朋友们搭建一个平台，推进类似“妥瑞氏症零歧视”的计划，主要是跟企业签订CSR（company social responsibility），即企业社会责任协议。首先，大蒋会和各类型公司的HR谈，让HR知道什么是妥瑞氏症。他会打印出一份合同，公司一旦同意并签署协议，公司的logo就会出现在平台页面上的“妥友就业”板块。当妥友们在这个板块中看到有很多公司支持该计划，对他们来说就是莫大的支持与鼓励。

如果有的公司够开明，它们甚至可以给妥瑞氏症患者销售员这样的职位，如果有的妥友症状很严重，可以做幕后的工作，比如库管之类的职位。但大蒋最希望看到的，是像台湾一位做汽车销售的妥友，虽然症状非常严重，但企业依然信任他在前台做销售。大蒋觉得，如果企业因人设岗，有些妥瑞氏症患者被放到幕后，会觉得自己被嫌弃。如果不因人设岗，妥友甚至可以应聘企业CEO等职位。这样的信息，会给妥友莫大的鼓励。

纪录片主人公之一，台湾花艺鬼才吴尚洋在上海做花艺培训时，他会用一些动作、声音，巧妙地掩饰自己的妥瑞氏症。比如当他开始抽动时，他就会“啊”叫一声，大蒋看到现场有些学员，可能因为不明白，就会议论说老师是不是有神经病。所以，每次在第一堂课开始的时候，吴尚洋都会跟学员解释，妥瑞氏没有杀伤力。

但是，并不是每一位妥友都敢去坦诚地跟旁人讲自己有妥瑞氏症。大蒋期望，遇到这种情况，公众可以少一些评判、议论，而是多问一句“你怎么了？”。只有当所有人都了解什么是妥瑞氏症，国内的百万名妥友们才可以更加轻松地面对旁人，活得更加自信和精彩。

第五章

与年轻人对谈

廖信忠：是台湾作家，也是自制巧克力的青年[①]

从台北到上海的七年，廖信忠已经渐渐成为一个上海人。他住在静安寺的公寓里，潜心研制自创的巧克力——很少有人想到，这位以《我们台湾这些年》这本畅销书一度走红的作家，居然曾经是台北新光三越百货的Godiva（歌帝梵）巧克力专柜的售货员。而他自己或许也没有预料到，这门早年习得的手艺会在他客居上海期间，帮助他度过长达数年的“出版禁期”，而且在淘宝店上开启了新的冒险，他的店叫“巧克力黑作坊”，不过目前暂时休店了。

在《我们台湾这些年》出版四年之后，早就写就的《我们台湾这些年2》在2014年底突然获准出版。这让廖信忠有些感慨，出版一本自己已经有些淡忘的书，是独特的体验。

---

① 本文采写者李梓新，邱奕奕整理，写于2015年4月28日。

7 年前，廖信忠因为一场恋爱迁居上海，虽然这场恋爱后来无疾而终，他却再也没有离开上海。离开台湾对他来说，是离开当兵之后在中正纪念堂当仪仗队踢正步的日子，离开哲学系毕业后找不到工作而厮磨的Godiva专柜，离开那些校园文学奖荣耀的一场新开始。然后，当在上海从台资食品公司失业的时候，他没有想到自己在天涯社区上连载的“台湾人视角写台湾”系列，会被读客图书相中，一跃成为畅销书，号称销售百万（廖信忠笑称打个 7 折吧），让他可以暂时过上衣食无忧的日子。

《我们台湾这些年》的走红，最大的原因是两年前韩寒第一次去台湾，写下一系列赞美台湾的文章，廖信忠在网上回应，通过台湾老百姓的视角，认为没必要过分赞美台湾。

然后命运开了个玩笑，正夜以继日写作新书的廖信忠在当年被告知，新书出版不了了，“期限不清楚”。

在“被禁”的日子里，他游览了祖国的大好河山，回到台湾也变得像一位游客。有一天他去了自己踢过正步的中正纪念堂，卖台式香肠的大叔一口咬定他是大陆游客，他努力争辩，这时大叔“使出大招”：“你不是大陆游客干吗来中正纪念堂?！”

我们坐在上海湖南路 11 号的 1984 咖啡馆，喝着廖信忠前一天从朱家角带回来的桂花酒，讲他过去的这几年。他和这家咖啡馆很熟，店里有很多朋友，喝点自带的酒也没有问题。但他还是那样的腼腆，经常努着眼睛努力找一个恰当的词汇去描绘自己的想法。

三明治：在“解禁”遥遥无期的日子，你的心情是怎么样的？

廖信忠：还好第一本书卖得好，不然都不知道吃什么。（笑）去年底这个时候，我在想，干脆重操旧业，去卖巧克力。一个月卖 300 包是不成问题的。而且我在豆瓣里有个马甲，专门教 10 分钟的甜点，就是那种家常的甜点，在家里随时可以找到材料，10 分钟就可以完成。还写了一本旅行书，居然写了 30 万字。

三明治：这期间有朋友找你去公司做些事吗？

廖信忠：有，但是我回不去了。所以我就继续写啊，一直在写。因为第一本卖得挺好，我就想一年写一本，但是我想得简单了。我每天写作时间并不固定，但是会坚持写 3000 字。像九把刀说他每天写 5000 字，我都不知道他是怎么写出来的，不过后来我看他的小说，我就觉得 1 万字我也写得出来。（笑）

三明治：怎样进入写作的状态呢？有什么习惯吗？

廖信忠：一开始我觉得很难。没写几分钟就会去看一下微信啊网页啊，所以那时候我两千字还要写半天，其实最快的时候我一个小时可以写1500字，不专心的话，2000字都要写四五个小时。

三明治：那怎样杜绝这种不专心的状态？

廖信忠：要看写什么主题了。如果对于这个主题，你的知识储备很丰富的话，你可以一口气写下来。如果需要查一些资料，在查资料的时候就会看到其他的东西，就会分心。现在能分心的东西太多了。所以我这几年学到最多的是，如果你要做一个职业作家，平时不仅写书是你的工作，看书也是你的工作，需要增加你的知识储备。新书宣传的时候，你要去大声吆喝，去卖书。有时候我会抵触去卖书，身为作家去做这种事情（觉得丢脸），但是后来我觉得，身为职业作家，努力卖你的书也是你分内的事。

三明治：你怎么会对大陆的阅读习惯和网络文化这么熟悉？

廖信忠：我在1999年、2000年的时候来过大陆，从那时就访问过大陆的网站，像西祠胡同、水木清华，还有其他一些BBS（论坛）。天涯是从 2003 年开始的。

三明治： 参军的时候，你有没有写文章？

廖信忠： 有，部队里面也有报纸，《青年战士报》等，还有一些杂志，如果你的文章被登在上面，你的部队长官会给你放一天假。在部队里大家都想放假，所以都去投稿。

三明治： 出版社是怎么看中你的？

廖信忠： 2008 年的时候，出版公司都很喜欢在网上找帖子，天涯 2008 年最火的两个帖子其中有一个就是我的。

三明治： 你之前在台湾也籍籍无名，看到台湾媒体报道“无名小卒隔岸火了”这种标题你心里舒服吗？

廖信忠： 虽然不舒服，但是他说的也是事实。

三明治： 书火了之后，有没有一种中彩票的感觉？

廖信忠： 一开始不太淡定，每天都会去刷豆瓣评论，看到好评当然很高兴，看到差评就非常沮丧。这几年进步比较大的地方，就是脸皮变得比较厚。别人讲什么就讲什么，我并不在意，我只要写给喜欢看的人就够了。

三明治：你下一本书的计划是？

廖信忠：我还有一本书的计划是写这 30 年来经典的流行歌曲，两岸年轻人熟悉的经典歌曲，讨论这些歌曲在那时候的台湾社会的产生过程。那些年到底发生了什么，才会有这些经典歌曲的诞生，也是用一些故事去堆砌出来。希望今年上半年能写出来。

三明治：我比较同意您之前回应韩寒的，没必要过分美化台湾，你到今天还是希望在这方面给大众一个真实的台湾？

廖信忠：台湾是在一个正常的发展阶段的，该是什么样子就是什么样子。台湾人也经常会羡慕文化程度更高的国家和地区，比如欧美等发达地区，但是每个地方都有每个地方的问题。

三明治：大陆经济也蓬勃发展，像是“双 11”啊，电子商务特别繁荣，台湾应该没有这种大规模的购物现象，台湾在这种电子商务方面好像有点薄弱？

廖信忠：因为台湾金融法的关系，所以台湾进步蛮慢的，网络金融的实施很难。因为很多公共事务在讨论，在纠缠，要找出一个即使不能使大家都满意但至少大家都能接受的措施比较困难。所以台湾在公共议题上吵的事情比较多。台湾有自己的发展方向。很多人说，台湾的民主导致台湾的经济发展迟缓，讨论没有效率。但是我觉得，台湾当然不能跟老牌的民主国家和地区相比，像英国之类，人家毕竟都已经吵了几百年了，很多事情都很完善了。台湾民主化毕竟也才 27 年，从长远来看，还是放慢脚步比较好。

三明治： 你觉得你会在上海长期待下去吗?

廖信忠： 我现在对上海还是有兴趣的，说不定以后又对其他城市感兴趣，也许会去国外。我比较喜欢上海这边的气氛，这是一个比较商业的社会，比北方舒服一点，像北京就像一个圈子社会。

原田燎太郎：在中国的麻风病“孤岛”服务13年[①]

这是原田燎太郎从日本来到中国的第13年。从他踏入中国的第一天起，他的名字就与麻风病康复村紧紧联系在一起了。

他告诉我，由于历史和现实的各种原因，曾经的麻风病人被强制力量束缚在小小的一亩三分地，即使当这些病人变为了“麻风治愈康复者”，被病魔摧残的躯体，被外界眼光蔑视的污名，都让他们如同《肖申克的救赎》中自杀的图书管理员一样，无法被主流社会所包容。所以他们只能留在麻风病康复村中。

而原田燎太郎和他的同伴们就在村落里来来往往，一晃就是13年。他在2004年注册创办了非营利机构“家”工作营，在中国麻风病康复村和山区学校开展志愿者工作营活动，

---

① 本文作者郝思远，写于2015年9月18日。

以达到改善当地的生活、心理、社会等各个方面问题的目的。同时，他们也想通过搭建青年人与麻风村的沟通桥梁，增加这些未来中坚力量看待世界的广度与深度，从而产生促进成长的效应。从广东到全国各地，从一批人到一群人，“家”像试图要燎原的星火一样，蒸腾了麻风病村的热气，也沸腾着许多青年人的心。

即便那片曾经神秘的区域就是一个名副其实的“孤岛”。

我与原田燎太郎相约在一家日本料理店，天河南一带一向是日本“广漂”们的聚集地。菜品的价格不菲，但还是有不少日本白领纷至沓来，寻求族群的慰藉。但原田明显对这个地方比较生疏，除了眼神中那种“很日本”的较真与略微蹩脚的普通话，他与大街上随便一个中国中年男子并没有什么不同。“我不是经常吃日本料理，我更喜欢吃面。”他的夫人是一个潮汕女孩，他们与岳父岳母一起生活，饮食习惯也变得潮汕化。只是在我谈到自己曾经采访过的那个号称“中国最有名的日本人”加藤嘉一，他的眼神才有一点儿光芒，“他是一个什么样的人呢？”

原田燎太郎就像他们那个群体一样，尽管默默无闻做了很多扎实的工作，可最终也没有那个“嚼嚼舌根，写写文章，与政要拍个合照露露脸”的日本人有名。“我只是想让更多中国人了解我们这个群体的存在。”在我对他提出了采访的邀请之后，他这样给我说道。

在约他见面的两个星期内，我浏览了几乎所有关于“家”工作营的网页。频频出现的照片，原田燎太郎潇洒倜傥、举重若轻。他是圈子中很多人的偶像，有的年轻人会称他为“最值得尊敬的人”。可他最尊敬的人，却是一个“有缺陷”的麻风病人苏振权，“他很乐观也非常豁达，而且非常能干，双手虽然已经变形但是还会编竹篮，养鸡养牛种菜，每天二两白酒。他很认真地活着。”就是这个“认真”，让当初曾“失败”的他看到生活的韧性和希望。

“我实质上并没有在日本找到合适的工作，来中国一度是为了自己的‘记者梦’多一点点资历。”“因为没有什么特长，体育也不好，我在早稻田大学的求学生涯也是一塌糊涂。”“我从小并不爱说话，比较自卑。”说起自己的缺点，他可以滔滔不绝。

或者也许他本来就是这样的人吧？或许他本身就是一个“孤岛”吧？

而我眼前的原田燎太郎，也着实没有网站照片中那么光鲜。出入“孤岛”13 年，原田燎太郎从一个青葱少年，变成了胡子拉碴的大叔。

中国年轻人面对的几道墙壁，并不会因为他的日本国籍有丝毫改变，他依然面临着与所有“中国三明治”一样的问题：金钱与事业，家庭与事业，工作与事业。他已经开始感觉到生活带来的某种压力，看病难、读书难、出行难……因为日本户口的原因，自己的女儿与儿子的教育问题怎么办？夫人开始唠叨他在工作上投入过多，是不是偶尔也要顾及下家庭生活了？他说他由于没有接受过正式的管理学培训，有的时候会感到一种疲惫与倦怠，是不是应该通过某种方法，提升自己在工作上的统筹能力了？

而最让他担心的，是中国所有公益人普遍都会面临的门槛与困境。身边很多优秀的伙伴由于形形色色的外部压力逐渐离开。统而言之，从事这个行业不仅穷，也许还没有未来。为什么还要做这个？

如何能让“诗与远方”更好地平衡？公益本身也许就是一个更大的孤岛。

不过，原田燎太郎从事麻风村志愿服务的初心，从他 13 年前第一次来到广东省潮州市潮安县岭后麻风康复村就确立下来，再也没有改变过。对他来说，投身于麻风村的志愿活动是一个双赢的举动，他在这里体悟到“被需要”的感觉，收获了事业、友谊甚至爱情。他不愿意说自己帮助了麻风病人，更愿意说麻风病人帮助了他。

“被需要，这让我觉得自己是有价值的。”

无论在哪里，自己永远是自己的英雄。

三明治：能介绍下“家”工作室的相关情况吗？

原田燎太郎：在传统观念上，麻风病被认为是一种治不好的病、一种传染病以及一种遗传病，麻风病人并不被主流社会所接纳和认可。所以，疾病成为破坏人际纽带的“杀手”。麻风病人康复之后不敢回家，曾经的家庭也不愿意承认麻风病康复者的存在。我们在2004年发起“家”工作营，起初的目的就是要和这些麻风病康复者一起生活一段时间，尽自己的能力给予他们帮助。之后，我们发现，不仅仅是我们帮助麻风病康复者，他们对我们的帮助也许更大。通过工作营，年轻人到康复村中与村民相见，到之后建立一种亲密的关系，感觉到一种无条件被需要的舒服感觉。这是一种双赢的模式，不是年轻人被动做一些心灵上的治愈，而是一种因为帮助人得到认可而产生的一种“主动的治愈”。不是年轻人为麻风病人做点事，而是通过工作营活动积累的结果，促进了年轻人的成长。这种“场所”之前是没有的，但是又确实是年轻人所需要的“场所”。

三明治：能谈下你第一次去康复村的见闻吗？有没有一种惧怕感？

原田燎太郎：我在日本早稻田大学念的是政治学中的公共政策方向，我在大四的时候开始选择麻风病的公共政策研究。在听说麻风病的时候，心中的触动并没有像第一次见到的时候感触那么深。我参加了日本的工作营来到中国，当第一次走进麻风病康复村，被麻风病康复者围着，我连下车都不敢，下了车也不敢有近距离的接触，只能“你好”这样打个简单的招呼，连握手都不敢。后来，越多接触越发现，其实并没有那么可怕，握手甚至一起吃饭也没有觉得有什么问题。我也在总结，起初为什么不敢接触他们呢？应该不是“歧视”，而是一种“惊讶”，一种见到与自己不同的人的“惊讶”。

三明治：那你后来是如何慢慢消除自己的恐惧，并确立了要在麻风病康复村做志愿的呢？

原田燎太郎：我起初特别想成为一个记者，我的偶像是日本著名记者本多胜一。他作为战地记者曾远赴越战现场，后来持续多次前往中国，披露当年日军侵华历史并连续发表在《朝日新闻》上，文章在日本引起很大的轰动。来到麻风病村做志愿的初衷也是为了面试的时候增加简历，后来发现并没有什么用，我在日本找不到工作，后来就随着日本工作营又回到了中国。

和苏振权见面之后，我深深被他身上那种乐观向上的精神所打动。中国的志愿者也很有热情，他们想在其他的康复村也建立一些这种工作营的模式，我们一拍即合。然后我们一起去其他的康复村做一些调查，并拉了当地的一些学生一起做这件事。

到 2004 年时，广东、广西、云南的工作营迅猛发展，已经有了 7 个工作营。虽然当时人也不够，钱也不够，信息也不畅通，不知道谁在什么地方做什么事情。所以我们几个核心成员，就决定成立一个统一的机构。后来他们推举我做负责人，我终于找到了一种被需要的感觉，终于知道自己想做什么，慢慢也离不开这个地方了。后来呢，我结婚了。

三明治：我听说你的夫人是一个潮汕女孩，你们是怎么样相识的？有什么故事吗？

原田燎太郎：太太当时是潮州韩山师范学院的学生，她见到我的时候，就是在岭后村麻风病康复村。我正在陪一个婆婆聊天，当时我的太太主要是为我做翻译。我发现她是个认真的姑娘，一般的翻译总是老人说很长时间的话，他翻译过来只有一两句，但我的太太不是这样，她会逐字逐句地翻译。她也是个很善良的姑娘，康复者因为生病脚不好，不能站起来，很多人就是站着居高临下地看着那些康复者，但是我太太却会蹲下，用一种平视的态度。她是一个可以信任的、很好的合作伙伴，我觉得我们有共同的理想，于是相爱了。

后来为了纪念这段感情，我们的第一个孩子就叫“岭后”。现在我们又生了一个男孩。

三明治：当你和你的团队成员决定要做这样的公益活动，你觉得遇到最大的困难是什么？会不会因为得不到家里的支持感到很失落？毕竟在中国做这一行并不是可以赚很多钱。

原田燎太郎：也有一些全职员工的爸爸妈妈并不是很支持理解他们的工作，他们总觉得不能赚钱，为什么还要做？我一直想改变爸爸妈妈那一代的想法，也想改善一下他们的收入水平。大家为公益事业捐款，如果说要修建一所学校就会很乐意，但是说要给全职员工提升一些工资水平，很多人就会不开心。

三明治：那你想到有什么其他模式可以改变这种状况吗？既能做公益，又能有一份比较体面的收入。

原田燎太郎：我们暂时想不到。当然如果有那样的模式也是很好的，但是短期内我们找不到这样的模式。像乐施会、绿色和平之类的，都是靠个人的捐款来支撑的，我觉得我们也可以尝试下这样的方向。如果大家都认同我们团队中所有人的工作，慢慢会有一些人支持。我们现在在尝试一种月捐的模式，在日本就有这样的模式，每个人可以在网站的页面上选择自己想捐的金额，像信用卡的信息每个月自动划扣。但是在中国暂时还不能这样做。

从2001年到现在，已经有15000人参与过我们这个活动了，最近几年都是每年2000多人。起初几年，都是我和一个韩国人直接来做工作营的工作，但是到2004年之后，我们培养了很多大学生来参与其中，开始在各种地方做工作营，参与的人就慢慢多了。我感觉我们这个活动最大的价值，不是帮助麻风病人多少东西，而是让年轻人通过工作营得到自己的成长。

三明治：听说你们刚去广州番禺的一个麻风病康复村，能结合促进青年成长这个话题具体谈谈吗?

原田燎太郎：其实具体的工作，就是我们帮助他们打扫公共厨房，但更深层次的不在于此。麻风病人和康复者是不能选择自己生活的人，但是他们可以选择自己生活的态度与方式，我们去主要向他们学习。参加活动的一个社会人士，跟我们去了番禺，他回到家里，第二天睡醒后眼泪停不下来，他自己也不明白为什么。但是据我猜测，两天与麻风病人的接触，与家人暂时断了联系，当再次回到家中，就会重新审视家人的重要性。现在很多年轻人，从小就在电子设备中长大，不知道如何与周边的事物进行有益的互动。当他们去麻风病康复村，手机连信号都没有。我们和麻风病康复者一起劳动、一起交流、一起睡觉，增强了人与人之间的联系纽带，所以促进了他们的成长。其实参与我们活动的人，有很多参加了工作，他们一直关注我们的活动，这样的人越来越多，对消除对麻风病康复者的歧视是很有帮助的。

罗爱萍：为“剩女”去污名而战①

“‘剩女’承受的压力比同性恋群体大多了，同性恋已经抱团形成社区，并得到国外同性恋平权运动的声援，尊重同性恋正在成为一种‘政治正确’，但‘剩女’依然散落在各个角落，在大众媒体上也没有发声。”

38岁，依旧单身的罗爱萍对《缘来非诚勿扰》等电视真人秀节目对大龄单身高知女性的“消费”非常反感。“如果真实反映单身女性群体的情感面貌，在收视率和社会责任之间找到平衡点，这类节目是挺好的。不过，《缘来非诚勿扰》《我们约会吧》等相亲节目是一种‘恐慌营销’，以对单身女性的‘恫吓’来提高节目收视率。”她认为这些等相亲节目使“剩女”这个标签家喻户晓，加重了“剩女”的污名化，并对单身女性群体造成极大压力和困扰。

---

① 本文作者李梓新，写于2015年7月9日。

受到困扰的单身女性不少，但很少有人像她这么认真地去研究中国究竟是不是真的有“剩女”这个群体。是不是高知单身女性真的比单身男性要多？她和两位志同道合的朋友王蜂和江宇，花了4年时间写了一本名为《中国剩女调查》的著作，得出的答案是，从数量上讲，中国的“剩女”并不比“剩男”多，即使在本科学历以上的人群中。“剩女”有她们自己的精彩与忧虑，她们让“剩女”作为主体，讲述自己的故事。

写书的勇气来自她在英国威斯敏斯特大学读传播学研究生的历练、眼界和积累。也是在英国，习惯了在国内背负“剩女”压力的罗爱萍，感受到彻底的自由，没有人再那么热切地过问自己的婚姻状况。一个人，按照自己的步伐生活，就真真切切感受到了内心的幸福。巨大的反差，激发了她的反思与批判。

“我看到一篇文章，给女人的10条建议，其中一条是‘不要和你不喜欢的男人约会’。我当时很震惊，这样简单自然的一条建议，却是我在国内媒体上从来都没有听过的声音。”

哪怕，出国之前，罗爱萍已经在广州从事了7年的媒体工作。她非常熟悉媒体的逻辑。

在深圳见到罗爱萍的时候，我感到一种同龄人的亲切情怀。她的状态比我想象的更好。如果只看书，你可能会觉得她是一位略有些激愤的女权主义者，但事实上，她是平和、温婉的。她对自己的生活状态也很满意，甚至毫不畏惧地从固定的媒体辞职出来，专心写自己关于“反逼婚”的新书，以及更全力地投入单女群体的组织发展中。

读罗爱萍的书时，我一度怀疑她是天生的女权主义者。因为她对韩寒、周立波、六六、姚晨等名人发表过的比如“世界由男性主宰”“女人过了24岁就打折”“女人的天性和生理决定是从属于男人的”等言论深恶痛绝，逐一批判，有时会让人觉得会不会有点断章取义。但罗爱萍认为，名人的影响力巨大，对社会价值观和公众的行为有很大的影响。尊重不同群体是公众人物应该承担的社会责任，但很遗憾，中国的公众人物仍未意识到这一点，舆论和民众对他们也很纵容。

“在去英国之前，我在性别方面没什么意识。小时候长得胖，经常被邻居大哥哥取笑叫‘胖冬瓜’之类，我觉得胖女孩尤其会有这样从小被羞辱的遭遇。我从小买衣服就很难，挫折特别多，经常是拿起一件衣服，售货员就来一句‘没你的码’，偏偏我妈从小就让我自己买衣服。这导致我从小到大一直都不喜欢自己的身体，以为是长得胖之错，减肥一度成为我的终身事业。”到了英国，每一款衣服都有罗爱萍的码，她才发现不是自己胖的原因，而是社会商品供应出了问题，没有人做适合她穿的衣服，“因果关系倒过来了”。

在中国，相貌经常决定女性的资源流转。作为一个自卑的女生，虽然家境不错，但从小从广州白云郊区成长，从村小学到区重点中学，碰到很多优秀的同学，学说广州话（之前说家乡话），对罗爱萍已是一个巨大的挑战，更不用说要和其他女孩子在打扮上争奇斗艳。大学考到了武汉的华中科技大学，即使在女少男多的一个理工科大学，“作为一个很胖又内向的女生，受到的挤压仍然很严重，自卑感更强烈了。”罗爱萍没有在大学里谈恋爱，她并不觉得大学经历是一个美好的回忆。她说，那时候自己和很多女孩子一样，自我价值的判断标准是男生的眼光，被很多男生喜欢、爱慕，就会有自信，不受男生欢迎，就会产生自卑感。直到写作《中国剩女调查》一书时，她才驱逐了这种价值评判标准。

从英国回来后，她逐渐接纳了自己的身体。“不管皮肤紧致还是下垂，不管是凹凸有致，还是有很多赘肉，我不再尝试改变自己的身体，不再嫌弃它，我无条件接纳它最原始的状态，接纳它随着时间流逝发生的变化。”罗爱萍坚持健身已经 14 年，健身的初始目的是减肥，从英国回来之后，目的已经变成追求健康了。

大学毕业后，罗爱萍开始了她的媒体生涯。在《南方都市报》跑政法新闻，深感自己对法律不了解容易导致对法律新闻把握不够准确，工作满两年之后，她辞职备考研究生，并考上了中山大学法学院，攻读了法学硕士学位，并通过了司法考试。毕业后，她又回到了媒体行业，这次她去的是《广州日报》。这个时候，她28岁了。先是去了《广州日报》江门记者站驻站一年，刚刚适应了记者站的工作和生活，她又调回夜编中心，当一个夜班编辑。29岁时，同龄人结婚的结婚，恋爱的恋爱，而她还忙着适应编辑部的工作。

直到30岁那年，她终于放松下来，可以想想情感和婚姻的事情。接下来两年，朋友介绍、上婚恋网站，罗爱萍也时不时相亲。“相亲会遇到不同的男人，其实挺有趣的。那段时间，我的心情还是蛮愉快的。”不过，连最有可能结婚的一次相亲，也因误会而错过之后，罗爱萍的人生重心就从结婚转移到事业发展上了。

她说，大龄女青年通常会审视自己，思考自己大龄却未婚的原因，看看是不是自己出问题了，再环顾四周，比较自己和别人有什么不一样。“我也不例外。那时候，我猛然回头一看才发现，只是因为没有结婚没有购房需要而已，我和同龄人的财富差距已经出现了。他们因为结婚刚需买了房子，刚好又碰上房价上涨，财富随之水涨船高。我当时除了没有需求外，也还没攒到首期，不想向家里要钱，所以没有考虑买房。”

意识到差距之后，罗爱萍决定在事业上进行突破。2008年6月，罗爱萍从《南方都市报》的旧同事陈樱那里获悉英国“志奋领”[①]这个奖学金，就决定申请到英国留学。学英语，去北京参加学术会议，花了一个月的时间参加北大人口研究所举办的社会科学研究方法培训暑期班，写研究计划以及各种申请材料，练习面试，罗爱萍花了整整一年时间，终于如愿申请到了志奋领奖学金。2010年9月，罗爱萍到伦敦，开始在威斯敏斯特大学攻读传播学的研究生。

英国成了罗爱萍人生的重要转折点。她在英国感受到前所未有的尊重。男人们会认真倾听她的话，大学里的教授对女权主义非常了解，谈及性别问题会小心翼翼，生怕被投诉歧视女性……一切都与中国截然相反，罗爱萍发现在性别平等的环境里，自己生活得更有尊严和更幸福。这促使了罗爱萍的觉醒。

“我要做的，不是移民，而是改变中国。”2011年9月回国后，在之前的访谈基础上，她用了将近半年的时间，到北京、上海、深圳、成都等城市采访，完成了对43名未婚女性的深度访谈。接下来的四年，罗爱萍把所有业余时间都贡献

---

① 志奋领奖学金（Chevening Scholarship）是英国政府最具代表性的旗舰奖学金项目，在世界享有很高的知名度。——编者注

给了写作。“我上夜班嘛，工作日每天早上10点多开始，写两三个小时，晚上下班之后，有时会从凌晨1点写到3点。周末时间比较多，可以写六七个小时。”

由于涉及大量的数据和调查，写作耗时且艰苦。2014年6月，《中国剩女调查》出版，这也是她和网友、美国制药博士王蜂以及大学同学江宇在网络上合作的成果。在这本书里，除了翔实的数据统计，还有一个个真实的故事。它让单身女性自己来讲述，她们为什么没有结婚，她们的生活如何，她们有什么烦恼，她们有什么担忧……

“好像前进没有方向的时候，它就出来了，给我的人生和事业打开了一扇窗。”罗爱萍给这本书下了这样一个结论。

现在，罗爱萍已经从《广州日报》辞职，全身心投入写书以及单女社群的组织中。她很享受现在的状态，自由、淡定，也买得起房子了，事业发展向好，性格更趋成熟、更包容、更不在乎别人的目光，更关键的是，她有自由的时间做自己喜欢的事。

本来，她还打算去美国读博士，但申请了三年，都没有拿到奖学金。这种失败让罗爱萍重新审视去美国读博士的目的。

“当时想去研究‘剩女’，可书已经出版了，我的研究已经完成了呀。留在中国，我照样可以一直研究‘剩女’。我后来自己把读博士这个决定否决掉了。另外，我觉得自己读博士的动机不对，那时有逃避中国环境不好、房价太高等现实的想法，离开其实对我自己的事业未必真的好。待在美国研究中国的性别问题，感受和体验是不一样的，留在中国或者会更好点。我在中国遇到的问题，就应该留在中国把它解决掉。促进中国社会的进步，也是我作为一个公民的社会责任。”仔细分析下来，读博士的动机就被拆解了。

罗爱萍的想法得到了北大人口研究所的乔晓春教授的支持，他是她去北京上培训班认识的良师益友，充当了《中国剩女调查》一书的学术顾问角色。他鼓励罗爱萍，要坚持把“剩女”的研究做下去。

有人可能会觉得，准备了这么多年都放弃，很浪费时间，是很大的失败。但罗爱萍却获益良多。她选择直面现实的不堪，打破名校迷思，建立起自信。“接受失败，放弃，也是人生的必修课。”

她想做一个在中国能解决自身问题的人。

三明治：在英国的学习，是不是你有意识进入性别学研究领域的开始？

罗爱萍：其实不是。如果有意识，我会选择读LSE（伦敦政治经济学院）的性别学，而不是威斯敏斯特大学的传播学。我接触性别学，只不过是为了做好“剩女”调查。从2010年4月开始，去英国前我就在广州做了十几个“剩女”的访谈，“剩女”属于性别学领域的，所以我就闯进去了。这对我以后的工作产生了很大的影响。回国之后我又回到了《广州日报》，成了办公室有名的女权主义者、“女性代言人”，每次有歧视女性的话语出现，同事都会开玩笑式地说，“罗爱萍，该你了！”。几年下来，编辑部的性别意识增强了很多，已经习惯性地用女性视角审视稿件，有时记者把握不太好，写了涉嫌歧视女性的稿子上来，我们的编辑都会批判这样的稿件，严格把关。

三明治：未婚女性为什么突然被社会冠以“剩女”的标签？

罗爱萍：这是多种因素合力形成的崭新社会现象。首先是资本强大的逐利行为，例如婚恋网站等，通过对媒体进行“剩女”的议题设置，让“剩女”成为一个群体的代名词，并进行污名化。婚恋网站想让未婚女性购买服务，却不是讨好顾客，而是制造逼婚的舆论，向她们施加压力。另外，媒体的相亲节目、真人秀、毒舌文化的流行，对“剩女”的污名化推波助澜。这种消费文化对高知阶层的单身女性有放大效应，从而影响了整个社会对“剩女”的认知。而我们的政策制定的出发点，也是家庭，对单身人士有很多歧视，比如对单身生育征收社会抚养费、对单身者的限购政策不一样等。在职场上，没结婚的女人总是“被加班”，没结婚的男人被认为不负责任，从而影响晋升空间。

三明治：中国社会为什么对“剩女”的容忍度这么低呢？

罗爱萍：其实放眼世界其他国家，都是社会逐渐变得包容的过程。美国、英国、法国等发达国家的单身女性经过长期斗争才争取到了现在相对宽容的社会环境，以前社会对她们还是非常苛刻的，比现在的中国有过之而无不及。

中国人现在还没有把不能歧视女性当作“政治正确”，来确立言论自由的边界，反倒是对“剩女”津津乐道，当作一个谈资和嘲笑的对象。经常有很迷茫的大龄未婚女性或男性找我咨询，寻求支持，我都会告诉她们你现在的状态很正常，不想结婚也很正常，鼓励她们接受自己，抵御压力。需要长久支持的，我就会邀请单身女性进入单身Q群，抱团取暖。我觉得单身人士被污名化的程度远比同性恋群体还高。因为同性恋群体有亚文化，而单身群体还没有。文化上我们能依靠的只有像日本高桥直子《一个人住五年》那样的著作，中国还没有。日本自从“二战”之后，晚婚和不结婚率飙升，日本社会已经正视不婚群体了，电视剧的呈现也相当客观，例如《不结婚》《女人四十》等，我自己常常从日剧中找到支持。

三明治：单身男人也同样很容易被污名化，可能会被人认为自己没本事，娶不到老婆，甚至是性取向有问题。

罗爱萍：对的。社会对“剩男”的关注总是聚焦农村比较贫穷的男性群体，城市里的单身男性是被忽略的。其实他们也受到了歧视，传宗接代的压力很大，有的则是很享受单身的轻松和自由，不想那么早结婚的，有的是想等经济基础好点再结婚。不过总的来说，单身男性享受的性别红利比较多，择偶年龄区间比较大，还会被褒称为“钻石王老五”。

三明治：很多单身人士最不能忍受的就是周围的逼婚压力，你怎么看待?

罗爱萍：逼婚是大部分单身男女一个很大的烦恼来源。我觉得要先认识清楚这个问题的本质。中国社会还没有形成隐私的概念，你留意一下就会发现，我们人际交往的话题，基本都是围绕个人隐私展开的，“年纪这么大了，赶紧结婚啊”“你儿子一个月赚多少钱啊？”……在我们的文化里，这种对话很常见，大家都没有隐私的概念，不觉得不该说。那逼婚的文化解读就是表达关心。现在，单身人士不想和别人谈论结婚的事，本质上是想要隐私权，就是你不要再谈我的隐私。今年底或者明年初，我的新书《反逼婚策略》（暂定名）[①]将会出版，会教单身男女如何和自己、父母、亲戚、同事谈论结婚这件事，通过沟通达成和解，既坚持个人的权利，也建立健康的人际关系。

三明治：单身女性还面临生育的压力，你对大龄单女的生育问题怎么看？

罗爱萍：有相当一部分女性的确很想生育自己的孩子，即使不结婚。很可惜我们国家大部分省市对单身生育征收社会抚养费，大大增加了单身生育的成本。社会对单亲家庭仍然有偏见。从发达国家的经验来看，在单身女性中，选择单身生育的仍然是少数。

疏解单身女性的生育焦虑问题，我的主要方法是向她提供和主流观念不太一样的信息及视角。比如男性高龄生育的弊端，这是我们大众媒体一直忽略的。女性高龄生育有弊端也有好的地方。现在医学很高明了，女性的生育年龄也不断延长，高龄女性生出健康的宝宝是完全没有问题的。另外，我还会提醒她们可以先做好经济上的准备，将来不管是单身

① 罗爱萍的新书《世界那么大，我想一个人：反逼婚攻略》已于 2017 年 2 月由广东人民出版社出版。——编者注

生育还是结婚后再生，都能给宝宝提供良好的物质环境。

女性的生育压力还有一部分是来源于担心不生孩子，老了生病没人照顾，那我就会向她提供数据，解释这是个小概率事件。

究竟是为了生个孩子将就结婚，还是单身生育，还是不生育，需要每个单身女性自己衡量抉择。

三明治：你一直很强调单身女性的理财。一个有房子的单女在婚恋市场会估值更高吗?

罗爱萍：我强调单身女性理财，是希望女性可以独自解决生存问题，并有能力提升生活品质，这是女性独立的基础。当女人在经济上不再依赖男人时，她就拥有了不结婚的自由，没必要为了糊口委身不爱的男人。

女人有自己的房子，客观上，我认为，也是增加了她在婚恋市场上的竞争力。虽然主流舆论总是宣扬有房的女人嫁不出去，实际上这是误导，更符合事实的说法是有房的女人没必要随便就嫁了。现在房价很高，家庭运转的成本比过去提高了很多，很多男性很势利，其实也是精明，很看重女方的收入、职业、家境等等。

三明治：可以问，你有没有谈过恋爱?你的恋爱经历会不会对你的价值观造成影响？

罗爱萍：我谈过两次恋爱。第一次对方经济条件一般，我从经济上照顾他比较多，那时我觉得很自由，但一想到结婚就很有压力，不想就没压力了。我不介意多承担恋爱费用，而且为自己有这个经济实力而自豪。谁说男人就要多出钱的呢？第二个男朋友比我小 12 岁，我们是因为有共同的目标而走到一起的。这是我觉醒之后谈的恋爱，第一个是正在觉醒中谈的。我明显感受到自己在坚持自我方面做得很好，比如朋友劝我打扮时尚一些，显得年轻一点，让外表和男朋友相配点。我就会思考，我为什么要在乎别人的眼光呢？我对他说，我不会因为和你谈恋爱就额外打扮自己，改变自己，我还是会做原来的我。他说没问题。关于我们的年龄差距，我也跟他说，哪天你不能接受了就告诉我，可以立即分手，如果你用我的年龄来伤害我，我对你的评价会降到最低，与渣男无异。他也没有异议。我认为，觉醒和成长，找到自我，会帮助女性更好地享受亲密关系。

三明治：在 38 岁这个年龄单身，又辞去稳定的事业单位的工作，出来做自由职业，家人支持吗？

罗爱萍：我听到内心的召唤，内心有一种特别强烈的欲望，去做我想做的事情。一般的父母可能都会劝阻，但我的父母和弟弟妹妹都很支持，让我特别感动。一个朋友还说，大胆去做，万一混得不行，来我这里，至少可以让你有口粥喝，太感动了。

三明治：你是想作为一个“斗士”，去改变社会对“剩女”的印象吗?

罗爱萍：我觉得这是我的社会责任，我希望能通过实际行动去消除社会对“剩女”的偏见和歧视性的政策，或者至少是加速这个去污名化的过程。我们的社会需要有这样的声音存在，且有助于社会的多元化。每个人的个性和选择都应该得到尊重。“剩女”的声音不能被媒体和名人的声音掩盖了。

三明治：你孤独吗?

罗爱萍：有时候孤独感很强。有事业心的女性很少，同龄女性的精力大多都放在家庭上了，很难找到同道中人，我很希望得到同性的支持，正在努力地建立事业型女性的朋友圈。当然，我也有一些很好的男性朋友，互相鼓励支持。

三明治：如果你以后结婚了，你的想法会改变吗，事业还会继续吗?

罗爱萍：我偶尔也会假设，自己结婚了会变得怎么样。

但转念一想，我的事业还没做完，还没有时间去考虑结婚的事情。不过，我不希望我对单身的关注约束我的生活选择，虽然我倾向于同居，可能单身太久了，就不想从众了。但人的想法会不断改变。如果我有一天改变了身份，我也不想大家就觉得我不能继续做“剩女”的调查和事业了。中国的法律并不保护同居关系，哪天我同居了，估计我又会为争取同居人群的权益而战了。不断开辟新的生活方式，一直处于战斗中，其实也蛮有意思的。

跋

有没有一本书能勾勒2010年以来中国年轻人群的变迁轨迹？

很少。但我们力图做最好的那一本。

移动互联兴起，一切文化以碎片形式飞舞，中国年轻人几乎每隔3~5年就自我划分出一代人，大量的网络热词盛行，又迅速如秋叶凋谢。人人皆焦虑，因为怕知道得太少、跑得太慢。新的文化出现是不和你商量的。

研究青年文化的机构甚多，但是专注于收集真实的年轻人故事的机构不多。我们便是坚持得最久的那一家。作为国内创立时间最早的非虚构写作平台，中国三明治从2011年开始就一直记录中国年轻人的生活和社会变化轨迹。

这些年中国年轻群体的最大变化，就是混龄感的出现。青年经常哭诉自己提早进入中年，而有的中年人则自感年轻。

人们对新的生活方式不再完全感到难以理解，却也越来越容易麻醉于娱乐和消遣当中，在这当中形成了越来越多的亚文化和小群体岛屿。

所以这也是这本书的最大意义所在，它如一架航拍飞机，掠过一个个文化小岛屿和港湾，试图告诉不同区域的人们：其他人在想什么，做什么，将去向何方。

或许有一天，你就会遇到他们，或者与他们一同上路。

中国三明治也马上就要进入它的第八个年头——2018。我们也在路上，去往各种不同的生活。

它们不在别处，就在此地。

李梓新

中国三明治创始人

2017 年 11 月